廢棄遊樂園的殺人事件

The Murder case of Abandoned Amusement Park

Shasendo Yuki

斜線堂有紀

CONTENTS

封面插畫　Add your name
遊樂園地圖　ジェオ
內文插畫　ラッシュ
封面設計　坂野公一（welle design）

廢棄遊樂園的殺人事件

主要登場人物

真上永太郎　廢墟迷，飛特族
藍鄉燈至　廢墟迷，小說家
常察凜奈　喜歡廢墟的ＯＬ
主道延　前魔幻樂園經營管理階層
涉島惠　前魔幻樂園公關總監
賣野海花　前魔幻樂園員工（商店）
成家友哉　前魔幻樂園員工（鏡屋）
編河陽太　《月刊廢墟》總編
鵜走淳也　前魔幻樂園員工（雲霄飛車）之子
佐義雨緋彩　十嶋財團派來的員工

籤付晴乃　二十年前引發槍擊案的凶手
十嶋庵　買下魔幻樂園的瘋狂富豪

*

「怎麼戴髮箍了？」

籤付晴乃向戴著兔子髮箍的我問。

「我戴這個想讓姊姊找到我。」

「這樣啊。姊姊現在好像有點忙耶，妳要不要跟我一起來？」

「去哪裡？」

「摩天輪。別擔心，摩天輪繞完一圈姊姊就會回來了。妳喜歡摩天輪嗎？」

儘管覺得神奇，我還是點了點頭。這世上沒有小孩會討厭摩天輪。

籤付晴乃牽著我的手來到了摩天輪下方，工作人員姊姊親切地引導我坐進車廂。「您不和她一起嗎？」身後傳來工作人員姊姊的聲音。

「沒關係，她自己搭。」

車廂門闔了起來，緩緩上升。我拚命向留在地面的籤付晴乃揮手，沒多久便著迷地看起了窗外的風景。

哪怕在聽到第一道槍響、第一聲慘叫時，我依然相信這裡是夢想的國度。

渾然不知那是子彈將某人腦袋射穿的聲音。

魔幻樂園槍擊案

二〇〇一年十月九日下午十二點三十分，建於X縣Y市天衝村舊址的主題樂園——魔幻樂園發生的槍擊案。

魔幻樂園試營運當日，原居於天衝村的男子（案發當時二十七歲）於摩天輪上以配有狙擊鏡的獵槍一一掃射園內遊客與工作人員，造成四人死亡，八人輕重傷，男子亦於車廂內自盡。

魔幻樂園主題樂園為後文將提到的魔幻度假村計畫核心，不到正式開幕便發生的慘劇，不只為當地居民也為全日本帶來巨大的衝擊。

由麥奇卡度假村公司經營的魔幻樂園因此槍擊案停業，同公司的魔幻度假村計畫也盡數付諸流水。

世上沒有一個場所如遊樂園這般以人類的存在為前提，因此也沒有一個場所有如此獨特的毀滅方式。如今，還有多少人能畫出野次第一樂園和小美門樂園的地圖呢？

——羽生望，《令人目眩神迷的廢棄遊樂園世界》

第一章　失落的夢想王國

1

就在他打著訊息向打工地點道歉時，手機突然顯示沒有訊號。儘管有些措手不及但既然如此也就無可奈何了，畢竟，他早已跟店長說了自己要請長假。

自己都開始休假，店長才在抱怨也來不及了吧？一下嫌棄炸鍋狀況差，一下說新來的女大生不好用，責備真上在這種艱難時期休假等，喋喋不休，他也很困擾。

既然如此，手機收不到訊號或許正好是上天的安排，老天爺也叫他忘了工作。

此刻身在這裡的不是便利超商店員真上永太郎，而是廢墟狂真上永太郎。儘管如此，他還是跟計程車司機確認了一下：

「請問……這邊是不是已經收不到訊號了？」

「因為基地臺在好幾年前就撤掉了啊。」

「原來如此……」

「如果你有重要的事聯絡要不要我掉頭？跳錶也可以先暫停。」

「沒關係，不用……反正他也只是把工作壓力發洩到我身上而已……我習慣了。我們店長大概看我不順眼吧……完全不把我當一回事。之前起司棒和極致起司棒的事也是……」

「那是什麼？」

「就是熟食區有兩種起司棒形狀一模一樣，店長炸好後放在同一個容器裡，然後堅持說自己有分左邊和右邊放。但兩種起司棒形狀相同，就算左右分開也不知道哪個是哪個吧？結果我拿給客人的時候搞錯，他就說是我的問題。」

「哦，形狀一樣啊？」

「對。你不覺得他硬說自己有分類這件事很難接受嗎？」

「拿一個吃吃看不就得了嗎？」

「什麼？」

「只要吃一個應該就知道是起司還是極致起司了吧？不行嗎？」

司機先生一臉認真。

「……你跟店長說一樣的話呢。但那不是重點吧？如果店長有分開的話，就不用試吃了。」

「也就是說，他沒把你當一回事吧。原來你這種體格也會被瞧不起啊，是不是走路都駝背的關係？你幾公分？」

「一八七……」

司機的揶揄令真上的背更駝了。真上小學六年級時便已超過一七〇，身高與自己不想太過醒目的心願背道而馳，不斷生長，變成了現在這副模樣。小時候，真上希望可以快快長高好摘下家中庭院裡的枇杷，如今，只有拿櫃子上的東西比較方便這點好處。

「我要是像你那麼高，作夢也會笑。」

「身高高時薪也不會變高……」

真上說完，司機立刻被逗得哈哈大笑。接著，車內便安靜下來。

真上將身體靠在椅背上望著窗外的景色。

外頭，是一片蓊鬱得令人能理解為何這裡收不到訊號的森林以及鋪到一半的道路。道路兩側到處立有童話風格的星星雕像與鏽跡斑斑的動物造形看板。兔子手中的箭頭標示已經鏽得看不清文字，無法得知它將人們引向何處。

遠處，還有座巨人木像，若不是雕像表面龜裂如峽谷，或許會相當震撼人心吧。侵犯巨人的裂痕裡，雜草蓬勃蔓生的模樣是勝者的證明，他們戰勝了無法超越時間的巨人。

一切的一切都無法與時間抗衡，那種無比的荒涼稍稍撫慰了真上的內心。唯有這種遭到世界遺棄的地方才是真上的歸處，他甚至產生了這裡或許是自己故鄉的錯覺。

世間萬物都會在時間流逝中化做沙塵或水，這是父親常說的一句話。千百年後，巨人也會化為塵土。

「這附近什麼都沒有喔。」

司機看著壞掉的看板和生鏽的燈飾造形提醒。真上和司機都很清楚，「什麼都沒有」這句話並不正確。

也就是說，這是一種確認。

「不是什麼都沒有吧？前面有魔幻樂園。」

「這句話應該要二十年前說，現在要說『曾經有魔幻樂園』。」

司機才剛說完，車子便劇烈晃動了一下。真上回過頭，只見路上倒著一塊遭到碾平的殘骸，不知是什麼。

「好好保留下來的只有這條路，不過現在也變成這副德行了，我偶爾會清掃一下。」

「清掃？是把星星碎片撿起來，動物的頭集中裝在袋子裡嗎？」

「不，是把路上的東西撿起來丟到旁邊的森林，星星可以飛很遠喔，也不會有人罵你。計畫受挫後，那些大人物就把這裡丟著不管了。」

司機口中的「計畫」，即是以經營度假村聞名的麥奇卡度假村公司推出的大型企劃——魔幻度假村計畫。該計畫大手筆地將X縣Y市的天繼山一帶全部買下，預期在廣闊的腹地上興建複合型度假設施「魔幻度假村」。

魔幻度假村預計建設的項目包含了飯店、網球場到全天候型的體育館和露營區，規劃方針是既然此處交通稍微不便，便將所有休閒娛樂集於一身。由於天繼山一帶經常看到流星，因此便以星星為貫穿整項計畫的設計概念。所以森林裡才到處都是生鏽的星星，多得令人生厭。

魔幻樂園即是這項計畫的頭陣先鋒，也是核心所在。

這座蓋在山裡的魔幻樂園除了有大家喜愛的遊樂設施，還兼具戶外游泳池等設備，是座相當適合度假村的遊樂園。

然而，魔幻樂園卻從未向世人展現她有多麼適任。

「你真清楚呢。發生那件事的時候，司機大哥就已經在這裡載客了嗎？」

根據真上判斷，司機臉上的皺紋有六十年的痕跡，就算知道這裡因度假村而景氣繁榮時的樣子也不稀奇。結果，司機露出了意味深長的笑容回答：

「如果是當事人的話根本沒辦法待在這。」

或許吧。發生那種事情的場所會產生一股引力，越靠近越容易被吸入其中，唯有一定覺悟的人才能待在附近。又或者，是忍不住被吸引而來的外人。

「我只是個普通的外人，之前在這裡做類似工作的人惹了點麻煩離職了，我剛好補上。帥哥，你也是來參觀廢墟的嗎？」

真上老實點頭，司機再次發出忠告：

「那座遊樂園的確還在，但自從一間大企業買下來之後就禁止外人進入了。遊樂園圍欄外布滿了紅外線防盜系統，一有感應就會立刻通報，過來一大批保全，闖進去的人一出來就會被團團包圍。除非你下定決心要在那座廢棄園區裡隱居，不然遠遠拍個照片就回家吧。」

司機是在暗示允許範圍的底線吧。到底是長年在這裡開計程車的司機，載的乘客都是像真上這樣的廢墟迷。

「意思是，只要有在那裡生活的決心就可以進去嗎？很棒耶。」

「真的有決心的話是沒差啦，但也有好幾個擅自闖入的廢墟迷被抓起來喔。因為在廢棄遊樂園裡你追我跑而留下前科也太蠢了吧？」

「也是，畢竟那裡現在就像一座大規模的私人住宅嘛。」

真上聳聳肩道。

如今的魔幻樂園是私人財產。

所有人名叫十嶋庵，是個即便該地曾發生些問題也能將廢墟一帶全部買下的資產家、十嶋財團的主人，同時也是個近乎病態的廢墟迷。

現在這個時代，以廢墟迷為客群的攝影集或探險錄已形成自己的市場，廢墟迷的存在早已不稀奇。不過，要說其中之最，非這位十嶋庵莫屬吧。

畢竟，他坐擁了好幾十處的廢墟。

廢墟這種場所，能自由進入的地方有限，因為無論它們再怎麼荒涼，都有自己的主人。想進入廢墟不是得徵求主人同意，就是無視主人闖入。這類非法入侵的問題層出不窮，令同為廢墟迷的真上也感到十分遺憾。

然而，十嶋將已變成廢墟的地方或是可能成為廢墟的所在買下，將廢墟變成自己的物品，解決了這個問題。只要自己買下來，就能得到深入其中的通行證。十嶋庵懂得最有效率的廢墟享受之道。

十嶋庵買下魔幻樂園後嚴加管理，完美地將遊樂園丟在一旁，就像觀察一朵被扔在荒野中的花朵遭受風吹日晒，逐漸枯萎一樣。儘管一座廢墟要獲得廢墟的風貌所需時間因地而異，但經歷二十年歲月的魔幻樂園想必已經擁有應有的韻味。

真上第一次知道十嶋庵這個人時單純地很羨慕他，緊接而來的感受，是共鳴。如果真上家財萬貫，應該也會做出相同的事吧。讓魔幻樂園在最好的狀態下老去。

不過，若真上繼續過著與現在相同的人生，也不可能辦到這種事。十嶋財團的母公司事業版圖橫跨各種領域，從社群網路到汽車開發，無所不包。真上無法想像在超商工作的自己達到那種境界的畫面。大概是腦海裡想著這些無益之事的真上看起來很無精打采吧，司機關心地說：

「懂了嗎？這樣的話，與其到大門，不如去可以清楚看見遊樂園的地方怎麼樣？」

「啊，不用不用。請載我到大門前，應該說——」

真上話語剛落，車子瞬間緊急煞車。真上不自覺丟臉地「哇」了一聲，採取保護頭部的姿勢。這是他兒時最早被灌輸教導的姿勢。

「喂！很危險耶！」
司機大喊。似乎是有個男人衝到了計程車前的樣子。
「唉呀，抱歉！我好像迷路了……一想到如果錯過你這輛車可能就要暴屍荒野，一時心急……」
儘管差點被撞到，男人的回應卻相當悠哉，真上忍不住仔細觀察起對方。
男人大約二十來歲吧，與真上年紀相仿，一身輕便的襯衫和黑色休閒褲恐怕不是登山裝扮，肩上的背包倒是勉強擠出些許戶外感。身高目測一六五公分左右，蓬鬆的深褐色髮絲下，一雙下垂的眼睛特別明顯，或許是身材嬌小又或許是長相清秀的緣故，看起來也有那麼幾分像女生。
「你動一下腦袋好不好！萬一撞到怎麼辦！」
「我已經道歉了嘛！就算撞到我，法官也一定會判你贏喔。啊，但如果我被撞死的話可能就不一定了……」
陌生男子一邊說著一邊走向計程車後座，眼見他毫不猶豫打開車門的樣子，真上慌張喊道：
「等、等等等，你、你要幹麼？」
「咦？你有聽到我剛才說的話吧？繼續留在這裡的話，我一定會在山裡徘徊，迷失方向。反正應該都是要去一樣的地方，就讓我一起搭吧。」
「不是，等一下……什麼一樣的地方……」

「司機大哥，這輛車是要去魔幻樂園吧？」

男人無視真上，向司機問道，就連前一秒應該都還在生氣的司機也被那股強勢壓倒，乖乖點頭。

「太好了，那就沒事啦。請載我們到魔幻樂園大門前。」

結果，真上就在搞不清楚發生什麼事的狀態下和男人共乘一輛計程車。發現真上不知所措地盯著自己後，男人突然開口：

「放心！我會乖乖出一半的車錢，或是我也可以全付。」

「我不是介意那種事……你到底是誰啊？任何人跟陌生人搭同一輛車都會害怕吧？」

「啊啊，原來是這個啊。我叫藍鄉燈至，職業是小說家。」

「小、小說家……？」

「筆名是『時任古美』，你聽過嗎？」

「啊，我看過他的書……廢墟偵探系列？」

真上本想和男人保持心靈上的距離，卻忍不住脫口而出。

廢墟偵探系列正如其名，專門破解在廢墟中發生的案件，屬於冷硬派偵探小說。偵探會在每本書裡前往各式各樣的廢墟，廢墟的描寫占故事的九成，剩下一成則是偵探破案。真上十分欣賞那種簡潔有力的風格，很愛看這個系列。

印象中，時任從未公開過近照也不曾公開露面。藍鄉這種像是大學生的青年很難和那犀利的文風連結。或許也是因為這樣，他才沒有公開照片吧。

「好高興喔。我的書竟然能傳達到會來這種地方的廢墟迷手上，身為作者沒有比這更開心的事了，感覺我們會成為好朋友呢。」

藍鄉邊說邊向真上靠近，似乎想和他握手。老實說，藍鄉那社交型的作風令真上難以招架，他最怕這種天真無邪的人了。

然而，藍鄉卻在真上不知所措時抓住了他的手。儘管許久不曾感受到的他人體溫令真上感到坐立難安，他還是說了句：「請多指教。」

「那你呢？」

「我叫真上永太郎，二十七歲，飛特族，平常都在超商打工。」

「在超商打工手掌卻很厚實耶，你有在健身嗎？」

「沒有沒有，因為超商有很多力氣活，所以才有這種感覺吧。」

「啊啊，這樣啊。畢竟超商的工作內容也很多元嘛。」

藍鄉一副了然的樣子點頭稱是，真上將手抽了回來。藍鄉眼神挑釁地笑道：

「但不只是這樣吧？因為你也是嘉賓，應該有受邀的理由才對。」

藍鄉帶著試探的眼神說。那種毫不客氣打量人的感覺令真上很不舒服，但他不想在這裡破壞氣氛。正當真上打算微笑說出藍鄉推測的「理由」時，司機有些畏縮地開口：

「抱歉打擾兩位談話，但你們真的要去大門那邊嗎？就算到那裡也進不去喔。」

「嗯，沒問題，我們進得去喔。」
「進得去？怎麼可能？」
「因為我們有收到邀請啊。魔幻樂園的主人，十嶋庵的邀請。」
「沒錯，我也有收到邀請。」
先前一直錯過開口時機的真上也跟著道。
「是要在那裡舉辦宴會嗎？」
「類似吧。十嶋庵買下迷人的廢棄遊樂園——魔幻樂園後，時隔二十年，這次要向他挑選的人限定公開。雖然不清楚挑選的基準是什麼，但據說是集合了十嶋庵看中的廢墟迷。」
真上語畢，藍鄉像是助手般繼續補充：
「沒錯沒錯。聽說報名人數超過一千人，而我們就是幸運中選的兩個人！十嶋庵一定是廢墟偵探的粉絲吧。」
藍鄉一臉得意，渾身散發雀屏中選的氣魄。
「所以我才對你很好奇啊。只是單純的廢墟迷沒辦法來這裡吧？你身上應該有什麼令熱愛廢墟的大富翁一見傾心的特質。是什麼？」
藍鄉的話語有股不容拒絕的壓力。真上不是很清楚，所謂的小說家都這麼以自我為中心、傲慢無禮嗎？不久，真上投降道：
「也不是什麼了不起的東西。我一直有在經營部落格……部落格名字叫『徒然廢墟日記』。」

真上開始寫部落格已經三年了吧，內容是搭配照片介紹自己去過的廢墟，相當平淡。但由於經常更新，那些感覺只有真上去得了、只有真上拍得到的廢墟照片頗受大家歡迎。如今，部落格一個月的瀏覽量大約有一萬次，在廢墟迷之間廣為人知。

不過，部落格裡有些內容還是讓真上覺得羞於見人，不怎麼引以為豪，要在專業小說家面前坦承更是令人顧慮。然而，藍鄉卻突然探出身體，眼睛閃閃發亮。

「咦？好厲害！那個部落格是你寫的？原來如此，這樣就能理解你為何會受到邀請了。我也有在看那個部落格，雖然上面的文章既陰沉又無聊，但拍照技術無人能比。」

「真嚴格……那是因為你是小說家才這樣覺得吧？」

「不不不，我是在稱讚你的照片，部落格裡有好多張照片都會讓人懷疑是怎麼拍的。你都怎麼拍的啊？」

「就只是很普通地拍，我沒有單眼相機，是用手機拍照。」

「我不是問這個。還有，你該不會是用本名寫部落格吧？我想起來了，你部落格上也是用『永太郎』這個名字對吧？」

「有什麼問題嗎？」

「不不不，只是覺得竟然有人會用本名寫廢墟部落格！心臟要夠大顆才能做出這種事吧？好驚人喔！你的網路素養能力發生什麼事了？」

「不能用本名嗎？我又不是在做什麼見不得人的事。」

「咦？是這樣嗎？我都開始擔心是自己比較奇怪了。」

看著嘟起嘴巴的藍鄉，真上深刻感受到自己和眼前這個男人實在合不來。要和藍鄉一起參加滿心期待的魔幻樂園之旅，令真上心中升起不安。

「欸欸，真上，你是哪裡人啊？」

「……鄉下地方，跟這裡很像。」

「那裡有什麼名產嗎？應該有吧？」

「有吧……我小時候很喜歡枇杷的口感，會摘枇杷吃……如果是長在下面的枇杷，勉勉強強可以碰得到。」

「那不叫做名產吧？只是長在院子裡的水果。」

「…………」

「不要不說話啦，好像我在欺負你一樣。啊，那你知道我是哪裡人嗎～？」

「……宮城那一帶吧。」

「哇嗚！你怎麼知道？你是名偵探耶。」

這絕對不是真心話，藍鄉打從一開始就沒有隱藏自己濃濃的關西腔。只見他咯咯大笑，似乎打從心底開心。真上已經想回家了，他生平最不會和藍鄉這種人相處。

藍鄉似乎沒有注意到真上消極的態度，甚至接著說：「你是我的粉絲吧？沒有什麼問題想問時任老師嗎？」有種強迫真上開啟話題的感覺。真上只好問了一個安全牌的問題：

「你為什麼要設定在廢墟裡發生命案呢？死亡地點可以不用在廢墟吧？」

「嗯——因為我喜歡啊，我是個廢墟迷喔。」

很單純的動機。從小說中比重偏頗的描寫也能理解，但這樣話題就無法延續下去了。大概是發現真上微妙的表情，藍鄉笑著繼續說：

「而且，廢墟這種地方出現的人是有限的吧？例如平常根本不可能有『無人遊樂園』，但若是廢棄遊樂園就有可能。就這點而言也很適合引發命案。」

「嗯，的確……能讓命案發生在休閒娛樂設施裡滿特別的。還有，遭到遺棄的島嶼這種地方也比較容易登場。我記得廢墟偵探系列第十八集的舞臺好像就是變成廢墟的廢島吧？最後看到整座島嶼都沉沒時我好激動……」

「沒錯沒錯，因為是廢墟所以可以徹底破壞，我喜歡這點。另外也可以盡情使用一些很華麗的物理性詭計！」

「廢墟偵探系列有華麗的物理性詭計嗎？印象中大部分的故事都是死了一堆人後只剩下凶手和偵探，利用消去法知道某某人就是凶手。」

廢墟偵探系列故事雖然會有很紮實的不在場證明破解過程，或是於故事後半揭露登場角色令人意外的過往，令人了解隱藏其中的動機，但固定模式應該是在那之前推理都趕不上事件的發展，最後只剩下偵探與凶手。老實說，廢墟偵探系列有很多推理情節即使舞臺不是廢墟也能成立。

「我只是在說一種可能。廢墟偵探系列的確沒有那種物理性詭計，但以廢墟為背景的話就能辦到。我的意思是，封閉的廢墟很適合殺人，說不定我哪天也會搞一個華麗的物理性詭計。」

藍鄉露出意味深長的笑容。看著他的笑容，真上不知為何感到背脊發涼。真上不認為推理作家真的會殺人或是有殺人的癖好，那種想法還比較奇怪吧？

然而，藍鄉的笑容卻給真上一種未來會發生悲劇的預感，明明不知前方有什麼在等待自己，不安的心情卻愈發濃烈。這個小說家來魔幻樂園的目的到底是什麼呢？

在真上還來不及說些什麼前，計程車先停了下來。

「到了喔。這裡就是魔幻樂園正門，魔幻大門。」

一座黑色與金色交錯的哥德式大門佇立在眾人眼前，即使老舊也依然不損其莊嚴。此刻大門敞開，如同開園那時般迎接每一位到來的訪客。門上的鍍金已然剝落，露出微微鏽斑，令人感受到侵蝕大門的二十年歲月，倒是黑色部分沒有輸給長年的風吹雨淋，依舊保持光澤，顯得特別美麗。

「這就是……那座大門嗎？」真上低語。

「我第一次看見它打開。」司機點點頭說，或許是因為一直在為這座廢墟工作的緣故，語氣裡微微透露著驕傲。

「謝謝，給大哥添麻煩了。」

「謝謝司機大哥！真上，我們走吧。啊啊，不用找錢了。」

藍鄉隨手遞給司機一張一萬圓鈔票，似乎是真心要付全部的車錢。雖然真上也可以拒絕，自己出一半的錢，但他打算將那些當作車上受藍鄉騷擾的賠償費，便沒有多說什麼。不管怎樣，對方都是知名系列書籍的作者，應該比小小的超商店員賺得多吧。

「對了，你有戴了嗎？這個。」

一下計程車，藍鄉便露出套在手腕上的黑色手環問。對喔，真上也將手環戴上。

這是十嶋財團送來的「入場證」，唯有配戴手環的人能通過魔幻樂園鋪天蓋地的紅外線保全系統。換句話說，若沒有這只手環，就會如計程車司機所說立刻觸動警報系統吧。

「很適合你喔，那我們進去吧。」

真上在藍鄉的催促下踏入大門。

最初感覺到的，是廢墟獨有的鐵鏽味。

廢墟的鐵鏽味跟一般的鐵鏽味不同，長年遭到日晒雨淋、慢慢腐蝕的金屬聞起來會有股令人懷念的海潮味。這次因為地點是廢棄遊樂園，那股獨特的味道更加香醇。

首先映入真上眼簾的，是巨大的摩天輪。深藍色的巨大支柱上是分別以七彩虹色塗裝的繽紛車廂。昔日應該鮮豔亮麗的車廂褪去了色彩，彷彿置身於一層薄霧之中。這麼一想，廢棄的遊樂園可以說也一直都籠罩在歲月的迷霧裡。

遠處的飛傘型觀景設施和熟悉的海盜船也都像在印證真上的這種感覺，色彩黯淡凋零。就連園內深處本該是最受歡迎的雲霄飛車軌道，也從深黑色轉為暗沉的墨黑色。

繼續前行的話，應該可以參觀到更多的遊樂設施。

然而真上微微嘆了一口氣，轉向魔幻大門的方向。

部分門柱至今依然包著塑膠墊。儘管徹底失去光澤的塑膠墊乍看之下只是塊破布，卻足以完成遮蓋下方事物的使命。

那塊墊子下，應該還留著讓夢想王國終結的案件痕跡吧。

或許，真上是在此時才強烈意識到這裡就是魔幻樂園。如果這個地方按照當初的計畫運作，成為一座幸福的遊樂園的話，真上也不會來這裡吧。

「你看起來好像很感動呢。」

藍鄉勾起一邊的嘴角笑道。由於不想讓人知道自己目不轉睛盯著看的東西是什麼，真上立刻用身體遮擋，卻沒有逃過藍鄉的眼睛。

「啊啊，是受害者的血跡嗎？一直用塑膠墊蓋著，還留著嗎？死在這裡的是誰啊？我記得——」

「中鋪御津花。」

真上立刻回答。

「案發當時二十七歲，天繼山天衝村人，職業為護理師，在村裡只有六間病床的診所工作。積極推動村莊與外部接軌，在魔幻度假村計畫中主要負責與麥奇卡度假村公司交涉。另外——」

說到這裡時，藍鄉有些退避三舍的樣子道：

「等等，你調查得那麼仔細喔？為什麼？」

「因為，廢墟不是一開始就是廢墟……」

真上淡淡回答。

「所謂廢墟，原本是為了讓人長期使用而興建的建築物，因為某些原因才遭到棄置。這個地方曾經是什麼？又為何只能變成廢墟？我認為要理解這些才能了解一座廢墟……之類的。」

真上是第一次在別人面前說明自己的這種論點，口氣不由得有些沒自信。知道可以前來魔幻樂園後，真上便對過去的案件做了某種程度的調查。

「原來如此，你真奇怪呢。」

「是嗎……也還好吧……」

「不，怎麼想都是你比較奇怪吧！一般人講話哪會像行走的維基百科那樣滔滔不絕啊？你是那種喜歡獵奇案件的人嗎？」

藍鄉咯咯笑道。真上希望藍鄉別再笑了，聽見他那樣說，真上頗受打擊。原本根據談話內容，真上還打算讓藍鄉看包包裡自己獨力調查的那本資料，結果他的反應卻是如此。

「……推理作家對那種東西才比較有興趣吧？」

「也是。不過，只是寫出事實的話就會變成報導文學作家了吧？」

這種像是故意挖苦真上的說法，令人忍不住懷疑藍鄉的個性或許很差勁。這樣的藍鄉，來之前對過去的案件又調查了多少呢？

話說回來，他打算跟著自己到什麼時候啊？既然已經一起搭計程車平安抵達魔幻樂園，就應該在這裡解散了。難道說，在這裡的這段期間他都想黏著真上嗎？如果是這樣的話，真上得盡快甩掉藍鄉才行。

「接下來要怎麼辦呢？真上，你想去哪？」

就算對方興高采烈跟自己搭話也要全部無視。就在真上暗暗下定決心時，前方冒出一道冷淡的聲音：

「兩位終於來了。你們是最後抵達的參加者。」

一名女子站在那裡，全身上下從手套、洋裝到高跟鞋，無一不是黑色，看起來就像剪下皮影戲的輪廓後再畫上五官一樣，不過，那一頭長髮卻是美麗的深褐色。如此漂亮的顏色，應該不是染髮而是天生的髮色。

「久候大駕，接下來我將帶二位前往來賓住宿的獨立小木屋。」
「咦？啊，好……謝謝。」
真上反射性地回答。獨立小木屋，還有那種東西嗎？不，印象中報名注意事項的確有註明不必擔心住宿問題，但這樣殷勤的安排卻超乎真上的預料。如此也就能理解藍鄉為何是一身輕裝過來了。
藍鄉將內心動搖的真上丟在一旁興奮地喧譁：「小姐，妳長得真好看。」對方四兩撥千斤回答：「我個人奉行不與他人閒聊主義。」就連這樣的發展真上也跟不上。
「你怎麼呆住了？該不會是沒看行前說明吧？」
「我應該……在某種程度上有看過一遍……」
印象中，說明上寫了請來賓在停留期間不要離開魔幻樂園園區，以及園區內因為基地臺撤出的關係，基本上收不到訊號等內容。
「他們有好好為來訪嘉賓準備住宿喔，畢竟在廢墟裡餐風露宿也很危險嘛。真不愧是十嶋財團，連這部分都很周到。」
不，這樣不就少了廢墟的樂趣了嗎？他們不是應該更享受廢墟本來的樣子嗎？明明在沒有任何整頓、不斷老舊的地方度過日常也是一種趣味……難道這次的魔幻樂園參觀活動和真上追求的目標大相逕庭嗎？
「哇，不管是認識其他廢墟迷還是住小木屋都讓人好期待喔。十嶋財團準備的地方一定連餐點都很美味。」

藍鄉悠哉笑道，真上卻止不住焦慮。

2

得知封印了二十年的魔幻樂園即將開放的消息時，真上發出的聲音在休息室裡大得突兀。

「咦咦……！怎麼可能！魔幻樂園嗎……？」

「吵死了，真上！客人來的時候也給我這麼大聲打招呼！」

「好、好……對不起……」

不出所料挨了店長一頓罵後，真上縮起背脊確認手機上的內容。告訴真上這則情報的，是同為廢墟迷的「pecorutan」，兩人是認識很久的網友，也曾多次結伴一起探訪廢墟。pecorutan似乎也很激動，興奮之情從螢幕裡的訊息透了出來。真上也立刻回覆：

『pecorutan，這是真的嗎？網路上的確吵得沸沸揚揚……』

『我不是叫你先看嗎！你看，這是十嶋財團直接發出的聲明！他們還為了這件事做了網站！』

真上點開pecorutan附的網址，的確出現了一個有模有樣的網站——魔幻樂園廢園二十年，現在，邀請您前往失落的夢想王國。

網頁上放了張古老的旋轉馬車照片，應該是現在的魔幻樂園。失去光澤的旋轉馬車底座上，是褪色的馬車與身影寂寥的天馬。

『這真的很猛耶。我原本以為從十嶋買下魔幻樂園那一刻起就再也不可能踏進裡面一步了。畢竟外部的人連十嶋究竟對魔幻樂園做了什麼都探聽不出一點消息。』

『那裡是夢幻廢墟啊。光是遊樂園就讓人受不了了，更別說加上她廢園的理由，裡面的遊樂設施幾乎都沒動過耶。』

『到底發生了什麼事……十嶋庵平常絕對不會開放已經成為他收藏的廢墟……』

『誰知道。大概是擁有魔幻樂園這種夢幻逸品果然還是會想炫耀吧？雖然可能很勉強，但我絕對要報名。』

『報名……？』

『永太郎，你沒認真看募集網頁吧？仔細看啦！』

真上在 pecorutan 催促下，再度看了一次網頁概要。

——如今，這個美麗又悲傷的地方已無人踏足。誠摯邀請能夠與我們分享這裡的你、曾想在魔幻樂園打造夢想的你踴躍報名參加，讓我們一起收穫難得的事物，度過珍貴的時光。

『嗯……這是什麼意思？』

『其實，十嶋庵是想蒐集曾經在魔幻樂園工作過的人吧！這個活動的宗旨大概是要在廢墟聚集那些前員工暢談往事。是不是真的有一般名額也很可疑！』

『啊，原來如此。這樣就不是真正的「一般開放」了吧？』

『對啊！基本上還是有可以毛遂自薦的地方就是了！但這活動真的有預計讓我這樣的人去嗎⁉』

雖說是毛遂自薦，但那個欄位就像問卷中自由填寫的部分一樣感覺很不可靠。令人忍不住懷疑主辦單位真的會認真看這種東西嗎？

然而，真上還是仔細填上了「徒然廢墟日記」的網址。雖然那是自己因為興趣而寫下的瑣碎紀錄，但或許會獲得認可，到時候可能也會認識像 pecorutan 這樣單純喜歡廢墟的人。

真上天真地期待著。

＊

獨立小木屋的格局超乎預期的完善，宛如一棟連結數棟平房的半圓形簡易住宅，放在已然變成廢墟的魔幻樂園中顯得格外突兀，一點都感受不到歲月的痕跡，恐怕是這幾個月才蓋出來的成果。

按照預定，包含帶領他們過來的女子在內，將會有十人住在這裡。小木屋裡開著空調，感覺也像是來到真上熟悉的便利商店。

「欸欸，這個小木屋為什麼是半圓形啊？」

「這裡以前是大舞臺，算是過去的一種紀念。由於決定邀請各位時只剩下這裡能蓋住宿的地方，因此我們希望至少用這種形式留下一些過去的痕跡。」

女子得意地解釋。

「你們拆了舞臺嗎！……好浪費……」

聽見真上的哀號，女子若無其事地回答：

「原本的舞臺是木造，經歷風吹雨淋，加上年久失修已經面目全非。」

「啊啊，原來如此……那就沒辦法了……」

「雖然嚮往廢墟卻不希望廢墟完全風化嗎？原來你追求的是荒廢程度能夠讓自己探訪的廢墟啊。」

「這是當然的吧……一個地方變得空無一物就不是廢墟了……十嶋庵先生的想法一定也是這樣吧……」

真上在腦海裡想像著尚未見面的廢墟迷富豪。他曾擔心要是十嶋粗暴地改造了魔幻樂園該怎麼辦，但實際上除了興建小木屋外，魔幻樂園的保存狀態十分理想，無可挑剔，不愧是封印了二十年的地方。可以的話，真上希望十嶋繼續將這裡保留四十年、五十年。

進入小木屋後迎面而來的即是大廳，整體布置就像間居家套房一樣，有著足以讓全員坐成一圈的沙發，後方還配有吧檯與廚房。難道這裡也可以下廚嗎？

「後方走廊上的那些門通往各位的房間。不過，請兩位先入座，大家自我介紹一下。」

女子以不容分說的口吻道。真上默默無語，乖乖照辦。

所有受邀嘉賓齊聚在大廳中，有男有女，所有人都在打量身邊的人究竟是何方神聖。就在真上擔心這樣下去永遠不會有什麼改變時，一道聲音響起：

「沒有人要自我介紹嗎？那就從我開始吧，這也是應該的。」

身上一襲做工精緻西裝的男子瀟灑起身。

男子身高將近一七〇，年紀大約五十多歲，儘管相貌顯露出相應的年紀，但或許是有在健身的緣故，身上的肌肉相當結實。若只看頭部以下，或許會誤以為他是個四十幾歲的精瘦男人。那副洋溢自信的站姿，透露出他對至今人生的驕傲。

「我叫主道延，過去是主導魔幻度假村計畫的 executive section 一員，這次的魔幻樂園探訪應該也會負責領導大家，請多指教。我經常來天繼山打獵，當年有一部分也是因為這點而被委以重任。」

主道口氣狂妄地說。探訪廢墟根本不需要什麼領導吧？看得出來他過於習慣掌控局面，便將所有事情都套用到自己的標準裡。

「executive section 是什麼？」藍鄉問。

「主導計畫執行的部門。」主道回答。真上雖然不是很明白，但主道似乎也不會再解釋更多了。

主道的自我介紹結束後，他身邊的嬌小女性立刻靜悄悄地站起身。

「那我就順著自我介紹了。我叫涉島惠，過去跟主道先生一樣隸屬於executive section，負責向公司以外的人解釋當時的業務內容幫助他們理解，主要的工作是和天衝村民交涉，確認彼此能夠妥協讓步的底線。我很驕傲最後能為魔幻樂園的建設做出貢獻。」

涉島年紀約莫五十歲吧，一頭齊肩的髮絲呈銀白色，但那美麗的色澤說是刻意染成似乎也不奇怪。涉島目光淩厲，右眼下方有顆醒目的淚痣，雖然只是單純的感覺，但似乎是個能幹的女強人。

「我們有兩位和魔幻樂園關係匪淺的人呢。」

沙發上體型略微圓潤的婦人感嘆。

「十嶋庵先生應該也很敬佩我們的功績吧，真是令人感激。」

「不過，實際上就是二位引起了那樁慘烈無比的事件吧？當時也受到了相當多的責難不是嗎？涉島小姐，主道先生。」

說這句話的，是一名四十多歲的纖細男子，身上穿著皺巴巴的襯衫，長長的捲髮紮成了一束，掛著一副紫色太陽眼鏡，身高大約一七……二左右吧。大概是個人習慣，男子右邊的嘴角不知為何總是微微上揚。

「這麼一來，魔幻樂園的建設可以說成也二位，敗也二位，對吧？」

男子露出不懷好意的笑容道。主道沉著臉為自己辯護：「我和天衝村的交涉幾乎沒有關係。」這種話不說也罷。

「是啊，若說這方面有疏失的話，應該算是我的責任吧。」

相反的，涉島則是乾脆承認。這下反而換男子有些退縮，不久，男子一邊重新調整太陽眼鏡一邊說：

「我叫編河陽太，在出版社工作，是《月刊廢墟》這本雜誌的總編。唉，也就是所謂做閒差的淒涼大叔啦。」

「我不覺得那是閒差，我每期都有買……」

真上不假思索道。編河臉上沒有開心的神色，只是朝他微微點頭示意。

「這樣啊，正是因為有像你這樣的讀者願意購買，我們這種雜誌才有辦法做下去啊，多謝多謝。你是？」

「啊，那個……我叫真上永太郎……職業的話，平常在便利商店打工。另外就是……經營一個叫做『徒然廢墟日記』的部落格，可能是因為這樣，這次才能入選……」

真上吞吞吐吐地自我介紹後，編河給了個相當誇張的反應：

「啊！我知道！我寫報導時經常參考上面的內容。你是那個部落格的作者嗎？咦！也就是說……你在網路上用本名？」

編河皺著眉頭問。

「嗯，對……」

「哇，好可怕，現在的年輕人都這樣嗎？我當年開始在網路上衝鋒陷陣的時候，上面有更多妖魔鬼怪橫行，如今網路世界也變和平了啊。不過，以前也是有些人用本名大書特書那起案件的真相，所以也差不多嗎……」

「網路上用本名沒犯法吧……？」

真上有些難以認同地回應，但一旁的人似乎都與編河持相同意見。

「所以意思是，你是因為在網路上很有名才收到邀請的囉？」

說話的人是剛才對主道和涉島表達感想的女子。

「因為在網路上很有名……嗯……大概是吧……？」

「好厲害，這次活動也邀了這樣的人呢。感覺我待在這裡很不好意思，因為我非常普通。」

「那個……妳是？」

「啊，抱歉。我叫賣野海花，以前是魔幻樂園的員工，當時在商店工作。雖然完全沒有機會服務遊客，但包含受訓期間在內，對魔幻樂園有很深的回憶，所以很高興能夠來到這裡，請大家多多指教。」

這位女性的年紀有點難辨別，大概五十幾歲吧，感覺相當開朗友善，就像是那種會願意買店裡快到期三明治的太太。自我介紹到現在，終於出現了一個真上好像能談得來的人。

「因為這次活動是追憶魔幻樂園的往日時光……我還以為會有很多像我這樣的

前員工會來，想不到還有層級那麼高的人在……然後又是網路名人又是……你是記者吧？只有我平平無奇……」

「不，我也一樣喔。」

接著舉手的，是與編河年紀差不多的男子，身高約莫一六五，體型中等，那種隨處可見的路人氣質令真上有種莫名的認同感，感覺也能和這個人好好相處。

「我叫成家友哉，跟賣野太太一樣以前也在魔幻樂園工作，負責的設施是鏡屋。因為希望可以看看那間屋子裡頭的樣子，所以參加了這次的探訪，想盡情懷舊一番，請大家多多指教。」

成家禮貌地一鞠躬。

「哦，成家先生是在鏡屋？那你記得我嗎？」

「不……抱歉，我連賣野這個姓氏都沒印象……頂多只記得同樣在鏡屋裡工作的人。之前在魔幻樂園工作的員工非常多人吧？」

「沒關係沒關係，我雖然這樣問，但其實我自己也不認識你，彼此彼此。」

賣野露出安心的笑容。

真上原以為只有熱愛廢墟的人會參加這次活動，但看來並非如此。不如說，來這裡跟廢墟有關係的人只有編河、自己和藍鄉。剩下兩名不認識的男女不知道是屬於哪一種人。

或許是發現眾人的視線集中到了自己身上，年輕的男子開口：

「我叫鵜走淳也……本來應該是我父親要過來，最後變成由我代替。我父親以前負責的設施是星際飛車，我聽他說了許多這裡的事，所以很期待這次探訪，請大家多多指教。」

鵜走嘴上雖然這麼說，看起來卻不是那麼開心的樣子。鵜走的身高大約一七〇，身材纖細，皮膚黝黑。他瞇起眼睛，略帶神經質的眼神彷彿將在場所有人都視為敵人。儘管他似乎對魔幻樂園很有興趣，甚至代父參加活動，但感覺表現出來的態度卻和他的說詞有所出入。

「你有聽爸爸提起過同事的事嗎？我不是很清楚雲霄飛車……那邊的人。」

「不，我只聽他說過遊樂園複雜的過去，還有來這裡的話，好像就能跟十嶋財團搭上線。」

鵜走毫不矯飾，一臉若無其事地說。

「他說只要能跟十嶋財團搭上線就是最有價值的事，叫我過來。」

「……我覺得十嶋庵先生在這裡追求的是純粹的交流……」

「就算沒跟十嶋財團，跟主道先生這種上流階層牽上線也好啊。兩邊都很不錯，來這裡果然是對的。」

鵜走不屈不撓地說。真上衷心佩服他的那份坦率。這個人是不是剛好在找工作呢？這樣的話，魔幻樂園或許的確能成為一個好機會。

「所以？那邊那位好像是飛特族，你呢？」

鵜走斜眼瞥了瞥真上後，問話的對象是藍鄉。

「我是藍鄉燈至。不過，用時任古美這個名字比較多人知道吧？」

藍鄉以跟在計程車上一樣的方式自我介紹，但周圍卻反應平平，甚至一臉疑惑，不明白藍鄉在說什麼。

「是……廢墟偵探系列對吧？我有看過。」

唯一有反應的是鵜走，但他卻一臉不快道：

「我真的不懂那個系列的評價為什麼那麼好耶。那種內容有必要寫成推理小說嗎？」

「我覺得不懂那個系列的優點還滿嚴重的……」

大概是被戳到痛處，藍鄉難得露出狼狽的樣子。看著他那副模樣，真上內心莫名暢快。

「作家耶，好厲害喔。邀請這樣的人來參加活動也很有趣。」

大概是顧慮藍鄉，剩下的一人這麼說道。

那是個將一頭長髮染成褐色的年輕女子，年紀大概和真上差不多，身高以女生而言算高，目測有一六〇公分以上，一雙滴溜溜的大眼格外引人注目，予人一種親切的印象。

「啊，抱歉這麼慢才介紹，我叫常察凜奈，只是個喜歡廢墟的普通ＯＬ，沒什麼可以特別拿出來說的事……很高興能來到魔幻樂園，廢墟之中我最喜歡的就是遊樂園了。」

似乎是不知道還能再說些什麼，常察側著腦袋一臉傷腦筋的樣子環顧眾人一圈，乞求大家的諒解。那副模樣就像在說一個單純的廢墟迷待在魔幻樂園有錯一樣。只是單純的廢墟迷又如何？這樣真上也能跟 pecorutan 說有一般人名額了吧。

待所有人都自我介紹完畢，先前為真上他們帶路後便待在大廳角落的女子立刻迅速走向前，輕快的姿態甚至有點迫不及待的感覺。

「再次向各位介紹，我叫佐義雨緋彩，是十嶋財團派來的十嶋庵代理人。」

佐義雨笑吟吟地說，感覺也像是身為一名普通員工卻能待在這裡而樂不可支的樣子。

「我的任務是見證各位在魔幻樂園中的挑戰直到最後一刻。」

挑戰——儘管對這個詞有些在意，但在場參加者的好奇心卻似乎已完全轉移到佐義雨身上，絲毫不以為意。

「各位在這裡可以自由活動。小木屋為每位參加者準備了附有淋浴間的單人房以及豐富的食物，隨各位運用。」

「感覺應該不是生存遊戲吧？這樣我就放心了。我本來因為太擔心，連隨身攜帶的糧食都準備好了呢……該說真不愧是十嶋財團嗎？」

涉島小小恭維了十嶋財團一番，從這點可以感受到她待人處事的圓滑。

「十嶋庵先生不來嗎？我原本很期待能見到他耶。」

編河問。

「十嶋不會公開露面。」

「但我聽說這個活動本來就是十嶋庵為了聚集當年的相關人員一起追憶才舉辦的……」

鵜走聳了聳肩膀說。然而，佐義雨卻搖頭道：

「十嶋從來沒有說過那樣的話，但可以確定的是，他聚集了適合魔幻樂園的人。」

佐義雨的口吻聽起來既像在教訓鵜走的自以為是也像在開玩笑。唯有提起十嶋時她的面具才會微微脫落，露出彷彿在談論一名老朋友般的表情。或許，佐義雨和十嶋庵的關係比想像中更親近也不一定。

「十嶋庵究竟是怎樣的人呢？或許也有人是因為好奇這件事才報名活動的吧。還是說，佐義雨小姐可能就是十嶋庵？妳雖然看起來很年輕，但其實是十嶋財團的女主人之類的……」

編河單刀直入提出疑問，口氣雖然戲謔，眼神卻無比認真。十嶋庵的真實身分應該會成為一條大獨家吧。

「說起來，大家好像也不是很確定十嶋庵的性別……他究竟是男是女呢？」

說話的人是常察。十嶋庵明明是個大富豪，大家怎麼可能連這種事都不曉得呢？然而，卻沒有人能說出肯定的答案。

「這世上真的有十嶋庵這個人嗎？」

不久，成家喃喃吐出疑問。經他這麼一說，原本覺得理所當然存在的十嶋庵形象瞬間變得模糊。二十年前決定買下魔幻樂園的廢墟迷、將真上等人聚集到此處的人——

這個人真的存在嗎？

「太蠢了。我透過窗口和十嶋庵先生交談過好幾次，那冷靜的商業判斷、大膽的投資氣魄以及追逐廢墟這種充滿童心的機智興趣，怎麼想都是男人吧？」

主道毫不猶豫地說出明顯帶有性別歧視的發言。

「先不管這個人到底存不存在，我比較在意妳說的『挑戰』是什麼。」

鵜走大概從剛才就很介意了吧，有些強硬地拉回話題。

「那到底是什麼意思？你們還準備了什麼餘興節目嗎？」

「是啊。十嶋有話要告訴各位嘉賓，請容我代為傳達。」

「如果是十嶋庵先生要說的話，我希望以書面方式呈現。像這樣口頭轉達，要是有什麼差錯就麻煩了。」

「不，不用擔心。如果這樣都會出錯的話，用哪種書面方式呈現應該都沒用。」

主道的臉龐因佐義雨調侃的口吻瞬間漲紅。然而佐義雨完全不以為意，繼續說道：

「十嶋要對各位說的只有一句話——『這座魔幻樂園，將會送給找到寶藏的人』。」

十分簡單的一句話，的確沒必要以書面方式呈現。

「我來這裡，是為了見證各位尋寶的過程，請獲得這座廢棄遊樂園吧。」

「不不不，這是在開玩笑吧？」真上問。

佐義雨緩緩搖頭。

「不，十嶋是認真的，**他想將魔幻樂園送給各位**。」

真上不禁看向窗外的園區。

這裡怎麼看都是座無法拿來當遊樂園的廢墟，若想接納遊客的話，得先解決各式各樣的問題吧。雖然這麼說很抱歉，但真上不覺得這裡的魅力大到想讓人完成十嶋庵的「挑戰」。

收下這裡能做什麼？就在真下想這麼說時，涉島突然發問：

「如果沒有人找到寶藏的話呢？這裡又會回復之前那樣嗎？」

「若一週後仍然沒有人找到寶藏的話，十嶋打算向一般大眾開放魔幻樂園，讓所有廢墟迷和充滿好奇心的記者好好享受。」

佐義雨微笑道。

這樣比較好吧？即使得到這座廢棄遊樂園，真上也不覺得能應用在什麼地方。說到底，就算是廢墟迷、昔日的遊樂園員工，也沒人會想接手整座魔幻樂園吧？

然而，真上的想法卻輕易被推翻。

「……原來如此，那就得找到寶藏才行了呢。」
說話的人是成家。
「來到這裡後我才明白，我似乎對魔幻樂園還有所依戀。可以的話，我不希望這裡對外開放，我希望魔幻樂園一直像這樣當個時間停止轉動的廢墟。既然如此，就必須得到她才行。」
成家帶著有些鑽牛角尖的口氣喃喃低語。他是那種會想擁有這裡的人嗎？
「成家先生也想得到魔幻樂園嗎？」
「對，可能的話。」
「看來得認真參加這種尋寶遊戲才行了嗎？」
主道不耐煩地說，就連涉島也輕輕嘆了一口氣。至此，真上終於有機會插嘴：
「等一下，主道先生，難道你們也對魔幻樂園……？」
「不行嗎？」
涉島的聲音略顯強硬。
「不是不行……」
「這塊土地還有許多利用價值，能免費入手是最好不過的事。雖然可能得花一筆錢處理地上物，但只要能自由使用空地就會有辦法。」
神奇的是，經主道這麼一說，不禁令人覺得好像真的會有辦法。那麼，這兩人圖的就是魔幻樂園的商業用途囉。

「我……雖然不是那麼想擁有魔幻樂園……但很好奇十嶋庵先生藏的寶藏是什麼。」

「咦，常察小姐也是嗎？我也很好奇耶。」

常察和賣野似乎對得到魔幻樂園沒興趣，卻對尋寶躍躍欲試，一副期待參加定向越野遊戲的樣子。

「真上，你不想要魔幻樂園嗎？總不能一輩子都在便利商店工作吧？」

鵜走的意願自是不用說。

「不，你冷靜思考看看，這種狀態的魔幻樂園就算收下來也什麼事都不能做吧……」

「你就是這樣缺乏上進心才會做打工的工作。」

鵜走語帶輕蔑道。

「便利商店的工作也很辛苦喔？最近也增加了許多綜合業務……」

「不，在這裡退縮的話的確不像個男人。」

編河聳聳肩道。

「編河先生也想要這座廢園？」

「《月刊廢墟》的記者拿到廢棄遊樂園的話，怎麼想都會引起話題吧？先寫篇好報導，以後的事以後再想就好。畢竟是十嶋財團，或許可以讓我不用接收所有權吧？」

「是啊，十嶋的想法是隨得主高興怎麼樣就怎麼樣。」

佐義雨也煞有其事地點頭附和。

「那麼，就能適當製造一個話題後再放棄就好，這樣當然會想要吧？你也把這裡用來寫部落格，賺到點擊率後再丟掉不就好了嗎？」

「我這麼做的話，感覺會受到各方撻伐。」

「那種事總有辦法解決吧？把這裡用來當作廢墟同好線下見面會的場地，大家應該會支持吧？」

藍鄉一副很了解似地點頭說。

「藍鄉先生……你也想要魔幻樂園嗎？」

遭眾人異樣熱情淹沒的真上戰戰兢兢地問道。只見藍鄉一臉笑容，擊碎真上仰賴的最後一絲希望。

「當然想啊！你看，我是廢墟偵探系列的作者耶！一想到可以得到能隨心所欲的取材景點，我就好開心。」

「這樣啊……」

也就是說，在場全員為了得到魔幻樂園都會正式挑戰尋寶，似乎一點都不怕這份巨大過頭的獎品。事到如今，要是真上不小心找到了還比較可怕。如果寶藏是一眼就能看出的東西，真上還能裝做沒看見，但那究竟是什麼呢？

常察及時提出了疑問：

「所以，所謂的寶藏是什麼東西呢？不知道這點的話，感覺也無從找起……」
「關於寶藏的外形或形式，十嶋並沒有告訴我。不過，他有囑託我一個提示。」
「提示？」
「沒錯。提示是『找回過去正確的魔幻樂園』。」
「也就是說……把這裡恢復成廢園前的狀態？這種事辦得到嗎？」
賣野低聲訝道。佐義雨沒有回答，而是高聲宣布：
「一切都看各位怎麼做，十嶋並沒有規定期限，各位隨時都可以從這座魔幻樂園離開，不過請注意，一旦走出去後便無法再次入園。」
「妳要怎麼知道我們有沒有離開呢？」
「我們會根據鵜走先生您手上也有戴的那條手環來判斷。這條手環可以感應各位身上發出的生物電與心跳，若戴著手環離開，我便會收到通知。此外，人在園內卻拿下手環的話，我們也會請您離開。」
連心跳都能感測，意思是如果有人突然心跳停止的話也能知道嗎？當然，若有人心跳停止，就不是管尋寶怎麼樣的時候了。
「原來如此，感覺真的很像小孩子在玩遊戲呢。洗澡時不小心拿掉手環也不行嗎？我的手環好像會因為這樣掉下來。」
「請小心。」
佐義雨打發掉編河的玩笑。編河聳聳肩，將手環裝到左手手腕上，右手則是戴著手錶。原來如此，有戴手錶的人加上手環變成兩隻手腕都會戴著東西，感覺很不方便。身旁的人好像也都將手環戴在非慣用手上。這麼一來，左撇子的真上和主道戴手環的手就一樣了，讓人感覺不是很舒服。真上覺得自己好像也會搞錯，不小心拿掉手環。手環一離身就算出局的話，似乎真的不可能踏出樂園了吧。

「那麼，還有什麼問題嗎？」

「之後如果還有介意的事情也可以再發問吧？這樣的話我應該沒什麼問題了。」

涉島乾脆地說。

「那大家就解散吧，得快點出發尋寶才行呢。」

賣野一這麼說完，主道和涉島便互相悄聲說了些什麼，迅速離開小木屋。成家沉思一會兒後也似乎很焦急的樣子，頭也不回地走掉了。就連藍鄉都說「想放行李」向房間走去。

大廳裡只剩下以意味深長的眼光盯著自己的編河、不知為何低頭深思的鵜走和似乎不確定自己該做什麼的常察。

「也不用那麼急吧……」

「真上先生是抱持這樣的想法呢。」

佐義雨目不轉睛地打量著真上淺笑道。真上感覺自己好像在面試一樣。

「您真冷靜。果然，只是單純享受荒廢的魔幻樂園，立場就是跟別人不同嗎？」

「因為我只是單純為了享受廢墟才來的，從沒想過要得到魔幻樂園這種事。」

「您沒有想要這個地方的念頭嗎？」

佐義雨在「想要」兩個字上加重語氣。她隻手托著下巴，乾淨的指甲上黏著白白的什麼。真上總覺得自己見過那種東西。如此注重服裝的人也會出現這種失誤嗎？

「那個……因為妳一直盯著我，我就順便問個問題……參加者不睡在這棟小木屋裡也沒關係吧？不管睡在魔幻樂園的哪裡，十嶋財團都允許對吧？」

由於這是最最重要的問題，真上再三強調地問道。結果，佐義雨還沒回答，編河便率先有了反應：

「等一下，真上。你那個大背包裡裝的該不會是露營用品吧？你是那種夢想在旋轉馬車旁睡覺的人嗎？」

「說是露營用品……也只是換洗衣物、睡袋和其他一些必需品而已……不是那麼厲害的裝備……」

真上吞吞吐吐說完後，在場所有人皆哈哈大笑。大家不會真的都打算住在這棟小木屋裡吧？

「不過我明白你的心情，我小時候也說過想睡在水族館或是在戶外看著星星入眠這類的話，讓爸媽傷透腦筋。我能理解真上先生準備睡袋的心情。」

就算常察幫自己說話，真上依然覺得悶悶不樂。常察雖然那樣說，但大概還是會睡在小木屋裡吧。這是為什麼呢？身旁廢墟迷享受廢墟的方式似乎和真上有著天壞之別。

「不對，應該不是那樣。你該不會是想半夜去找寶藏吧？」鵜走說。

「就說了，我對魔幻樂園和寶藏都沒興趣，我來這裡只是為了單純享受廢墟。」

真上雖然力圖解釋，鵜走卻仍是一臉懷疑。事到如今，真上乾脆找到寶藏再讓出去可能還比較快。

「我姑且相信你的話。」

「好……是喔……承蒙你的信任……」

真上再也待不下去，就這樣離開了小木屋。他覺得自己被捲進了莫名其妙的狀況，至少，現在這種發展並不是自己原本追求的廢墟探險。

3

離開小木屋後終於有種復活的感覺。真上心中再次有了能夠觀察魔幻樂園的餘裕，鬆了一口氣。以容納大量訪客為前提而興建的設施如今大門深鎖，佇立在寂靜之中，那樣的姿態極其美麗。

或許是連讓人踐踏的機會都不曾擁有的緣故，鋪設在園內的柏油路依然平整乾淨。看著雜草努力從路面縫隙間生長的模樣，真上不禁露出微笑。雖然真上可以舉出無數個關於廢墟的優點，但其中他最喜歡植物跋扈的姿態。

在廢棄城墟這類大規模的廢墟裡，有時還能看到爬牆虎覆蓋一整面牆壁，彷彿連建築本身都要一起吞噬的光景。教真上廢墟優點的人也喜歡藤蔓植物匍匐在牆上的姿態。另一方面，地面上茂盛的植物則是衡量人跡的指標。如果植物沒有遭到破壞，欣欣向榮的話，就是該地長年阻擋人類進出，等待真上他們的證據——

真上在園內信步而行，暫時沉浸在回憶之中。廢棄遊樂園不同於一般廢墟，寬敞得能讓人漫無目的地徘徊，令真上感到十分新鮮。

「……對喔，這些全都不會動了……」

真上喃喃低語。

園裡所有設施都呈現一種接納自己正緩緩死去的狀態。

真上在某項設施——魔幻飛傘前停下了腳步。這是座由八根醒目的大柱子撐起的設施，一旁的招牌上寫著「搭乘魔幻飛傘，享受二十公尺的高空之旅！」

支柱上垂掛著裝載藍色飛行傘的雙人吊籃。看來，在樂園運作期間，這似乎是個將吊籃升高，一覽魔幻樂園的遊樂設施。所有吊籃都與對側的吊籃雙雙連結在一塊，採取類似翹翹板的原理，這邊吊籃升起，那邊吊籃便會落下。大概就是像這樣讓乘客享受慢慢旋轉，上下擺動的樂趣吧。

眼前八個吊籃中有四個落下，對面的吊籃一直高高掛在空中。或許，這座翹翹板二十年來始終都維持在這個模樣。

真上為吊掛在空中的吊籃拍了幾張照片後，突然想拍吊籃放下來的樣子。只要中央支柱有可以攀爬的地方，以真上的體重或許可以讓吊籃下降。真上才剛試探性地摸了摸生鏽的柱子，背後立刻傳來一道尖銳的聲音。

「真上？你在幹麼？危險！」

賣野不知是想到了什麼，以飛撲的氣勢奔了過來。試圖閃躲的真上身體瞬間失去平衡，摔了一跤。賣野發出哀鳴：「啊啊！你看吧！」

「雖然不知道你想幹麼，但廢墟比你想像的還危險好幾百倍喔。幸好只是摔跤……」

「啊啊……那個……謝謝妳的關心。」

「沒事，還好你沒受傷。」

接著，兩人就這樣你看著我我看著你，任憑沉默籠罩。最後，真上投降，決定向賣野搭話。

「賣野太太，妳怎麼會在這裡……？妳有什麼寶藏的線索了嗎？」

「線索？沒有線索啊。我只是很懷念，到處轉轉看看罷了。雖然這裡曾經發生了那樣的事，但的的確確是我年輕時的回憶。」

賣野懷念地瞇起眼睛說。真上似乎也能感同身受，剛才他也一樣沉浸在懷舊的情緒裡。

「話說回來，你剛才打算做什麼？該不會是想移動這個飛傘吧？」

「移動？這東西能移動？設施本身嗎？」
「園裡所有名字中有『魔幻』兩個字的遊樂設施都可以移動，分成拆卸後重組以及利用內部滑輪直接移動兩種。」
「原來如此……聽妳這麼一說好像能理解……但如果器材安裝好後不適合那個位置，或是想增添新的遊樂設施時很麻煩吧？」
雖說這種事比起廢墟更偏向遊樂園設計知識，真上卻很感興趣。
「如果器材本身夠穩的話，移動起來應該也沒有那麼辛苦。你看，這個魔幻飛傘也是，八根柱子裡有四根可以收起來再拉出輪子。」
「這個飛傘要幾個人才拉得動呢？」
「不不不，這不是靠人力拉動，裡面一定有用來移動的馬達吧。現在啟動可能會引發什麼大意外，別想移動喔，而且沒通電根本也動不了吧。啊，勸你也別想仗著年輕力壯就硬拉。」
「我才……」
不會那樣做。話還沒說完，真上不禁改變了念頭。他想看這些生鏽的大機器緩緩移動的樣子。如果必須獲得魔幻樂園才能達成這個目標，那他對尋寶就稍微有點興趣了。
此時，賣野彷彿讀出了真上的想法開口問道：
「真上，你對尋寶沒興趣對吧？」

「咦？啊，嗯……是沒興趣。畢竟把遊樂園送給我我也應付不來。」
「那麼……如果你找到寶藏的話，可以讓給我嗎？」
「咦？」
賣野的表情無比真摯，卻也像是害怕的成分居多。賣野表明自己是抱著好玩的心態參加尋寶不過是剛才的事，應該還沒有那麼多時間讓她參觀魔幻樂園到改變心意吧。
「賣野太太……妳拿到魔幻樂園後不是想……做什麼吧？」
「嗯，嗯，我這種平凡的家庭主婦也沒辦法拿來做什麼。我只是……只是……也想擁有先生和孩子也不知道的東西，體驗那種感覺。」
騙人。這是個輕易就能識破的謊言。但因為真上不知賣野這麼說的理由便難以追究。
寶藏本身送給賣野也無妨。只是，真上無論如何都很介意她隱藏的祕密。不久，真上開口：
「好，我找到的話就交給妳……因為妳是第一個拜託我的人。」
「真、真的嗎？」
「老實說，我不了解以前的魔幻樂園，也不知道找不找得到……」
「那、那，我們一起行動吧？說不定運氣好就能找到。怎麼樣，一起吧？」
真上還沒說完，賣野便急著接話。其實，真上本來想把什麼尋寶的事都拋到九霄雲外，隨心所欲地探索魔幻樂園，但有人這樣當面拜託實在很難拒絕，畢竟，真上連代班這種事都拒絕不了。

「那……要找哪裡呢？賣野太太，妳覺得魔幻樂園裡會藏東西的地方是？」

「這是尋寶挑戰對吧？既然如此，我覺得不是在神祕地帶就是在鏡屋。因為寶藏都是藏在像迷宮一樣的地方不是嗎？」

真上雖然沒去過鏡屋，但大約能想像裡面的樣子。一座全部由鏡子打造而成的迷宮，身在其中很難找出正確的路徑又會被鏡中的自己干擾，因此需要花心思破解的設施。

「原來如此，的確可能在鏡屋……那神祕地帶又是？」

「雖然名字叫做神祕地帶，但其實是鬼屋。裡面的路徑錯綜複雜，充滿了殭屍和妖怪。我看過有不知情的小孩進去後哭著出來。」

「那為什麼要叫神祕地帶呢？」

「一定是因為這件事本身就很神祕吧？是個謎啊。」

賣野像是覺得自己說了什麼很厲害的話般獨自笑了起來。都是因為取了這種名字，害得原本不用哭泣的小孩流淚，喜歡鬼屋的人也失去了進去的機會，感覺並不是什麼好事。如果問主道他們，不知是否能了解這個名字的由來。

「那要去神祕地帶找找看嗎？感覺那裡的確也跟尋寶很搭。」

「不行，我不敢去恐怖的地方，要去的話只能去鏡屋。」

「……如果寶藏在神祕地帶裡面的話怎麼辦？妳要放棄嗎？」

「那樣的話，我想請你幫我去拿。如果其他地方找過全都沒有的話，就代表寶藏是在神祕地帶，到時候就拜託你了。」

「……我是沒差啦……」

真上總覺得難以釋懷。他雖不怕假殭屍和假妖怪，卻有種賣野將苦差事全推到自己頭上的感覺。

「你同意的話，那我們就先去鏡屋吧！」

語畢，賣野意氣風發地邁出步伐。默默跟在後頭的真上，有種自己好像變成家犬的感覺。

斷章 1

我來到天衝村似乎是兩歲左右的事。懂事後只覺得「自己來到一個陌生的地方」，一直懷抱某種飄蕩不安感，認為「自己住在一個陌生的場所」。明明不記得過去居住的地方卻有這種想法，實在吃虧。

新搬進去的家有座很大的地下室，村裡的人稱之為地窖。據說，天衝村以前發生過很嚴重的森林火災，村民記取當時的教訓後開始挖掘地窖，以在緊急時刻保護貴重物品。

當時建議大家挖掘地窖的家族「籤付」家在天衝村擁有崇高的地位，至今仍有很大的發話權。天衝村主要靠自給自足和規模不大的農業支撐，除了稻米，還盛產洋蔥、馬鈴薯等作物，至於這裡的香菇能不能稱為一項產業我就不是很清楚了。天衝村雖然位於山中，降雪量卻相對稀少，也因此被視為受到上天眷顧的村落。

話雖如此，在這個只有星空值得炫耀的地方，我從小就是個以臭臉聞名的小孩。身邊的人經常問我：「妳怎麼老是在生悶氣？」我的表情明明沒有那麼不高興，只是不知道該怎麼表達開心而已。

天衝村是個很無趣的村子，幾乎沒有可以遊戲的地方，隨便閒晃還會挨罵。媽媽說，離開爸爸家之後她只能回來這裡。我想回去。就算跟我說這裡是媽媽的故鄉我也完全沒感覺。

天衝村是個寂寞的地方，大家都很忙碌，村裡也沒有和我同年的小孩。雖然有許多大我一輪的孩子，但近來在天衝村生產的人本身就不多。媽媽白天工作時沒人陪我玩，診所只有媽媽和近藤阿姨兩個護士，不太能有固定休假的時間。

我會在村子裡探險。天衝村雖然有很多戶人家，但也有很多空房。其中最大的房子就是籤付先生家。

籤付先生家有座很大的庭院，裡面長了好多水果。雖然這麼做應該不對，但我還是穿過牆上的洞穴闖入了他們家的庭院。在繪本的世界裡，隨便吃那些成熟的果實也不會挨罵，所以我就摘了一顆碰得到的水果吃。

我和 Haru 相遇就是在那個時候。

「妳在那裡做什麼？」

這個人長得雖好看，眼神卻似乎帶著悲傷。他露出孤零零的表情，目不轉睛地盯著我看。

「我發現葉子在動，沒想到是這麼小隻的入侵者啊。」

說完，Haru 翻過牆壁來到我這側。

「妳叫什麼名字？」

「凜奈。」

「這樣啊，我是 Haru。」

Haru 來到我身邊，彎下身軀，和我四目相對。

「抱歉在妳吃石榴吃得正開心的時候打斷妳，但快點出去吧。這裡是別人家的庭院喔。」

「我想去那邊看看。只要讓我摸一下那邊，我就乖乖回家。」

我指向庭院另一端說。那是從大門可以看見的地方，開了美麗的花朵，我無論如何都想摸摸看。

「那裡的話感覺會被人看到……對了。」

Haru 挨近我的耳邊小聲說：

「如果有人發現妳的話，妳就說『是晴乃說可以進來的』，我會負責。」

「嗯，好。」

我向 Haru 揮揮手後邁出步伐，緩緩朝粉紅色的花朵走去。

4

原來鏡屋是棟大型的六角形建築，儘管紅白相間的外牆已然褪色，建築本身依然十分堅固。在這裡，連沿著屋頂高處設置的排煙窗似乎也是由鏡子而非玻璃製成，徹底貫徹鏡屋的精神。

鏡屋入口屋簷下的招牌以ＰＯＰ字體寫著「MIRROR HOUSE」，招牌上掛了隻陰森森的兔子玩偶，年久失修的玩偶烏漆抹黑，宛如一道巨大的剪影。

「……這樣一看，鏡屋也有點讓人毛骨悚然耶。」

「的確……」

「來，真上，這給你。」

賣野遞給真上一支大型手電筒。

「雖然魔幻樂園運作時鏡屋裡的燈應該會亮，但現在裡頭應該很暗……對吧？」

「謝謝。我沒去過鏡屋，忘了裡面照不到陽光。」

雖然戶外設施沒有差別，但廢園也會造成這種不便。照這樣看來，神祕地帶應該也會一樣辛苦吧。賣野給的是支正規手電筒，就算鏡屋裡頭跟洞穴一樣黑應該也能應付。

「我們進去吧。還好現在就算不付錢也沒有工作人員會罵我們。」

「你一臉正經地在開玩笑呢，臉上有點笑容會更好喔。」

「……我會努力。」

真上說著，推下入口的銀色通行桿。儘管已有二十年沒使用，通行桿仍能順利轉動，發出微微的金屬鏽味。

突然，真上腳下發出劈里啪啦的巨響。他嚇了一跳看向腳邊，只見一地破碎的鏡子。似乎是通行桿一旁牆上的鏡子破了。

「小心，腳下有鏡子碎片。」

「咦，真的耶，好危險。但都二十年了也是沒辦法的事……」

「確實……」

但硬要說的話，感覺這塊鏡子是遭人故意打破。那放射狀的裂痕像是有人奮力揮舞凶器後的結果。

即使經過漫長的歲月，鏡屋內部依舊美麗。在這裡，不僅所有通道皆由鏡子組成，就連地板和天花板也全面鋪了鏡子，因此真上一踏進來，迎面就是個和自己長得一模一樣的高個子男人。儘管已做好心理準備，真上還是抖了一下。

「真上，你被鏡屋嚇到了嗎？你也有可愛的地方嘛。」

「因為我很少來這種地方……應該說，這是第一次。」

臉上掛著笑容的賣野也分裂成了好幾個人。天花板上的真上俯瞰著呆呆仰望頭頂的真上。仔細一看，天花板的鏡子外框裝了一圈燈泡，通電時，那裡應該會發揮照明作用吧。

「這麼多鏡子，要是破了會很危險吧？尤其是天花板上的鏡子，如果掉下來極有可能會受傷……如果有什麼能遮住臉的東西還能安心一點。」

探索廢墟最需要注意的就是天花板的狀態。基本上，有東西會掉落造成危險的地方就要避開，根本不會進去天花板本身已經老化的房子。另外雖然不多見，但天花板是彩繪玻璃的地方更是禁忌。要是玻璃突然落下的話，恐怕會傷及眼睛和其他地方。

所以，連天花板都鋪上鏡子的這座迷宮在真上心中是不合格的。現在雖然沒出現裂痕或是肉眼可見的老化，卻依然是令人畏懼的場所。

「如果這裡的鏡子全都四分五裂碎掉的話會很可怕吧……」

「這叫做杞人憂天。源自於古時候有個人擔心天空會掉下來的故事。」

「就現實問題而言，鏡子不是會掉下來嗎？」

真上邊說邊在充滿自己的迷宮裡前行。不過，這裡是遊樂園的遊戲設施，走一走應該就能抵達出口了。真上自然而然地不把遊樂園的迷宮放在眼裡。

但意外的是，遊樂園並沒有那麼簡單。真上很快就走進了死路，有些不知所措。他眼神四處游移，移動手電筒，檢查是否有自己忽略的通道，卻怎麼也找不到下一條路。

「是死路……」

「不是死路喔，是用鏡子做的拉門。仔細看會發現，這些鏡子中有可以移動的部分。」

真上按賣野的話將燈光照向下方。他看著嵌得滴水不漏的鏡子，怎麼都不覺得它們會動。不過，真上不讓表象影響自己試著滑動鏡子，結果真的出現了一條新的通道。

「祕訣就是順著牆壁摸索，確認附近是否有拉門。這裡現在很暗，眼睛看不清楚，就算照下面也不太知道門在哪裡吧？」

「門好貼合軌道喔……完全沒有縫隙，肉眼辨識不出來。」

如果是普通的拉門，便可以用下方是否有縫隙來判斷。

「必須實際動手才知道。」

設計者當初可能就是想打造一座天衣無縫的鏡屋吧，竭盡所能讓挑戰者難以辨別迷宮的結構。雖然得一直觸摸門壁，鏡子上的指紋看起來卻不是那麼明顯，大概是用了某種特殊塗料。二十年前的話，這些塗料應該還很貴，想必花了相當高的成本。

這棟鏡屋沒有遊客玩或許有點浪費了。鏡子拉門雖然因年久失修有點難開，但只要保養一下應該不成問題。

「賣野太太，如果妳得到魔幻樂園的話，能不能至少讓其他遊樂園帶走這棟鏡屋呢？」

「咦？這個嘛……老實說，我不知道這棟鏡屋能不能移動，不過現在這樣很可惜吧？」

「對喲，鏡屋的名字沒有加『魔幻』，所以不是移動式設施對吧？」

「不過，如果我得到魔幻樂園的話，或許只有這麼做才能讓這裡以遊樂園的姿態復活……」

賣野慌慌張張地說，似乎對真上有一層莫名的顧慮，可能是以為真上會因為鏡屋的處理方式而不願將寶藏交給她吧。真上覺得自己說了不該說的話。不過，賣野想要魔幻樂園的心情強烈到甚至害怕真上不高興嗎？

「……妳不用在意鏡屋的事啦，真的。」

「咦？啊啊，沒關係。我沒想到你覺得鏡屋這麼好玩，真想讓你看看這裡點燈的樣子……受訓時我也大致看過鏡屋一圈，所以是有感情的。」

即使解開拉門之謎，真上他們還是在迷宮中陷入苦戰。就算滑動鏡子發現新通道，但前方不是毫無意義的死路、就是沒什麼特別的小房間。

雖然明白以迷宮的結構而言，位於外側、有排煙窗的小房間大多是死路，但也沒因此而能更聰明地前進。

「真上……你是不是怕這種遊樂設施啊？」

「我不是怕……這種狹窄的通道跟便利商店也很像……只是，鏡子就實在有點……」

再這樣下去，就沒辦法談什麼尋寶了。總而言之，真上想先離開這裡。就在他焦躁伸手的瞬間，眼前的鏡子打開了。

「哇！」

「呀!?」

從對面現身的，是同樣拿著手電筒的常察。因為一直在鏡屋裡徘徊的緣故，真上甚至產生自己變成常察的錯覺。

「真、真上!?」

「是常察、小姐對吧……？」

「剛才雖然有聽到你們說話的聲音，但不知道怎麼過來你們這裡……」

常察微微歪著腦袋說。看樣子，常察在真上和賣野進來前就已經在探索鏡屋了。該說大家的想法有志一同嗎？

「……我知道鏡屋裡的門為什麼全都要做成拉門了……我心臟都停了。」

「抱歉嚇到你了。雖然外表上看不出來，但原來你這麼敏感纖細呢。」

雖然常察是以開玩笑的口吻說這些話，真上卻小小受到了打擊。身形高不高大跟恐懼心理又沒關係。

「唉呀，果然大家想的都一樣呢。我也是猜寶藏可能在這裡。」

「啊，賣野太太也這樣想嗎！說到寶藏，感覺不是在鏡屋就是在神祕地帶。」

「對吧對吧？」

常察和賣野在鏡屋裡牽起對方的手，一臉開懷。突然，常察身後冒出了藍鄉的臉。

「順帶一提，我也在喔。」

「哇！」

「你為什麼會是那種反應？你是廢墟偵探系列的粉絲吧？」

「我是喜歡廢墟偵探系列……但一想到作者是你就……」

「作家是作家，作品是作品。」

很遺憾，真上是那種無法切割的讀者。

「話說回來，我特別打破的入口鏡子因為說話聲都沒意義了。」

「那是你打破的嗎？」

「我想說如果聽到踩碎玻璃的聲音就知道有誰來了。」

「你不可以蓄意破壞鏡屋。」

「但這裡是廢墟吧？本來就快壞的地方應該無所謂吧？」

藍鄉一臉理直氣壯。他說的或許沒錯，但那樣的廢墟觀實在跟真上不太合。不要做那些因一時興起而故意傷害廢墟的行為比較好吧。

「為什麼常察小姐會和藍鄉先生在一起呢？」

「我不習慣廢墟，藍鄉先生便幫我介紹。因為我也不知道該從何查起……」

「我是覺得初始階段果然還是需要人手，加上探索鏡屋內部好像不容易，就請常察小姐來幫忙。」

「也就是說……你們已經看過鏡屋一圈了嗎？」

聽見賣野的問題後，常察用力點頭。

「我們從剛才就四處探索，小房間也全都看過了……但完全沒收穫。這裡只有一堆鏡子，盡頭的死路什麼也沒有。我想應該沒有看漏才對……」

「妳都這麼說的話應該就是這樣了。」真上道。

鏡屋是結構複雜，但並沒有那麼多地方能藏東西。此外，由於聚集了一堆鏡子，有放什麼東西的話也會特別醒目。寶藏藏在鏡屋的可能性或許很低。

「明明感覺這麼像藏在這裡卻什麼都沒有嗎？」

「如果有密室的話也許就另當別論了。」

藍鄉開玩笑地說，但也不能忽略這個可能。

「成家先生會不會很了解鏡屋的內部構造呢？他以前負責鏡屋，可能看過內部設計圖。」

「但那也是二十年前的事了吧？他還記得嗎……我自己最近記性都有點不可

靠……」

賣野撫額道。真上突然想像起賣野太太二十年前的樣子。二十年前，賣野太太大概二十幾歲吧，那時的她是個怎麼樣的人呢？

「那設計圖呢？」

說話的人是常察。

「如果魔幻樂園按當年的樣子保存下來的話，鏡屋的設計圖應該在辦公室某個地方吧？」

「的確，沒人知道迷宮內部的樣子也太奇怪了，辦公室一定有圖。」

賣野一副已經猜中正解的模樣。辦公室確實可能有鏡屋的設計圖，但問題是這棟鏡屋有那麼精巧的密室必須看設計圖才知道嗎？設計圖頂多只能看出盡頭小屋的位置吧。真上是單純對迷宮平面圖感到好奇，對它的「尋寶」效果卻抱持懷疑。話說回來，他連「找回過去的魔幻樂園」這個提示都尚未出現頭緒。

不過，賣野他們似乎已經決定要這麼做了。

「除了鏡屋，辦公室裡應該也會有神祕地帶的平面圖吧？這樣尋寶就一口氣變簡單了呢。說不定還會有什麼魔幻樂園的祕密通道圖！對吧，藍鄉老師？」

「畢竟說到推理，就是祕密通道嘛。我也覺得如果找到的話會很有趣。」

藍鄉笑容滿面地回答。看著賣野理所當然徵求藍鄉認同的樣子，真上趕緊出聲：

「等一下，我們接下來是要四個人一起去找寶藏嗎？」

「不行嗎？常察小姐應該也不是想極力獲得魔幻樂園的人……」

「賣野太太，妳對魔幻樂園那麼執著嗎？」

藍鄉瞪大眼睛問。

「不，說不上是執著……我只是……對這裡有很深的回憶……希望這裡經過二十年的歲月後能再度成為人們喜愛的遊樂園就好了……只是想如果自己能幫上一點忙的話……」

「既然如此，如果我們四個人找到寶藏的話就共同擁有吧。雖然我本來只是想要一個能夠自由取材的廢墟……但也很好奇廢墟再生的過程。」

賣野對藍鄉的提議大力點頭。

「那麼，我們就一起行動吧！只要我們同心協力，一定能馬上找到寶藏！」

就這樣，探索行動完全背離真上的想法變成了四人行。

賣野似乎和常察意氣相投，兩人已迅速走向前方。真上和藍鄉則是有氣無力地跟在後頭。

「所以呢，你為什麼幫賣野太太？」

「咦？」

「目前看不出來她在打什麼算盤吧？但表現得那麼執著，就代表有什麼內情不是嗎？」

藍鄉瞇起眼睛道。

「你已經察覺到這點卻裝做毫不在意的樣子，讓我覺得很不可思議。」

「……因為我對得到魔幻樂園沒興趣。假設你抽獎抽到一條活生生的鮟鱇魚好了，但鮟鱇魚不處理的話什麼都不能做對吧？這時，出現了一個超級想要鮟鱇魚的人，你不會給他嗎？不管那個人是想飼養還是想把鮟鱇魚埋了都無所謂……」

「嗯……真是個讓人似懂非懂的比喻。那如果是你有一條鮟鱇魚的話會怎麼做？」

「我的話，會處理後煮湯喝。」

「那如果我抽中鮟鱇魚的話就拿去給你。」

「我又不是在說這個……」

不，自己或許就是在說這樣的事。真上處理不來魔幻樂園，既然如此，不如交給別有所圖的賣野更好。

「可是我覺得賣野太太應付不來魔幻樂園耶。」

藍鄉彷彿看穿了真上的想法道。

「那你還要四個人一起合作？」

「我只是想和你們一起抽獎而已。」

真上不禁覺得藍鄉是在報復自己說了那個難懂的譬喻。

大概是因為魔幻樂園十分積極將一切設計與星星連結的關係吧，魔幻樂園綜合辦公室的外觀是艘橫臥的巨大火箭。據說那座知名的主題樂園辦公室還是以爵士俱樂部為造型。隨處可見避免破壞氣氛的巧思，或許正是遊樂園的醍醐味。

已經開始風化的火箭感覺也像是久遠前面臨迫降的機體，火箭圓窗上甚至有藤蔓攀爬，看起來愈發像是一艘抵達未知星球的遺物。

「來是來了……但辦公室的門開得了嗎？」

賣野站在模擬艙門的入口前突然擔心道。藍鄉一副若無其事的表情回答：

「這有什麼好擔心的？」

「這需要擔心吧？進不去就不能找東西了。」

「真上，你太死板了。這裡是廢墟吧？打不開的話，破壞掉不就好了嗎？」

望著一副理直氣壯的藍鄉，真上心想無論如何都得避免寶藏交到他手裡。要是這個男人得到可以對魔幻樂園為所欲為的權利，誰知道他會做出什麼野蠻的事。

就在眾人說著這些話時，眼前的辦公室大門打開了。

「啊——」

現身的人影是涉島。大概是很意外跟大家碰個正著吧，一向冷靜的涉島露出微微吃驚的表情。過了一會兒，主道也突然從涉島身後冒了出來。

「涉島小姐、主道先生，真巧呢。」

常察笑容可掬道。已經完全恢復表情的涉島也以微笑回應：

「是啊，真巧呢，沒想到會在這種地方碰到，你們來這裡找東西？」
「對。那個……我們想看看這裡有沒有鏡屋和神祕地帶的平面圖……」
「我記得好像有，你們可以找找看。」
魔幻樂園成為廢墟後，如今的擁有者明明是十嶋庵，涉島的口氣卻彷彿他們現在仍是辦公室的主人一樣。所以，真上試著刺激一下對方。
「主道先生，你們在這裡做什麼？」
「不過是緬懷過去罷了。我們原本想這裡或許會有什麼尋寶的線索，結果最後只是沉浸在回憶裡。」
真上套話的對象明明是主道，實際回答的人卻是涉島。本是不想讓能言善道的涉島說話才做出的舉動卻無濟於事。不知道是不是順著涉島的話，主道尷尬地說：
「得想起從前的事才有辦法展開下一步。」
主道和涉島的樣子看起來實在不像只是單純地懷念過往。二十年前，這兩人是使用辦公室的人。不，實際營運應該是由他人執行，所以應該說是「能自由出入這裡的人」才對。他們來這裡的目的究竟是什麼呢？
「我們可以進去嗎？」
「嗯，當然。尋寶的範圍是整座魔幻樂園，藍鄉老師願意探索的話也是我們的榮幸。開玩笑的，事到如今用這種好像我們還有權限的口氣說話應該不太好吧？」
語畢，涉島輕輕點了個頭便離開了，主道也隨後跟上。

「既然這樣，那就進去吧。我好像備受期待呢。」
藍鄉意氣風發地打開火箭艙門。
踏入艙門後是一間極為普通的辦公室，園方並沒有連內部都設計成火箭風格。辦公室內有四張相連的辦公桌和滿滿的資料櫃。搭配小巧螢幕的白色桌上型電腦已徹底泛黃，就算插電恐怕也很難啟動了。此外，部分窗戶似乎是在暴風雨時遭石頭打破，吹進來的風雨侵蝕著地面。
角落一隅的紙箱裡殘留了大量兩折園區地圖。因為沒能迎來正式開幕所以才剩這麼多吧。就連地圖正面的吉祥物——粉紅色的兔子？——插圖也散發著寂寥。無論如何，真上決定先拿一些。
另外值得一提的，應該就是窗邊的大型模型了。玻璃展示櫃外積了厚厚的一層灰，無法看清裡面的模樣。
「好像是天繼山附近一帶的模型呢。」常察說。
「天繼山附近一帶嗎……」
真上伸手撫去展示櫃上的塵埃。當二十年份的灰塵附著在掌中，模型露出全貌時，真上的雙手就像是戴了副黑手套一樣。看到這一幕的賣野以教訓小孩的口吻高聲道：
「等一下真上，你在做什麼！」
「咦！不是……我想看清楚裡面……」

「你的手變那樣不就哪裡都不能碰了嗎！你早點說的話，我就去找其他能擦的東西了……」

「這個，好像可以用。」

藍鄉指著廁所旁的迷你洗手臺。

「雖然不知道水質有沒有達到飲用水的標準，但總比沾著那些黏黏的東西好吧？」

「謝謝……」

真上乖乖道謝，轉開生鏽的水龍頭。龍頭如藍鄉所說流出了水來，雖然一開始有些混濁，但馬上就變得清澈透明，令沾滿灰塵的洗手臺取回昔日的潔白。真上雙手伸進水中，一股刺人的冰冷透了過來。

「洗不太掉……」

「是吧？因為你的雙手承載了二十年的光陰啊。」

「用指甲刮的話好像有比較好一點，但汙垢又跑到指甲裡了……」

經過五分鐘以上的苦戰，真上的雙手終於恢復乾淨。他從背包裡取出手帕仔細擦拭，接著順便拿出一本資料夾。

「那是什麼？」

「拿來和這個模型比較用的。」

重見天日的玻璃展示櫃內，是魔幻度假村的預期完工模型。在簡單模擬的群山中，魔幻樂園佇立的身影熠熠生輝。不僅如此，還有聯繫度假村的單軌鐵路、豪華飯店以及全天候型的體育館。高爾夫球場與滑雪場在模型中也已完成。員工遇到需要說明的場合時，大概是一邊參照這個模型一邊解釋吧。

「這樣看來，原本的計畫是個好厲害的度假村呢……」

「可是好像有點塞太多東西了。但大概是因為這裡交通不便，才做到這個地步吧。」

「因為這是以旅客長時間入住為前提的度假村，所以才會打造成可以從各方面切入享樂的地方吧。當初好像也有考慮要蓋大型電影院，邀請觀眾參加試映會等等的。」

真上邊說邊翻開資料夾，取出自己想要的東西。

「那是？」

「啊啊，抱歉，我剛剛只有說要比較用卻沒仔細解釋吧？這是天繼山一帶的舊地圖，因為是我自己畫的，有點歪就是了。」

「你自己畫的？」

常察驚訝得瞪大了雙眼。

「像天衝村這種已經不存在的村落……大部分的舊地圖都不是很詳細。所以，這是我對照資料重畫的地圖。」

不過，從山脈的相對位置來看，真上畫的地圖落差應該沒有太大。

「天衝村的舊址剛好就是魔幻樂園的所在地。不過，村子的範圍本來更大，魔幻樂園前的飯店和體育館的位置都屬於舊天衝村。」

真上很驚訝，天衝村過去曾是居住人口高達兩千人的社群。不過，魔幻度假村從模型上來看並不大。預計興建的魔幻飯店客房數是一〇一六間，甚至無法容納全部的天衝村民。

「天衝村附近有水源，加上降雪量不算大，因此農業發達。當初會決定在這裡蓋度假村，氣候好像也是一個主因。」

「能理解。畢竟講到山就會講到水嘛，魔幻樂園能蓋游泳池應該也有受到這點影響吧？」

「我記得好像是在鏡屋旁邊。可是二十五公尺的泳池跳下去就沒了，既然都要蓋泳池，如果是那種有滑水道的泳池就好了。」

「其實他們本來也有計畫要建滑水道，好像是覺得只要在隔年夏天前準備好華麗的設施就好。」

賣野瞇起眼睛看向模型道。製作模型的時候，沒有人對隔年夏天的到來感到懷疑。

「如果度假村是這個大小的話，天衝村或許沒有必要消失。」

常察喃喃低語。

「嗯……可是，魔幻樂園和飯店中間如果有一座村莊的話，感覺影響會很大。」

「啊，嗯，對喔。度假村裡突然有座村子也很傷腦筋，而且有住戶的話就不能蓋高爾夫球場了吧。」

「畢竟高爾夫球場需要很大的土地……這樣看來，這個模型可能還只是在非常暫定的階段。」

「還要再加很多東西進去……」

眾人就這樣看著模型勾勒起魔幻度假村的目標與發展，然而，這些思緒卻遭藍鄉的一聲「啊」給打斷。

「被擺了一道。」

藍鄉在櫃子前不悅地咕噥。

「怎麼了，藍鄉？」

「這面櫃子空了一大塊。我本來就猜涉島小姐來辦公室應該有什麼目的，原來是來處理放在這裡的某樣東西啊。」

這麼一說，藍鄉前方的櫃子的確有塊不自然的空缺，看起來也不是拿走了全部的資料夾，所以應該是原本的地方有什麼不願讓人看見的東西吧。

「可是好奇怪喔，如果真的是見不得人的東西，根本不會放在辦公室裡吧？所以應該不會是私人的資料。本來放在辦公室很正常、二十年後卻不願被看到的東西會是什麼呢？」

「難道說，原本那裡放的東西就是寶藏嗎!?」

賣野驚問，臉色「唰」地一下變白了。

「如果大剌剌放在這種地方的東西就是寶藏的話，我會懷疑十嶋庵的品味。」

「是嗎？我會覺得他個性很直接耶，是種對大家很親切的服務精神吧？」

「藍鄉，請你想像一下，如果一幅拼圖裡每塊都標有號碼，只要從左到右照著號碼排列就能輕鬆完成。這樣算是服務精神嗎？」

「我不太會排拼圖……」

「……是嗎？」

「意思是，主道先生他們會變成魔幻樂園的主人嗎？怎麼辦……」

「賣野太太，現在還不能放棄。主道先生他們拿走的可能是線索之類的東西而不是寶藏。要是他們拿到寶藏，得到魔幻樂園的話，應該會直接說出來吧？」

即使兩人沒說，那個叫做佐義雨的代理人感覺也會明確告知大家尋寶結束。由於尋寶的提示是「找回過去正確的魔幻樂園」，若主道他們拿到了寶藏，便意味著移動辦公室的某樣東西即取回了正確的魔幻樂園。真上不認為十嶋庵要求的答案只是移動資料夾。但這麼一來，涉島他們帶走的東西的確就很令人在意了。

眾人開始檢查剩下的資料夾。撇除掉那些龐大的員工配置表和感覺看不懂的魔幻樂園內部資料，真上迅速翻閱起其他資料的內容，一行人就這樣分工合作確認資料。突然，賣野高興得大喊：

「有了！鏡屋和神祕地帶的平面圖！」

不僅如此，還有魔幻樂園的地圖與分布在園內的倉庫配置圖。園中一共有七座倉庫，塞滿了紀念品、滅火器、防災備品等物品。

雖然真上的個性對這類備品相關的東西比較感興趣，但賣野他們的注意力似乎已經轉移到迷宮地圖上。真上也從上方隨意覷了一下。

不出所料，並沒有什麼新發現。當然，地圖上詳細記載了鏡屋內的迷宮死路與小房間的位置，卻沒有出乎意料的設計。果然，真上他們剛才探索過的地方就是全部了，這張地圖只是用來確認這件事。

神祕地帶就更單純了。由於那是搭乘車體沿固定路線巡遊的乘坐式遊樂設施，幾乎沒有偏離主要軌道的路線。不過，地圖上倒是簡單寫了神祕地帶的布置內容。

「『末世殭屍區』、『亡者哀號區』、『最終審判區』……為什麼神祕地帶裡會有這些東西啊？最後還是『阿鼻叫喚拷問區』，到底哪裡神祕了？」

「應該是因為死後世界是最神祕難解的一件事吧。」賣野說。

「賣野太太說得沒錯。還是說真上，你死過嗎？」

「這樣講的話，與其說死後世界，感覺連活著這件事都很神祕。」

「我也覺得死後世界是個謎。」

連常察都一副嚴肅的表情這麼說道，那麼，或許對這個名字耿耿於懷的真上才是異類吧。真上的手指順著宛如地獄之旅的路線道：

「這樣看來，感覺可以之後再探索神祕地帶耶。雖然這種類似鬼屋的場所好像有很多地方可以藏東西……」

「很有趣耶。這個『最終審判區』的主題是瑪阿特的天秤，真的有一個大天秤和怪物阿米特。」

「瑪阿特的天秤？」

「是古埃及的傳說。在天秤一端放上羽毛，一端放上死者的心臟，心臟比羽毛重的惡人會遭怪物吞掉心臟。」

「這也太不公平了吧？世界上哪有比羽毛輕的心臟？因為這種假審判而被怪物吃掉太不可理喻了……」

真上一點也不想接受古埃及的審判。

「不管怎麼說，我們把這個帶走吧，或許還能當作交易籌碼喔。」

賣野與匆匆地拿起資料夾，緊緊抱在懷裡。

「雖然不知道其他人目前找到了什麼情報，但如果說我們有平面圖可以交換的話，他們或許願意說出來。有需要的話，就請涉島小姐他們讓我們看看她從辦公室帶走的東西吧！」

賣野一副想到了好點子的模樣，但實際上先翻過辦公室的人是涉島他們，涉島和主道會跳過平面圖就代表這些不是重要資訊。

不過，真上刻意不提此事。讓賣野做她想做的事應該比較好吧。

櫃子上另外還有些雜誌，最醒目的地方放了本名叫《週刊文夏》的雜誌，那本

（圖）倉庫配置圖

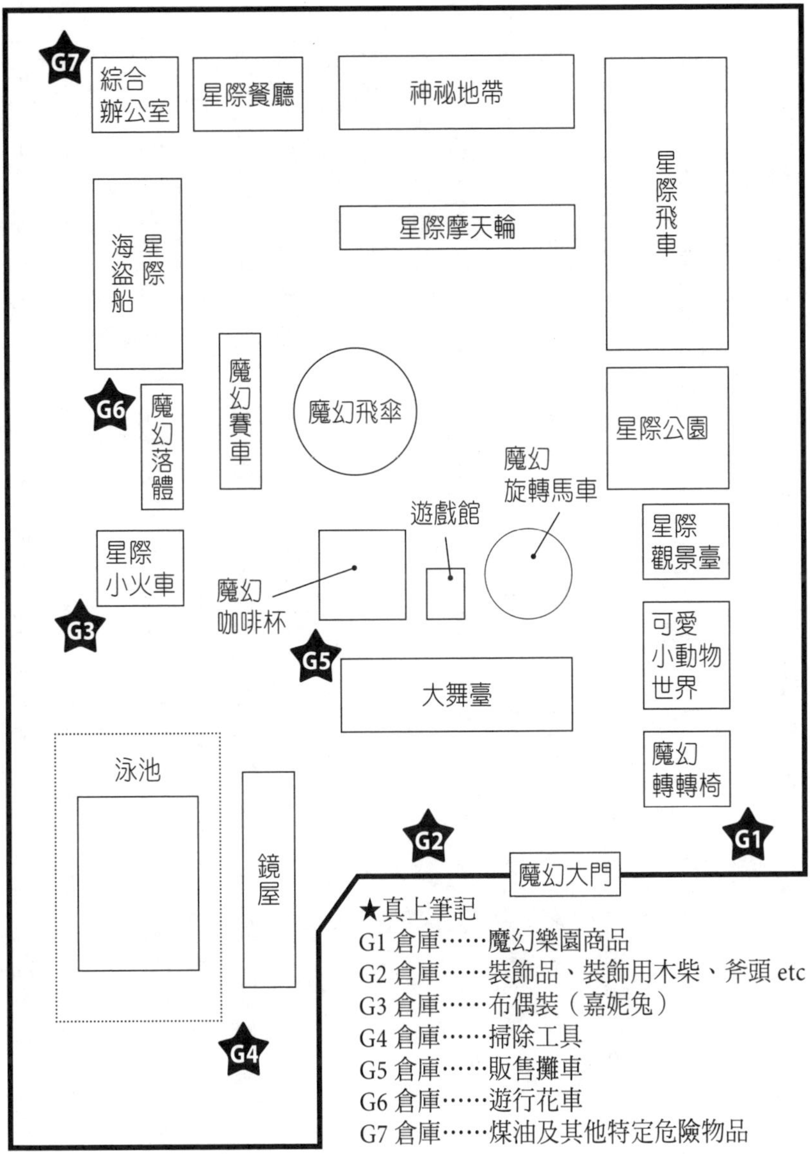
G7
綜合辦公室
星際餐廳
神祕地帶
星際飛車
星際摩天輪
星際海盜船
魔幻賽車
魔幻飛傘
G6
魔幻落體
星際公園
魔幻旋轉馬車
遊戲館
星際觀景臺
星際小火車
魔幻咖啡杯
G3
可愛小動物世界
G5
大舞臺
泳池
魔幻轉轉椅
鏡屋
G2
G1
魔幻大門
G4
★真上筆記
G1 倉庫……魔幻樂園商品
G2 倉庫……裝飾品、裝飾用木柴、斧頭 etc
G3 倉庫……布偶裝（嘉妮兔）
G4 倉庫……掃除工具
G5 倉庫……販售攤車
G6 倉庫……遊行花車
G7 倉庫……煤油及其他特定危險物品

九月第四週的封面上寫著「魔幻樂園終於開幕！」看來，是在試營運前夕印好的刊號，內容樂觀描述了魔幻度假村今後將如何發展。真上只簡略翻了一下，不太有興趣。

這一期的《週刊文夏》另外還刊載了美國九一一恐怖攻擊、法國因硝酸銨這種化學肥料引發的爆炸意外和《神隱少女》的影評，以及某大型主題樂園的新園區計畫最終告吹的報導。也是因為這件事，大家對魔幻度假村才有那麼高的期待吧。

「既然已經找到想要的東西，我們就離開吧。」

常察乾脆地說。

「常察，妳不再看了嗎？」

「我原本也只是想找平面圖而已……」

常察視線游移，似乎有些無所適從。這麼說來，自從進來辦公室後，常察的話就突然變少了，是不喜歡這座辦公室散發出來的往日氣息還是怕充滿灰塵的空氣呢？對原本是來欣賞廢墟的常察而言，只看辦公室可能覺得不夠吧。

雖然真上對這間辦公室還有些依依不捨，但之後自己再來就可以了。他起身道：

「說得也是，那我們離開吧。」

「真上，你沒有想要拿的東西嗎？」

真上的視線隨著賣野的話語瞥了模型一眼。那不管外界如何變遷，逕自在玻璃櫃裡不斷作著昔日美夢的姿態充滿了魅力。不過，真上仍是搖了搖頭。

「沒有，我沒關係。」

5

就這樣，得到平面圖檔案的賣野帶著好心情率先邁出步伐，準備回到小木屋。

「我們就這樣和大家交換意見，一起拿到寶藏吧！」

先不論賣野的計畫是否能成真，只要她開心就好。真上默默跟在後頭，藍鄉隨即在他耳邊悄悄低語：

「剛才的資料夾裡還有什麼東西嗎？」

「資料夾？」

「不是賣野太太拿的那個，是你帶的資料夾。」

藍鄉說的，應該就是放了天衝村手繪地圖的那本資料夾吧。

「頂多就是……統整了一些我自己在意的資料。」

「哦，好好奇喔。」藍鄉笑道。

真上想起自己在魔幻大門前曾經想把資料夾拿給眼前這個男人看，卻因為他說的話而打消了念頭。大概是從真上微妙的表情看出了什麼，藍鄉不好意思地撇開目光說：

「因為我沒想到你這麼認真調查嘛，抱歉。」

語畢，藍鄉朝前面兩人追了上去。藍鄉這是想道歉嗎？常察三人在一座約十公尺高的巨大星星地標前停下了腳步。

「這星星是什麼？」

「怎麼，真上？你討厭星星嗎？你是那種不會抬頭看天空的人？」

「我小時候常常看喔……就是那個……十字架星星什麼的。」

「什麼啊？」

「就是找到以後就不會在海上迷路的星……」

「啊啊，你說半人馬座下方的十字星嗎？我知道。」

藍鄉不知為何露出一副勝利的笑容，是覺得自己贏了什麼嗎？

「這裡好像就是倉庫。地圖上也有標，對吧？把需要的設備混在這種營造遊樂園氣氛的裝飾裡，真厲害。」

聽見常察的評語，賣野莫名高興地笑著附和：「對吧對吧？」仔細一看，星星上頭有個小小的門把可以拉開。

「說不定，裡面有寶藏或是提示小卡之類的東西喔。」

「嗯……如果是遊戲的話，或許有這個可能。賣野太太，看剛才的地圖，這是放什麼的倉庫？」

賣野露出意味深長的笑容答道：「是放什麼呢？」意思是要真上自己親眼確認吧。真上嘆了一口氣，轉向星形倉庫。

「話說回來，門鎖是開的嗎？」

幸好，倉庫沒有上鎖。真上小心翼翼拉開門扉，倉庫內部在眾人面前展開。看著手電筒映照出來的東西，真上倒抽了一口氣。

「哇！……這是什麼啊？」

真上忍不住驚叫。

貼著流星的倉庫內有五套布偶裝，是由水藍色與粉紅色構成的夢幻兔子造型，配色本身還算可愛，但兔子臉上過於巨大的嘴巴和上吊的眼睛卻十分嚇人，裝飾在眼睛裡的小星星也很有壓迫感，愈看愈發令人不安。

然而，一旁的常察雙眼卻閃爍著不輸給兔子的光芒。她奔上前，像是要撲向那發出陣陣霉臭味的布偶。

「呀——！很可愛吧！是布偶裝！對喔，魔幻樂園也有吉祥物嘛！」

「應該是……有吧……但就是這個嗎……」

真上覺得有這種兔子在園裡走來走去還滿恐怖的，難道不是嗎？這種粉彩色與亮色的搭配莫名引人不安。

「這是原本預計要成為魔幻樂園吉祥物的兔子，嘉妮兔。別看它這樣，據說是由當時很受歡迎的插畫家親手設計。但魔幻樂園變成這樣後，插畫家似乎就沒有公開這件事了。」

一旁的賣野熟練地解釋。

「無法理解插畫家的品味是我的錯嗎……」

「是啊，是你的錯。我也覺得嘉妮兔很可愛。」

藍鄉以不知道是不是真心的口吻補了一槍。真上突然搞不懂魔幻樂園了。主道和涉島也是覺得嘉妮兔很可愛才核准通過的嗎？

「順帶一提，嘉妮兔這個名字是結合 galaxy 和 bonnie 兩個字變成『ganie』而來的喔，很棒吧？」

「真的很可愛！會讓人想念出聲！嘉妮兔！」

賣野和常察在布偶裝前興高采烈地聊著。看來，賣野在魔幻樂園工作時就已經是嘉妮兔的粉絲了。接著，她竟然還舉起布偶的手臂進一步解說：

「這套嘉妮兔布偶裝很厲害喔，為了讓穿的人能夠表演特技，盡可能減輕了服裝的重量，關節也可以自由轉動。」

「這真的有厲害。我還沒在便利商店工作前也穿過布偶裝……布偶裝的關節能不能彎曲也會影響後空翻的難易度。」

「唉呀，真上，你穿過布偶裝嗎？那你應該會對嘉妮兔的質料很感動。」

賣野雙眼發亮，一副現在就想把嘉妮兔的頭拔下來套在真上身上的樣子。真上才不想覆上那隻布偶閃閃發亮的雙眼。

「不過，真上好像穿不下耶。嗯……成家先生大概勉強可以，涉島小姐反而是太嬌小了，可能不行。」

興奮的常察拿下嘉妮兔的頭，檢查布偶內部。

的確。能穿下這套布偶裝的人身高大概在一五五到一七五公分之間。真上總之是不可能了，目測一六五公分左右的成家大概剛剛好。涉島身高不知道有沒有一五〇，穿上去布偶頭部一定會空空的。

布偶的內部構造很單純：身軀纖細，四肢有著布偶專屬的毛茸茸質感，唯有關節處做成類似護具的樣子。由於上臂與前臂、大腿與小腿之間分別有鉤子連結，似乎也不會不小心分離。這麼一來，就算要求穿戴者做出兔子的動作應該也能應付。雖然要是這隻兔子朝自己蹦蹦跳跳而來的話，小孩子應該會很害怕就是了。

就在真上思考這些事情時，視野倏地縮小，肩膀上多了一股不習慣的重量，光線透過眼前的洞筆直射了進來。

「啊！只有頭的話果然套得進去。哇——好適合你喔，真上！不愧是有穿過布偶裝的人！」

真上從狹窄的視野中看到藍鄉笑嘻嘻的模樣，就連一旁的常察也露出微不可見的笑容。雖然頭套比想像中還輕，但二十年來遭棄置不顧的灰塵搔著真上的鼻間，令他很不舒服。真上拿下頭套，目不轉睛地盯著嘉妮兔，嘉妮兔眼中的星星也直直凝視著真上。

「成為嘉妮兔的感想如何？」

賣野笑容滿面偏著頭問。真上過了一會兒後回答：

「……原來眼睛裡的星星有可以觀看周圍的洞……藏得很好耶……」

「現在的小孩子注意的地方很有趣呢。」

「是嗎……可能是因為我有穿過布偶裝的經驗吧。」

真上將嘉妮兔的頭重新放回身體，嘆了一口氣。鼻間似乎還殘留著灰塵的味道，心情不是很好。不過，經歷二十年的歲月還能保持得這麼完整也是件了不起的事。這套布偶裝還能用，穿上去走到外面的話，一定馬上就能參加遊行。

大概是幾乎沒有人穿過的關係吧，嘉妮兔的身體乾淨得不可思議，一直收在連窗戶都沒有的陰暗場所裡，也沒什麼褪色的問題。雖然外表不可愛，但真上也覺得這些服裝有點可惜了。

「也許，寶藏藏在某一隻嘉妮兔裡面喔？或是園裡有什麼隱藏門需要穿上這套衣服才能打開之類的。」

常察一面檢查布偶裝一面說道。

「那種沒有品味的藏法……大富豪會做嗎？要進入祕密場所卻穿著這種奇怪的布偶裝也太蠢了吧？」

「我覺得用布偶代替藏寶箱是很棒的想法啊……但好像沒有呢。」

真上也朝布偶裝裡面瞄了瞄，所有嘉妮兔身體內都空空如也。看來，嘉妮兔只是一直沉睡在這裡，沒有被賦予新生命。

「但想想也是。如果參加者中有人沒辦法穿嘉妮兔的話，對那個人就不好了，這樣並不公平。」

「或許吧……」

真上強烈希望就是如此。雖然他本來就對得到魔幻樂園沒興趣，但也不想在尋寶過程中做這種丟臉的事。

「嗯……雖然可惜，也只能把嘉妮兔留在這裡了，真捨不得……」

「我真的很想讓你感受它穿起來的質感，但穿不下也沒辦法了……」

常察與賣野你一言我一語道。真上從剛才就一直有個疑問，她們為什麼不自己穿上嘉妮兔呢？

「因為自己穿的話就看不到了吧？也就是說，想要欣賞嘉妮兔可愛的模樣，就必須是嘉妮兔身邊最近的旁觀者才行。」

「……藍鄉，你會讀心術嗎？」

「小說家這種人啊，不知不覺就會練成能夠看穿人心深處的功夫喔。」

藍鄉說著完全無法讓人信服的話，咯咯大笑。狹窄的倉庫裡迴盪著他的笑聲，彷彿就像嘉妮兔在笑一樣。

「快三點了，我們先回小木屋吧？我有點沒力了。」

「好啊，我也想回去休息，而且也許還能和其他人交換情報。」

常察開朗地說。老實說，看其他參加者認真的程度，真上不認為他們肯輕易交換情報，但如果能因此舒緩彼此間緊張的氣氛，那倒是求之不得。

「好是好，但我們能說的也只有嘉妮兔的藏匿地點而已，感覺好可憐。」賣野不高興地說。

「怎麼這樣說呢？大家一定也對嘉妮兔很有興趣，應該也有人想穿穿看吧。」

「會有那樣的人嗎……」

真上斜眼瞥向佇立在暗處的嘉妮兔布偶，低聲咕噥。不知為何，真上腦海裡一直出現這個可怕的布偶攻擊眾人，從腦袋開始啃食他們身體的畫面。

6

「哦，歡迎回來，大家差不多都到齊了喔。」

一回到小木屋，便聽到佐義雨愉快的歡迎。坐在椅子上的她正優雅地看著書，書名是《然後在第八天》，作者是艾勒里·昆恩。令人不禁好奇她的工作範圍到底有哪些。

意外的是，大廳裡除了成家以外已全員到齊。真上才剛想喘口氣歇息，主道立刻瞪來一道凌厲的目光。

「一起回來了啊。你們在辦公室待了這麼久都做了些什麼？」

「我們沒必要跟你說吧？十嶋庵說大家都可以在魔幻樂園裡自由走動。」

藍鄉刻意語帶挑釁道，賣野趕緊回答：

「我們去辦公室前找了一下鏡屋，沒有發現特別的東西……但在辦公室找到了鏡屋和神祕地帶的平面圖！還有就是發現倉庫裡有嘉妮兔的布偶裝。」

「這些發現跟寶藏有什麼關聯嗎？」

主道瞪向賣野，像是教她不要廢話一樣。

「我們也懷疑有沒有關聯……」

大概是看不下去賣野縮成一團的模樣，常察也加入對話：

「主道先生，可以的話，我們希望你們也能一起合作。魔幻樂園占地廣闊，不合作的話，好像也不太可能找到寶藏吧？」

「妳就算跟我這麼說也沒用。」

「常察小姐，妳說得沒錯。我也不否認有想要合作的念頭。」

說話的人是主道身邊的涉島。意想不到的發言令主道一臉驚訝。

「不過，可能的話，我希望得到魔幻樂園。在這種情況下，請恕我婉拒無條件的合作。」

涉島毫不留情地表明立場。明明硬要套出情報的人是主道，她卻一副受害者的口吻，彷彿受到了什麼天大的委屈。然而，賣野和常察卻老老實實地表現出慚愧的樣子。

「為了公平起見我先說好，我和主道先生都沒有找到類似寶藏的東西。這點從佐義雨小姐沒有結束尋寶活動也很清楚吧。」

涉島露出疲憊的神情，嘆了口氣。由於對話似乎就要在這裡打住，真上趕緊接著說：

「辦公室的櫃子上有一塊不自然的空格……涉島小姐，之前在辦公室的人只有你們吧？妳收走了什麼東西嗎？」

在說出「收走」時，真上也覺得對方不可能乖乖回答，但姑且還是問了一下。過了一會兒，涉島回答：

「是魔幻度假村的出資者名單。」

「名單？」

「沒錯。當然，出資者的資料都有備份，我們拿回來的這份也並非正本。但因為過去的合作對象名單無論以何種形式殘留都不太妥當，所以我們才會回收……抱歉，不是什麼特別的情報。」

「謝謝你們願意說出來。」

賣野馬上回應。不過，真上卻更加懷疑了。

從前的出資者名單留下來的話確實不妥，但實在很難想像需要如此急迫地回收。首先，如果是那種名單，在魔幻樂園轉交給十嶋庵前解釋清楚，拿回來不就好了嗎？

所以，他們這次收走的東西應該是不想讓十嶋庵——不，是「**不想讓外人知道他們想收回的東西**」。這部分只要能再確認一次就可以了吧。但這個謊言厲害的地方在於只要說是名單，就能堅持不讓真上他們看，無懈可擊。

「不用說，那個櫃子沒有十嶋庵先生的寶藏。這也是理所當然的事吧？如果把寶藏藏在我們瞭如指掌的辦公室，未免對我們太有利了。」

涉島不理會真上的疑心，若無其事地說。一旁的主道似乎不太擅長隱藏心事，眼睛瞪得跟銅鈴一樣大。

「所以？都在旁邊聽了，那邊的兩個人也該說說話吧？那邊那個……在喝咖啡的，你剛才都做了些什麼？」

主道點名的人是鵜走。真上他們的確不知道鵜走剛剛做了什麼事。鵜走輕輕聳肩道：

「我去了爸爸以前負責的雲霄飛車附近，還有……旋轉馬車這些明顯的地方繞了一圈，但沒看到什麼像是寶藏的東西。」

聽到鵜走那有些缺乏幹勁的語氣，主道嚴厲地看著他問：

「雲霄飛車是遊樂園的招牌吧，你說那裡什麼都沒有是真的嗎？」

「不相信的話，你自己去看看不就好了嗎？我也去看過了，雲霄飛車沒什麼看頭，它現在又不會動。」

說話的人是編河。聽起來，他也跟鵜走一樣探索了雲霄飛車一帶。

「不過，我差不多拿到想要的東西囉。」

「什麼東西？」

「之後再說吧。放心，跟大家拚命要找的寶藏無關，是跟我自己有關的東西。」

編河耐人尋味的說詞令主道不安地皺起眉頭。

「……順便說一下，嘉妮兔的布偶裝在星際小火車附近的星形倉庫裡。」常察怯生生地說。

「我知道，是G3倉庫。」

涉島直截了當地說。

「這樣啊……」

「現存的嘉妮兔布偶裝應該都在G3，案發當時染血的布偶裝已經被扣押了。」

「……原來如此。」

接著是一片沉默，空氣裡飄蕩著無話可說的尷尬。

成家就是在這個時候出現在大廳裡。

「咦？大家都在啊。」

「成家先生，我們剛才在講各自都找了哪些地方……」

常察立刻開口。「啊啊。」成家乾脆地回答：

「我去以前工作的鏡屋裡頭繞了一圈，但沒什麼收穫。不過因為裡面是迷宮，我可能哪裡有看漏也不一定。啊，對了對了，鏡屋現在還是閃閃發亮喔。」

「咦！成家先生也去了鏡屋嗎？」真上問。

成家點頭。

「我是想那種類似迷宮的地方好像會藏東西。但老實說，走到後半段的時候我變得只是在緬懷過去。裡頭雖然很暗，但還是有讓我想起以前的感覺。」

「大家想的都一樣呢。」

「我們也找過鏡屋卻一無所獲。所以成家先生是在我們離開之後去的吧？」常察說。

「尋找一樣的地方很沒效率耶。那樣的話，成家先生也跟我們一起找就好了。」

聽藍鄉這麼說後，成家悠哉地回答：「或許吧。」

「那個，我們在辦公室拿到了鏡屋的設計圖……鏡屋裡面有沒有這張圖沒畫出來的密室呢？像是那種只有你才知道的地方。」

「我想應該沒有……」

「這樣啊……」

賣野遺憾地嘆了口氣後走向大廳角落裡的飲水機。

「口好渴。真是的，到了這把年紀，什麼都沒做也會滿身大汗——」

賣野從杯架中取下紙杯，就那樣僵在原地。

「怎麼了嗎？」真上問。

賣野將沒用過的紙杯丟進垃圾桶，慢步回到眾人身邊。

「……那個，飲水機後面，在拿紙杯時會看到的地方……好像貼了一張奇怪的紙，這個。」

真上下意識收下那張紙。那是張A4大小沒有什麼特別的紙，然而，上面的文字卻令人忍不住瞪大眼睛。

【魔幻樂園槍擊案的真凶就在這裡。】

不帶感情的簡潔文字裡，散發出強烈的敵意，真上不禁僵在原地。一旁的常察趁機覷了眼他手中的紙條後，表情瞬間僵硬。

「……這是什麼？是誰貼的？」

常察表情嚴肅，一反平常溫和的模樣，因此更能傳達出「不尋常」的訊號。

「什麼？那是什麼紙？」

鵜走急著問。常察無語舉起紙張。

「……好差勁的玩笑，真低級。這不能笑笑就算了。」涉島指責。

像是順著涉島的話般，主道也厲聲說：

「現在還不到決定性傷害信任感的地步，做出這種事的人趕快自己招認。否則，我們接下來就要開始找犯人囉，到那個時候就來不及了。」

「不，我覺得找不到犯人……」真上語帶猶豫地說。

「找不到？」主道立刻發出不滿的質疑。

「對。因為……這只是在電腦列印的紙後面黏雙面膠而已，任何人都能辦到，只要趁大家沒注意飲水機的時候迅速貼上去就好……用不到幾秒。」

此外，這張紙有三折折痕，犯人一定是在來魔幻樂園前就先將紙條藏在身邊，人人都有嫌疑。

硬要說的話，也有可能是第一個前往飲水機的賣野自導自演。不過，看她渾身僵硬的樣子，真上不覺得犯人是賣野。

「當然，佐義雨小姐似乎一直在大廳裡，或許有看到犯人。」

「不然，也有可能是我貼的對吧？因為我一直待在這裡，想怎麼貼就怎麼貼。」

「是妳貼的嗎？」

「不是。另外，我也沒有看到犯人，因為我很認真在看書。」

佐義雨刻意舉起手中的文庫本，盈盈一笑。這人的任務明明是見證大家尋寶，關鍵時刻卻一點用都沒有。這樣一來，豈不是跟小木屋管理員沒兩樣嗎？

「你剛剛在懷疑我存在的意義吧？」

「不，我沒想那麼過分的事，只是可惜……妳沒看到關鍵時刻。」

「畢竟，我的使命是見證，只會注意各位出入魔幻樂園的狀況。而我也沒必要介入此次的尋寶，實在不會做張貼紙張這種事呦。」

佐義雨以說笑的口吻道。

「妳這是怠忽職守。十嶋庵先生也會對妳很失望吧？」

主道沉下臉斥責，佐義雨卻回答：「十嶋不太在意這種事。」完全不為所動。

「……如果是這樣，我們就不會知道這張奇怪的紙是誰貼了的吧？」

成家沉重地說。

「不過，這是個好機會不是嗎？」

說話的人是編河。他雖然雙眉低垂，說話的口氣卻彷彿覺得那張紙很有趣一樣。

「撇除掉魔幻樂園槍擊案就沒辦法聊這座遊樂園了吧？但你們大家卻老是在說一些不相關的事。」

「因為那不是能隨便拿來當話題的案件。」常察說。

「在這種地方小心翼翼是一種逃避。我已經到了無法因為那樣就拐彎抹角的年紀了。」

編河搖搖頭，突然盯著真上看了一會兒後說道：

「真上，你也是這麼想的吧？這座廢墟最大的魅力，說是那起槍擊案一點也不為過。」

魔幻度假村建設之際有道巨大的阻礙。

那便是山中的天衝村居民。天衝村歷史悠久，擁有豐富的自然資源，是個風光明媚的聚落。然而一九九五年時，村中的空屋率已令人無法忽視，二十世紀初超過五千人的村落人口已不到一半，據說麥奇卡度假村公司提出建設計畫時，天衝村已不到兩千人。

因此，移走天衝村、預計大規模遷村的計畫才會在村民間引起巨大的分裂。一派人士認為，有鑑於天衝村目前已無人口回流，村民應該在別處另外展開新生活，另一派人士則主張必須堅守歷史悠久的天衝村。兩派人馬互不相讓。

除了村內的嚴重對立，不斷消耗村民的還有外界民眾。世人斷定執著於天衝村的村民跟不上時代，一些心懷惡意的閒人天天向村裡投書，甚至親自前往天衝村騷擾村民。大家一方面應該也是認為魔幻度假村的計畫能夠拯救人口不斷衰退、毫無未來的天繼山一帶吧。

最後，天衝村的反對派遭到壓制，多數居民決定接受魔幻度假村，天衝村民在魔幻度假村的協助下遷至鄰近的天繼鎮。這是一九九九年的事。

兩年後的二〇〇一年，魔幻度假村的火車頭魔幻樂園竣工。

試營運當天，園方第一波邀請的便是答應搬離的天衝村民以及遷居地天繼鎮上的鎮民，免費招待這些人前往夢想國度。這樣的做法本來應該能弭平天衝村與魔幻樂園之間的疙瘩。

然而卻事與願違。

試營運當天，受到邀請的遊客無不盡情玩耍。魔幻樂園是度假村計畫的重點休閒娛樂設施，擁有精采的遊樂設備，與其他知名遊樂園相比毫不遜色。

下午十二點二十七分，一名男子搭上了摩天輪。

男子名叫籤付晴乃，是曾居住在天衝村的青年。

他獨自搭上摩天輪，拿出肩上那只黑色袋子裡的東西——一把用來打獵的遠程來福槍。當籤付搭乘的車廂抵達十點鐘位置時，狙擊瞬間展開。

車廂裡的籤付開始無差別地射擊地面上的遊客，甚至當第一道槍聲響起、第一個人倒在地上時，魔幻樂園依然一片祥和，因為誰都無法料到會有人從摩天輪上開槍。籤付的槍法相當高明，不斷精準射擊來不及害怕的人們。

之後只剩一片混亂。有人趕緊躲到物品後面，有人急忙衝向大門，還有人動也不動，原地蹲下。沒有人知道什麼才是正確的做法。籤付手腕高超，射出的子彈不分對象，極其公平。

當摩天輪車廂抵達地面時，籤付晴乃當場以身上的刀子劃開脖子，自裁身亡。

在籤付搭乘摩天輪的十五分鐘裡，造成了四人死亡，八人受傷。遊樂園員工團結一致，引導遊客從大門離開前往山腳避難。據說，他們展現了高度的服務精神與專業，可惜只有那一天有機會發揮。

下午一點零三分，全員疏散完畢，魔幻大門關閉。

一點三十六分，地方分局警察抵達。

十點開園的魔幻樂園總開園時間為三小時零三分。

由於死亡的籤付沒有留下隻字片語，旁人難以猜測他的犯案動機。唯一可以確定的是，他是反對天衝村搬遷派的領袖，眾人便自然從此處尋找動機。

魔幻樂園因這起槍案被迫廢園，僅僅一人引發的慘劇令夢想王國隕落。那尊近千人參加反對運動也打不倒的魔幻樂園魔像，因籤付晴乃丟了一顆石頭而崩解。

這就是魔幻樂園槍擊案。

「雖然我覺得廢園的原因對廢墟而言很重要……但不認為那是唯一的重點。」

「咦？是嗎？真的嗎～」聽見真上這麼說後，編河立刻噘起嘴巴回應：

「我倒覺得這兩者間的關係密不可分。魔幻樂園廢墟之所以迷人，就是因為曾經有『那件事』吧？每個人看著現在的魔幻樂園，都會同時看到那個因為執著於一座村子，就從摩天輪上拿槍掃射的瘋子，沒錯吧？」

「並沒有。明明是廢墟雜誌記者，你還真喜歡八卦新聞呢。」

常察嚴厲出聲指責。

「我說啊，妳知道出版社是怎麼分配單位的嗎？不是每個人都能做自己想要的工作。我不是一進公司就分去廢墟迷那塊的人。籤付的案子怎麼看都比廢墟有趣吧?」

「……差勁。」

常察丟出這句話後便不再開口。看來,編河只是因為工作的關係才會四處探訪廢墟,並不是對廢墟有多積極的熱愛。上午的時候也是,比起魔幻樂園本身,似乎對十嶋庵更有興趣。所以他的目標應該是寫下簡單易懂、能夠觸及廣大讀者的報導吧。

「那個……編河先生,硬要說的話,你是對槍擊案比較有興趣嗎?」

「當然啦。因為魔幻樂園槍擊案的內容明明很轟轟烈烈,報導卻都不怎麼樣啊。你都來這裡了,對於這點應該也有某種程度的了解吧?」

編河理直氣壯地回答真上的問題。

編河說得沒錯。魔幻樂園槍擊案明明逼得一座遊樂園廢園,網路上卻沒有詳細的報導。

有人說,這是因為早早決定收購魔幻樂園的十嶋庵對當地警察和出入的媒體施加壓力的緣故,也有人說是深受事件影響的天衝村居民全都守口如瓶的關係。

報導討論的內容主要是捕風捉影地推測籤付晴乃為何會犯下這種凶行的心路歷程、指責魔幻度假村強行開發,又或是責怪天衝村封閉的民情,很少有文章針對案件本身去調查、採證。

真上對媒體關注的個人動機興致缺缺，很早就不再繼續追蹤槍擊案的報導，之後也只是看著雜誌上的魔幻樂園地圖，想像遊樂園醞釀成廢墟到什麼程度了。

「這麼說，這張紙該不會是你貼的吧？」

「啊？妳怎麼會跑出這種結論啊，賣野太太？我不覺得貼這種東西就能生出好報導。」

「是嗎？像這樣特別提出槍案的事，知曉當年狀況的人就會勾起回憶，有所動搖吧？這不就是絕佳的好題材嗎？」

涉島以冷靜的口吻點出這個可能，儘管沉著的口氣一如既往，眼裡卻透出藏不住的冷意。涉島是魔幻樂園方的人，換句話說，也是當初策劃要穩健淡化槍擊案的一方，所以才會這麼忌諱編河提起槍案的事吧。

「喂喂喂，等一下。因為這樣就真的把我當成犯人也太奇怪了吧？好像在獵巫一樣。」

「開什麼玩笑！你要是想再搞出更惡劣的事，我不排除採取法律措施喔。這張紙擺明是封恐嚇信。」

「連主道先生都這樣說？等等，我該說不敢置信嗎？不是這樣吧？欸，真上，你也說點什麼啊！」

「咦，我嗎……」

「因為你說那張紙誰都能貼，事情才會變成這樣吧？那些話波及到我了，在業界裡做這種事很不ＯＫ吧？」

編河的那些話怎麼聽都像是詭辯，但真上還是不情不願地拿起了那張「恐嚇信」。

「……雖然不知道是誰貼的，但我覺得是編河先生的可能性很低……吧。」

「為什麼？」

藍鄉立刻回問。

「因為恐嚇信上的雙面膠。雙面膠這種東西，貼上去之後必須撕開膠紙才能用對吧？像這樣，用大拇指的指甲摳摳摳。這個時候，下面那層膠不就會有一點皺皺的痕跡嗎？這個痕跡在左邊，也就是說……貼這張紙的人是右撇子。但編河先生是左撇子吧？所以我才覺得應該不是他。」

參加者中是左撇子的，分別是將手錶戴在右手上的編河，以及將手環戴在右手上的主道與真上，至少這三人應該可以排除嫌疑。雖然也不排除犯人因為怕被發現慣用手而用另一隻手撕膠帶的可能，但貼恐嚇信必須手腳迅速以免讓人發現，考量到這點，使用非慣用手的風險太高了。

眾人大概是接受真上的說法，沒有出現特別的異議。不久，編河勾起嘴角笑道：

「看吧，不像是我吧？我都做到這個資歷了，才不會搞這種寒酸的把戲。我還覺得貼這種微妙的恐嚇信有什麼意義咧。」

「只要是人，都會犯錯。」賣野輕聲道。

「……總而言之，我們暫時別管貼這張紙的人是誰吧。但話說回來，這是怎樣？讓我們看這個能幹麼呢？要說凶手的話，早就已經在摩天輪裡自盡了喔。」

涉島夾雜著嘆息道。

「沒錯。如果說奇蹟生還下來的『籤付晴乃』潛入我們之中的話還另當別論，但不可能有這種事。」

鵜走一副很了解似地點頭附和。

雖然不確定籤付晴乃是否有下地獄，但無論如何，他的的確確不在人間。這是晚了二十年且離題的譴責。

「那麼在意凶手是誰也沒有用吧？那些事……早就已經結束了。」

賣野搖搖頭，像是想甩開討厭的回憶。

「貼這張紙的人本來應該是想惡作劇吧，結果卻意外引起大家的反彈變得不敢承認。既然這樣，這種東西還是丟了比較好。」

賣野說著，舉手伸向恐嚇信。說時遲，那時快，藍鄉從旁劫走了恐嚇信。

「那個，我有些地方還有疑問……應該說是覺得『這樣好嗎？』可以問問大家的意見嗎？」

藍鄉揮了揮手中的恐嚇信笑著問。編河不耐地催促：

「什麼問題？又怎麼了？」

「所謂『真凶』，真的是籤付晴乃嗎？」

「啊？你在說什麼啊？開槍的人是那傢伙吧？」

「在推理的脈絡裡，**真凶並不等於實際行凶的人喔**。」

這麼說來，的確如此。

「也許，寫這張紙的人是想知道籤付晴乃以外的真凶？在這件槍擊案上，還有其他人也有罪吧？被認為煽動籤付的天衝村居民、不擇手段推動開發的魔幻度假村。」

「啊？這有什麼好說的？那件案子裡有罪的人只有籤付那傢伙！我很清楚，天衝村所有居民最後都同意興建魔幻度假村了！」

主道大吼，藍鄉依然面不改色道：

「那麼，這可能是死去的籤付晴乃留下的話吧。魔幻樂園槍擊案是籤付晴乃對天衝村遭人奪走的報復。這句話就是在說，『如果記得那件事的話，別忘了你們的罪』。」

「你想說貼這張紙的人是籤付晴乃嗎？也太蠢了吧。」

編河一口否定藍鄉的推測。然而，藍鄉卻一臉認真地說：「也不是不可能啊。」

「這或許是徘徊在魔幻樂園的籤付晴乃亡魂想傳達給我們的訊息。」

「別開玩笑了，說這種話只會讓大家不安吧？」常察露出擔憂的表情。

涉島打斷常察開口：

「那麼，亡魂詛咒的對象應該就是我了吧？畢竟我以前是魔幻樂園的對外公關，厚顏無恥地來到這種鄉下地方，籤付的鬼魂還是什麼的應該很開心吧？」

「涉島小姐，怎麼連妳都說這種話……」

「主道先生，你振作一點。魔幻度假村是拯救天繼山這一帶的夢想。如果我們不以此為傲的話，過去那些日子就等於一場空了。」

涉島厲聲提醒主道後嘆了口氣看向藍鄉。

「那張可疑的紙留下來或許比較好，說不定跟寶藏有關。雖然我不覺得十嶋庵先生會出這種沒品的謎題，但還是以防萬一。」

「好，我會負責保管。」

藍鄉一臉開心地將恐嚇信收進口袋。感覺藍鄉不是個小心謹慎的人，真上不禁擔心起那張紙的未來。

即便擾人的恐嚇信已從從眼前消失，廳裡的眾人仍是不發一語，互相窺探彼此的模樣同時思考下一步。

主道率先打破沉默：

「這樣下去也不是辦法，我想回房休息一下。廢墟這種地方比想像中還要消耗精神，可能是因為空氣不流通的關係吧。」

語畢，主道便像陣風般離開了大廳。之後，其他人也魚貫走回自己的房間。

雖然真上不打算在小木屋裡過夜，但在這裡吃點簡單的東西或許也不錯。就在真上想著這些事時，成家意外地向他開口搭話：

「藍鄉、真上，你們有空嗎？」

「我很有空啊，對吧，真上？」

「……我也沒事，怎麼了嗎？」

真上有些不情願地回答後，成家立刻說了聲「謝謝」，坐到了一旁的椅子上。

「關於剛才那封恐嚇信……滿令人不安的，所以我才想認真思考一下那究竟代表什麼意思。真上，你剛才不是很敏銳嗎？」

「我想借用你的觀察力。」成家認真道。

「我也沒有那麼敏銳啦。你知道嗎？便利商店的工作內容會大量使用到雙面膠，像是貼新商品的廣告啦、海報之類的，我只是剛好想到而已。」

「真上，你想把自己的技能全都用便利商店來解釋嗎？這也是很厲害。」

「藍鄉老師可能不知道，每天認真工作會有很豐富的收穫喔。」

「就算你這麼說，我還是想和你一起討論。另外，藍鄉身為作家，感覺對這一類的事也很見多識廣，所以我才找你們。」

「想討論什麼都可以！這種事的確很適合作家！」

藍鄉樂呵呵地說。另一方面，成家則是放低聲音道：

「那封恐嚇信啊……我在想，如果我們之中有那起槍擊案的死者家屬或是因為槍案而受傷的人，會不會是那樣的人貼的呢？對方可能是想對我們這些引發槍擊案的魔幻樂園方報仇。」

成家這麼一說，確實有這樣的可能。槍擊案雖然已過了二十年，但相關人士應該都還健在。對方可能得知魔幻樂園睽違二十年後要開放的消息便潛了進來。

「成家先生，槍擊案發生的時候你人在哪裡呢？」

「我跟遊客一起躲在鏡屋裡。籤付自殺後，我就引導遊客疏散，前往山腳下避難，所以老實說我不太清楚那天的事。」

「原來如此……這麼說來，你就不是很了解槍擊案了呢。」

「我可以加入你們的談話嗎？」

就在這時，常察插話進來。

「歡迎。如果能聽聽妳的看法，應該也會有很多幫助。」

成家親切地邀請常察坐下。

「抱歉，失禮了。那個……我不是故意要偷聽，你們剛剛說可能是籤付晴乃事件的受害者……或是遺屬來報仇，對吧？」

「這只是其中一個可能，我們就順著談下去了。」

「既然如此，我們要不要來談談受害者呢？我來之前有先做了調查。」

真上再次拿出先前那本資料夾，資料夾第一頁是受害者的姓名，第二頁則畫了張漂亮的魔幻樂園地圖。

（圖）魔幻樂園槍擊案　死者遭到射擊的地點

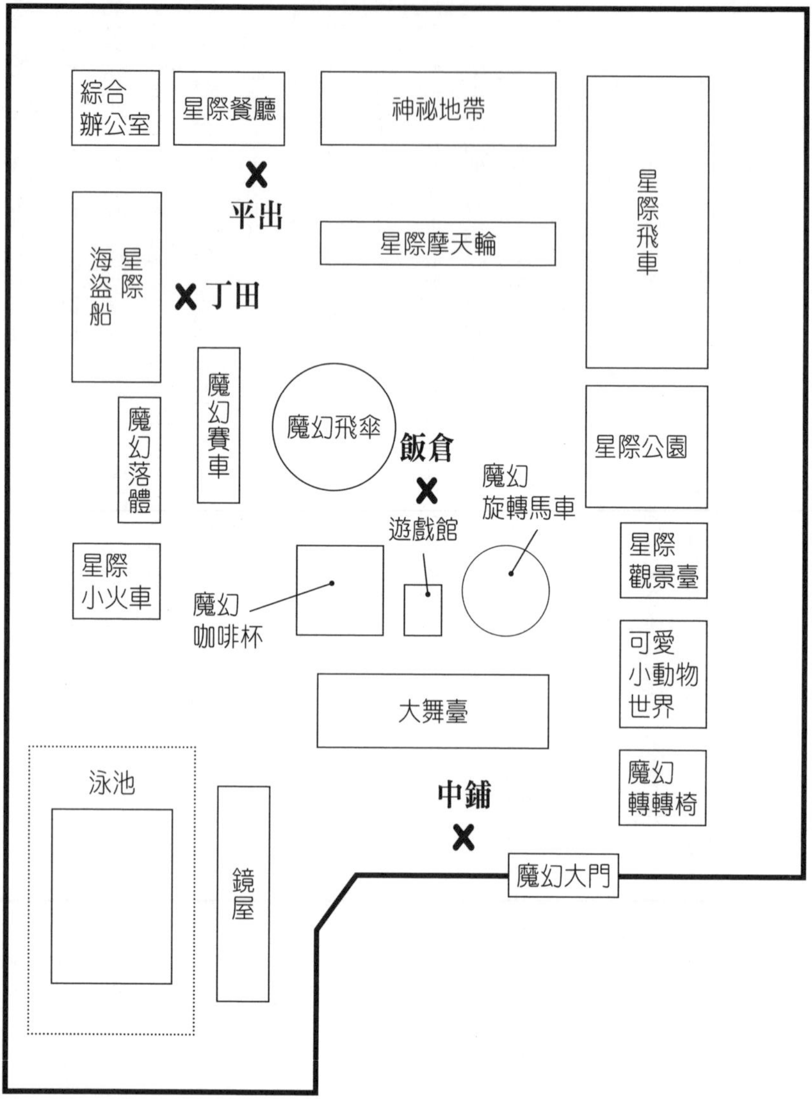

「我按順序說明。」真上起了個頭。

「這起魔幻樂園槍擊案中有四人死亡，其中三人與魔幻樂園有關係。」

第一個人是在園內兜售氣球的員工平出弘泰；第二個人是負責與天衝村交涉的丁田真範；第三個人名叫飯倉武，是當初決定在山上建設魔幻度假村的企劃總監之一。

「這樣啊，射得還真漂亮。」

「我不確定藍鄉這樣說恰不恰當……不過，還有第四人。這樣看來，這第四個人是例外。」

第四名死者是一名從天衝村搬到天繼鎮的女性，名叫中鋪御津花。

在一連串案件報導中，最受到矚目的人似乎就是她。因為，中鋪御津花是遇害名單中唯一一個天衝村居民。

對天衝村懷抱異常執著與情感的人，在復仇心的驅使下犯下槍擊案，偏偏殺害了同村的居民──多麼聳動的故事。

人們指責連同胞都射殺的籤付沒有一定的原則。如果他只有殺害魔幻樂園方的人，事情就非常簡單明瞭了。以這樣的觀點思考，即便都是造成死亡，意義似乎也截然不同。

「籤付的目的是逼魔幻樂園廢園，所以或許到頭來，誰死掉對他而言都無所謂吧。又或是他沒有注意到對方是天衝村的居民。」

「……籤付晴乃的槍法相當了得喔，否則根本射不中人。中鋪御津花是引進魔幻度假村的大功臣，有可能是誤擊嗎？」

「難道他是覺得曾經住在同個村子裡的人怎麼樣都無所謂嗎？」

成家有些冰冷地說。真上之前沒注意到，眼前這個男人對籤付晴乃似乎有些怨憤。不過，常察緩緩搖頭道：

「我一直覺得這件事很奇怪，位置上也有問題。跟其他受害者相比，中鋪御津花離得太遠了。」

常察指著手繪地圖說。

販售氣球的平出在星際餐廳旁，公關丁田則是在星際海盜船一帶向董事介紹遊樂園時中彈，企劃飯倉更是在摩天輪附近被射穿頭部的樣子。

相對的，中鋪御津花遭擊中的地點則是在魔幻大門左側附近。從摩天輪擊中那個位置不是不可能，但除非有強烈的殺意，否則實在很難想像籤付會瞄準那裡。不僅如此，子彈還貫穿了中鋪御津花的胸口。

這麼說來，真上想起來了。魔幻大門塑膠墊下沾附的血跡可能比自己以為的還多。即使經歷二十年仍殘留下來的不祥痕跡。

光是想像那個畫面，內心就像壓了塊大石頭般沉重。有個人實際上在那個地方遭到殺害。

先前沒有意識到這件事的真上有種受到責罵的感覺。

「這個位置的確很遠……但不是射不到。」
成家納悶道。常察依然沒有放棄自己的論點：
「那這樣說是誤射的話……感覺就不合理，看起來就像籤付是專程來殺中鋪御津花的一樣。但這樣太奇怪了，我不懂籤付為什麼非殺她不可……」
「但也不是沒理由吧？中鋪御津花好像是天衝村中支持魔幻度假村的代表，不是嗎？也許正因為是同一個村子的居民，所以才更將她視為叛徒，難以原諒。」
藍鄉的聲音略顯冰冷，臉上卻始終帶著微笑。常察的身體顫了一下。
「……你是從哪裡聽說這些事的？」
「我在來魔幻樂園之前也調查了很多東西喔，好像是在週刊還是哪裡看到的，所以可能也不太能相信，但聽起來很合理吧？」
儘管毫無根據，卻讓人覺得可信。藍鄉的假設有著不可撼動的說服力，簡直就像他親耳聽到籤付本人對中鋪御津花的想法一樣。眼前這個人，實在很難想像跟在大門前取笑真上調查詳細的人是同一人。
「……藍鄉，你曾經來過這附近嗎？」真上不禁問道。
從外表上來看，藍鄉大約二十七、八歲，二十年前大概剛上小學，是非常適合遊樂園的年齡。
也是相當符合魔幻樂園的年紀。
「不，沒這回事，我只是個廢墟迷作家。作家這種人啊，會習慣去想像大家在想什麼喔。」

藍鄉語氣開朗，試圖恢復先前的談話氣氛。然而，剛才那無法捉摸的印象已深深烙印在真上心裡，揮之不去。雖然不清楚詳情，但真上很肯定藍鄉在隱瞞些什麼。

「……總結來說……最恨籤付晴乃的人，應該就是這個叫中鋪御津花的女生的家人吧。畢竟……她也曾經同是天衝村的一分子，卻因為不合理的憎恨遭到殺害。」

成家做出結論。儘管真上也很在意恐嚇信的事，但現在這個時間點卻無法說出任何話。

7

吃完遲來的午餐後，真上立刻出發探索廢墟並逛完了所有地方。魔幻樂園不管走到哪裡都充滿了樂趣。

例如，鏡屋旁的那座泳池。以格柵圍起來的泳池隱約有種校園泳池的感覺，沿著水道描繪七彩線條的底部已徹底龜裂，哪怕泳池管線再健全，這裡也無法蓄水了吧。不僅如此，泳池底部的裂痕縫隙也已開始長出雜草。

「真上你看你看，難得見到這麼有韻味的純游泳池耶。我沒有什麼在這種長～

方形泳池裡玩水的經驗，卻也還是感到一股淡淡的哀愁呢。這裡可能沒辦法蓄水了，但旁邊的小倉庫裡有全新的水管應該可以打水仗，我們來玩玩看吧。」

又或者是咖啡杯。魔幻樂園的咖啡杯仿造飛碟，銀色杯體做出迴旋的模樣。大概是因為外形容易積蓄雨水的關係，杯底已完全破洞，雜草也再次冒出身影。雜草那種只要有空間，哪裡都能生長的生命力著實可愛。

「啊，這是什麼草啊？真上，其實沒有一種草叫做雜草喔，每一種草都有自己的名字。話說回來，這東西叫魔幻咖啡杯，但明明是模仿飛碟的樣子卻叫咖啡杯是什麼意思啊？叫星際ＵＦＯ不是比較好嗎？不管怎樣，我們進去感受一下氣氛吧。」

「不要。」

魔幻樂園是最棒的廢墟。

如果身邊沒有藍鄉的話。

不知為何，藍鄉一直黏著真上，就算不理他也還是不停天南地北地瞎聊。而且盡是些「魔幻樂園果然好厲害喔」這類沒意義的話。

事到如今，真上甚至覺得藍鄉是不是在監視自己以防他找到寶藏。真上最後終於受不了，無奈地說：

「你為什麼一直跟著我啊……喜歡廢墟的人不是應該要更離群索居一點嗎？」

「不，也有像我這樣開朗的廢墟迷吧！應該說，是你太離群索居了吧？你應該多試著跟聚在魔幻樂園裡的人培養感情比較好喔。」

「我都來到廢墟了，為什麼還得跟其他人接觸啊？想跟人暢談、交朋友的人會去咖啡廳，不會來廢棄遊樂園吧？」

「我覺得正是因為在這種地方才有能深交的友情。」

「沒有那種東西。」

「好冷淡喔。你為什麼這麼不想和其他人相處呢？」

「因為我無法理解他人的心情，所以無法好好相處。無法好好相處就別相處。」

「話雖這麼說……但就算說不相處，你還是有父母或是老家的朋友吧？」

藍鄉嬉皮笑臉道。瞬間，真上的胸口微微揪了一下。

「……好了，請你不要再纏著我了。我——……咦？」

話說到一半，真上突然看見一道人影。

賣野畏畏縮縮地在摩天輪前徘徊遊盪，似乎在找什麼東西。

「賣野太太，妳在做什麼？」

賣野的背影猛地一震，緩緩轉過頭來。

「啊、啊啊……是真上和藍鄉老師啊。抱歉，剛才看到那封恐嚇信後我就是無法冷靜。」

賣野話語間也是不停摩擦手指，目光頻頻瞥向摩天輪。看著賣野惶惶不安的模樣，真上忍不住問道：

「賣野太太，妳願意聊聊槍案發生那天的事嗎？」

「……怎麼這麼突然？你對槍案產生興趣了？」
「嗯，應該說……我有興趣的不是槍案，而是賣野太太……」
聽見真上的回答，賣野露出笑容道：「你也會說這種話啊。」雖然不明白發生了什麼事，但自己的話似乎成功緩解了賣野的緊張，令真上鬆了一口氣。真上趁勢討好般地問：
「如果賣野太太不會覺得不舒服的話，想請妳簡單談談妳在魔幻樂園工作到案發那天的事。」
「我沒關係，但不是什麼有趣的故事喔，真的是很無趣的經過。我原本……住在這附近的天繼鎮，因為來這邊工作有交通補助……時薪也高，所以就去應徵了。」
「這麼說來，時薪是多少呢？」
「咦？好像是一三五〇圓吧……這在當時是破天荒的行情，所以我還記得。」
就一個時薪一千日圓工作的人而言，那樣的時薪的確很誘人，也從中窺見了魔幻樂園的氣魄。
「我記得賣野太太是在商店工作吧？是在哪裡的商店呢？」
「與其說是商店……其實是販售攤車那種。就在可以看到摩天輪的地方……鏡屋前面。」
「也就是說，是紅色屋頂的攤車吧。」
魔幻樂園的販售攤車原封不動地留在園中，儘管嚴重褪色，卻依舊保有原來的外形。販售攤車分為紅、藍、黃三種，基本上都是大小可容納兩人的廂型車款，形狀卻不一。紅頂攤車有著向外展開的階梯狀層架；藍頂攤車配有大量狀似掛鉤的零件，多在大門附近；黃頂攤車附了一張宛如大盤子的板子，大概是做為展示販售娃娃之用。

位於鏡屋前的是紅色攤車。也就是說，賣野的販售攤車應該附有階梯狀層架。

「當時真的很可怕，擔心自己是不是也會被擊中……我原本想逃到鏡屋裡，結果明明就在旁邊雙腿卻動不了，連從車上下來都費了好大一番功夫。」

賣野瞇起眼睛道。

「因為如果是從摩天輪上面開槍的話，也不知道哪裡才安全，我最後就躲在旁邊的指示牌後面。」

「咦？不用跑走，留在攤車裡不就好了嗎？」

藍鄉再度多嘴。果然，賣野表情一僵回答：「因為我的攤車面向摩天輪，很有可能被擊中。」揭開往日的回憶似乎讓她的心情也受到影響。

「那樣的確很危險呢！真是失禮了！後來呢？籤付晴乃自殺之後呢？」

「……是我在問賣野太太耶。」

真下輕斥，藍鄉卻完全不當一回事。賣野也不怎麼介意，繼續說下去：

「後來……大部分的工作人員都去協助疏散遊客了。可是……商店販售員得到的指示是留在原地收好攤車，畢竟車上還有商品和現金……那時候真的是一團混亂，雖然遊樂設施的人全都投入了引導疏散的工作，但他們那邊人數爆炸……感覺陷入一種恐慌狀態。」

「原來如此……」

看來，魔幻樂園當年雖然平安疏散所有遊客，卻不像報導傳聞中那麼有條不紊、臨危不亂。

「妳關閉攤車後做了什麼事呢？」

「做了什麼事嗎……我不太記得了。主道先生那些管理階層的人好像有報警……報警後就無事可做了吧？所以我一直在發呆……」

「妳沒有做其他事對吧？周圍的人也是嗎？」

「真的沒有。大家都乖乖待在原地不動……」

賣野的表情逐漸籠上一層陰霾，再要求她繼續回憶的話，感覺也不好意思。真上準備告一段落，堅定地看著賣野問：

「最後一個問題。賣野太太，妳那時候負責販售的，是什麼商品呢？」

「咦？那是……是……」

「這總不可能忘了吧？告訴我們嘛。」

藍鄉以激將的口吻催促，賣野似乎也因為這樣拋出了回答：

「好像是嘉妮兔的髮箍吧。那個、有耳朵的髮箍……抱歉，我滿腦子都是槍擊案的事，其他的都記不太清楚了……」

髮箍，在遊樂園紀念品中應該是相當經典的品項吧。雖然真上不禁懷疑戴那種髮箍變身成那隻長相微妙的兔子是不是件好事，但如果只有耳朵的話，或許看起來很可愛吧。

「這樣啊……我知道了。倉庫現在說不定還有那些髮箍呢。」

「咦？真上，你對嘉妮兔髮箍有興趣嗎？什麼嘛，你意外也有可愛的一面嘛。」

「賣野太太，謝謝妳願意分享這些事。」

真上無視藍鄉的打岔，朝賣野深深一鞠躬後便快步離開。藍鄉急急忙忙追了上去。

「我們是不是一直在刻意無視對方啊？你很討厭我嗎？」

「沒有，我對誰都是這樣……不過，你一直死纏爛打的部分確實讓我不敢恭維就是了……」

真上說出了以自己的標準而言非常明確的拒絕。就在這時——

「啊……那個阿姨終於走了嗎？真上，我一直想等沒有其他人的時候跟你談談。」

編河揮手走了過來。

自從大廳那場緊張的事件後，一直有各式各樣的人來找真上說話。

「哇，你們兩個感情真好耶，是在來這裡之前就認識了嗎？」

「沒有，我雖然看過廢墟偵探系列，但也就只是看過而已。」

儘管注意到一旁的藍鄉表情微妙，但真上禮貌性地予以忽略。就在兩人你來我往中，編河露出滿足的笑容道：

「剛才謝謝你幫我平反。看到主道先生那副不甘心的表情真是太痛快了。」

「太好了……你要說的就是這個嗎？」

「不不不，我是很介意貼那封恐嚇信的人啦。寫出那種內容，代表這個人對槍擊案非常狂熱吧？會是誰呢？」

「編河先生，你對槍擊案也是興致勃勃耶，有什麼原因嗎？」

藍鄉天不怕地不怕地問，編河也回答得很乾脆：

「我也沒理由隱瞞，我和這件事有很深的淵源喔。畢竟，我從那時候就在寫天衝村和魔幻樂園之間發生的種種事件。」

「是《週刊文夏》嗎？」

真上提起上午在辦公室裡看到的雜誌名稱。

「沒錯沒錯，你真清楚。」

「什麼報導？」

「藍鄉，你不是看週刊認識天衝村的嗎？」

藍鄉的問題與他在小木屋裡說的話互相矛盾，但本人卻絲毫不以為意，理直氣壯地說：「因為我只翻那些很有名、有注意到的報導來看。」

「是《週刊文夏》的系列報導，該系列報導創造了『天衝村人禍』和『天衝村聖女貞德』兩個詞。前者指的是天衝村爆發的大規模流感，至於後者……就是那位中鋪御津花的別名對吧？」

聽見真上這樣確認後，編河的笑意又更深了。

「沒錯，那兩個詞是我的發明，那篇報導是我這輩子的代表作，還發展成長篇系列。主角就是那位中鋪御津花，介紹她是如何藉由引進魔幻樂園來拯救蕭條的天衝村，就像英雄傳說一樣。」

「英雄傳說……」

「嗯，我也覺得這個詞很正確。可以說多虧了那篇報導，天衝村外的人都傾向支持魔幻樂園。報導內容淺顯易懂，向大家傳達中鋪御津花為了拯救日漸衰亡的天衝村，勇於引進創新的資源投入。」

藍鄉得意地說完後，編河也高興地點頭表示贊同。

「老實說，我其實是中鋪御津花的粉絲喔。」

「……粉絲？」

「因為那個女孩是真正的英雄，真的就像聖女貞德一樣。」

編河懷念地瞇起眼睛說。

「雖然那或許不是正確的採訪態度，但在第一線看著天衝村鬥爭時，我全心全意為她加油。與天衝村那些頑固的傢伙相比，中鋪御津花是多麼真心為天衝村著想，我不斷寫下那些文章，認為只要寫出來，就能傳達給天衝村的居民知道。我忍不住相信一個女孩可以靠自己的力量讓分裂的村莊團結一致這樣的童話故事。」

編河的想法若是實現的話，便會成就一段完美的佳話吧。不過，事情一定不是那樣發展。果然，編河的表情暗了下來。

「然而，即使我寫了『中鋪御津花是正確的，請大家與她同心協力吧』，雙方的和解也沒有進展，反而因為過度推崇中鋪御津花，當社會上越來越多人支持她時，批判和指責的聲音也日益強烈。越多人將中鋪御津花視為英雄，便越多人對她感到反感，把她寫成叛徒的報導也增加了……」

編河憤憤低語。

「就這樣，遭憤怒蒙蔽雙眼的籤付晴乃最後射殺了那個女孩。」

編河的眼睛彷彿正看著逐漸失去氣息的中鋪御津花。

「我因為這件事辭掉了週刊記者的工作……正確來說是被迫辭掉。這是報應，應該的。因為是我間接引發了槍案。如果我沒有造神……沒有將中鋪御津花塑造成和平女神的話，籤付晴乃也不至於會那麼恨她了吧。」

「在我看來，僅憑一枝筆就能翻轉局面是很厲害的事。就算你沒有將中鋪御津花拱為聖女貞德，天衝村的對立依然會惡化……」

真的嗎？真上的腦海閃過這個疑問。如果沒有將中鋪御津花拱上神壇的話，她是不是就不會遭到射殺了呢？

不過，編河的回答讓真上了解了他對魔幻樂園執著的理由。

「這麼說的話，編河先生，你憎恨籤付晴乃的同時……也對魔幻樂園懷恨在心吧？」

「不——就算有，我也不會寫那種沒品的恐嚇信。」

編河笑道。

8

在那之後沒有什麼特別的進展，時間來到了晚餐時刻。

真上本以為晚餐一定是由佐義雨為大家準備，結果她似乎不是為了那種事而存在。晚餐是小木屋裡的冷凍食品，眾人再各自以微波爐加熱。冷凍食品有漢堡排、南蠻雞等等，種類意外豐富，但對真上而言哪一種都沒差，他便隨意拿了份燉雞肉。此時，一旁的常察迅速遞出一盒罐頭桃子問：

「啊，真上，不介意的話要不要一起吃呢？這裡也有這種罐頭。」

「啊，不用……我對這一類東西還好……」

「你不喜歡水果嗎？」

「也不是不喜歡……」

「那是有過敏之類的嗎？」

「他好像喜歡枇杷，應該沒有過敏吧？」
說話的人是佐義雨，她正一臉享受，大口大口地吃著桃子罐頭。
「也不是過敏……」
「建議你不敢吃的話就直接說不敢吃喔。所謂溝通，就是這樣吧？」
佐義雨道，將白桃送進嘴裡的筷子沒有停下來過。她好歹是營運單位的人，也太融入這個環境了。
佐義雨悠哉的態度，到了晚餐後大家齊聚一堂時也沒有改變。
「你要可可還是咖啡？」
不知是體貼還是喜歡這種應對，涉島和賣野為大家泡了咖啡。正確來說，是賣野提起要泡可可後，涉島便說她來泡咖啡。
咖啡用的是大廳廚房裡的虹吸壺，可可則是以熱水壺裡的熱水沖泡而成。真上望著不斷注入杯中的液體道：
「那……我要咖啡。」
真上沒有特別喜好，所以選了量比較多的一方。
真上將感覺不出美味的這杯液體當成熱水啜飲。此時，主道和編河拿著杯子，將糖包倒了進去。或許這種時候加糖會比較好，真上小心翼翼地把手伸向沒有圖案的糖包，結果，眼前的糖包迅速被人抽走。
鵜走一臉得意洋洋地看著真上，彷彿糖包就是勝利的證明。接著，他炫耀般地直接將砂糖倒入杯中。

真上先前便隱約覺得鵜走對自己似乎有種競爭心理，而且還是在一些無關痛癢的小事上。或許是因為兩人年紀相仿，氣質又有些相似的關係吧。儘管如此，鵜走卻似乎覺得便利商店不是什麼好工作。真上知道這種感覺，鵜走瞧不起真上。

「鵜走，那是可可喔。」

「咦？哇！我把糖加進去了！」

「……故意從我這裡搶走糖包結果卻是這樣，辛苦你了。」

真上剛說完，鵜走便小小嘖了一聲，令他心頭泛起一股涼意。

真上下意識退開後，這次換藍鄉湊了上來。藍鄉壓低聲音問：

「欸，你真的要睡外面喔？」

「我不會借你睡袋喔，我只有一人份。」

「不是，怎麼會講到這邊啊？唉……我的意思是，這種情況你晚上還要睡外面嗎？」

「不用擔心，我有很多值大夜班的經驗。」

「大夜班跟在廢墟露宿不一樣吧？」

「都是晚上，怎麼會不一樣？」

真上一臉認真的回問令藍鄉難得說不出話來。雖然駁倒他人而產生優越感不是什麼好興趣，但唯有講贏這個人令真上十分愉悅。

「說不定，渴望復仇的籤付晴乃就潛伏在這些人當中喔。」

藍鄉的眼神冰冷得教人發毛，彷彿在說自己就是籤付晴乃的代言人。那雙眼睛令人聯想到從摩天輪上一一射穿目標的男人。

宣示自己掌握眾人生殺大權的眼神。

「……就算那樣我也不會輸。」

「不會輸？什麼意思？」

真上將咖啡一飲而盡，不理會藍鄉的問題，迅速離開了小木屋。

或許，小木屋裡的人接下來會針對寶藏和籤付晴乃的槍擊案充分交流意見，但真上不會知曉。真上在璀璨星空下決定睡覺的地方後，一直呆呆地俯瞰著魔幻樂園。這是他來到魔幻樂園後最充實的一段時間。

就這樣，真上將自己裹在睡袋中，心滿意足地墜入夢鄉。

*

他作了一個夢，以前的夢。

過去，他很害怕在有天花板的地方睡覺。從小不斷被教導天花板崩塌危險性的真上永太郎仰賴著不會墜落的天空。不能在有屋頂的地方睡覺——因為這道類似強迫症的規定，他常常被天空降下的雨水喚醒，因為這樣感冒發燒也是家常便飯了。

夢中，真上因高燒而夢囈。儘管難受得不得了，但他卻不討厭發燒，發燒的時候不會移動。真上在長滿壁癌的牆壁包圍下望著灰色的天空。似乎要下雨了。運氣好的話，父親會從哪裡找來雨傘。若是幸運女神能在這片灰濛濛的天空朝自己露出猙牙前降臨就好了。

父親再不快點回來的話就要下雨了。有天花板的地方很可怕，天空不會墜落。遠處傳來了槍響。真上好想回家。

夢中的天空落下水滴，令他醒了過來。

真上「啪」地睜開雙眼，腦袋一片模糊。他一直盯著天花板，直到雙眼適應黑暗。

真上不清楚現在的時間，只能確定此刻是半夜。

是因為金屬咿咿呀呀的聲音太吵了嗎？不，真上不知睡過多少比這個還吵的環境，他也不太介意晃動。那麼，是因為像遠足前的孩子一樣興奮得睡不著覺嗎？或許是這樣吧。

雖然今天一整天只是繞了一下，真上還是能感受到魔幻樂園迷人的魅力。本應受到眾人喜愛的遊樂園，如今卻只是遭人遺忘的不祥之物，這種感覺令真上深感共鳴。

醒來前，真上好像夢到了過去的事。自己被丟在廢墟，不安地尋找父親的夢。

對當時的真上而言，廢墟只是巨大的亡骸，威脅自己的東西。

真上花了相當長的時間才變得能愛上這種亡骸。

真上不太想再閉眼睡回籠覺，決定眺望深夜裡的魔幻樂園。他爬出睡袋，發現皎潔的月光下，一片漆黑的遊樂園也依稀可見，加上自己的視力很好。

因此在習慣黑暗後，真上的眼睛才能看見那道在園內移動的影子吧。

黑暗中，有什麼東西正踏著輕巧的步伐。那東西的外型微微滑稽，走在園中有著無法忽視的存在感。還有，那在黑暗中也能辨識的一雙耳朵。

那個行走的物體是嘉妮兔。白天，真上和常察他們看到的那隻兔子布偶正在走動。大概是不好行動的關係吧，嘉妮兔走起路來左搖右擺、一顛一顛的模樣既搞笑又可愛……不過，那樣的長相或是說設計果然還是不討喜。

如果魔幻樂園當年順利營運的話，嘉妮兔也會成為遠近馳名、大受歡迎的角色嗎？

思及此，真上終於感覺到哪裡不對勁了。

嘉妮兔為什麼會在關閉的遊樂園裡走動呢？而且還是在這種大半夜。嘉妮兔踩著搖搖晃晃的步伐拚命朝某個目標前進，在那種布偶裝裡，夜晚的視力也不清晰吧。

嘉妮兔絲毫沒有察覺到真上，不停朝樂園深處邁進，最後，終於消失在真上的視線中。

怎麼會有人三更半夜穿著布偶裝走來走去呢？所以，一定是真上看錯了。真上揉了揉眼睛，再次回到睡袋裡盯著生鏽的天花板。其中一道鏽痕看起來既像星星，也像是血跡。

第二章　布偶之死

1

隔天早晨，真上為了早餐一起身便前往小木屋。儘管他也可以靠自己帶來的食物應付，但不用另外準備食材自然最好。附帶一提，若能取得牛奶這類無法攜帶的食物就更感激不盡了。

不過，整頓好行李來到小木屋的真上迎來的卻不是吃早餐的氣氛。真上一打開門，所有人的視線便都集中在他身上。他表情僵硬地問：

「呃……發生什麼事了嗎？」

「主道先生不在小木屋裡。」常察不安地回答。

這麼說來，獨獨不見平常總端坐在大廳中央的主道身影。

「真上，你知道些什麼嗎？」

涉島面無表情地問，接著又壓著眉頭嘆了一大口氣。

「抱歉，我什麼都不知道……」

「啊啊，不是，我不是在針對你嘆氣。我們大家的身體狀況都不太好。」

這麼說來，聚集在大廳中的人幾乎都沒什麼精神。賣野的臉色顯然很差，或者說是——昏昏欲睡，彷彿在熟睡中硬生生遭人叫起來的樣子。

「昨天吃完晚餐我莫名覺得疲倦，回房後一直睡到剛剛……感覺好奇怪。」

賣野揉著惺忪的眼睛說。

「該不會是有人下藥吧？畢竟，不可能大家同時身體狀況不好吧。」

說話的是與平常沒有兩樣的藍鄉。

「……你看起來很有精神的樣子。」

「嗯，我好像有避開。但我們吃的食物全都是獨立包裝，到底是哪裡出了問題？」

「是不是飯後咖啡？咖啡。」

說話的人是編河，他望著右手上的白色手錶道：

「現在是八點零二分對吧？我是短睡型人，平常只會睡五小時。昨天是十二點前睡覺，情況很詭異啊……」

「如果是咖啡的話也說得過去，因為我沒喝。」藍鄉道。

「若是咖啡的話，我就會變得很可疑了吧？還有賣野太太。」

涉島不以為意的樣子道。聽到她那樣說，賣野立刻驚呼：「我沒有做任何可疑的事！」大廳裡瀰漫著一股疑神疑鬼的氣氛。

真上猶豫著是否要告訴大家自己昨夜沒有特別想睡覺。真上雖然有喝咖啡，卻沒有特別睏。要說自己和其他人有哪裡不同，大概就是真上沒有使用糖包。若是如此，那些糖包就很可疑了吧？但下藥的人無法得知誰會使用糖包，就連泡咖啡的涉島和賣野也都有用。賣野是喝完可可後又喝了咖啡。若是這兩人下藥的話，動機會是什麼呢？想讓自己和其他人都昏昏欲睡嗎？

「這邊說一下，我也很睏，但我喝的是可可。」

鵜走打了一個呵欠。

「我本來就有失眠的問題，不管犯人是誰我都不會怪他就是了。」

「涉島小姐，這不是在開玩笑，妳那樣說太隨便了……我們所有人都被下藥，只有主道先生不在屋裡，現在怎麼想都很可疑。」

常察有些懊惱地說。

「不過，主道先生也有可能只是出去探索園區了，畢竟他對魔幻樂園的尋寶那麼有興趣。」

臉色略差的成家豁達地說。這樣推論的確比較自然。

然而，這個想法卻輕易遭到推翻。

「抱歉，我來晚了。」

佐義雨走了進來。

「發生了這麼嚴重的事，妳去哪裡了？」

面對編河的質問，佐義雨猶豫了一下後回答：

「因為發生了一件事必須請示十嶋。」

「是跟主道先生不見有關嗎？像是他離開魔幻樂園之類的。」藍鄉問。

佐義雨緩緩搖頭。

「這實在令人難以啟齒……」

佐義雨的音調比平常還低。她渾身凝重嚴肅這件事本身就令人忐忑不已。

「昨夜凌晨一點三十二分，主道先生的手環便不再感應到心跳，也就是說……」

「他是不是脫掉手環去哪裡了？」

「但心跳停止和生物電停止時間有落差，所以……」

「他死了……嗎？」

真上下意識接話。周圍的視線再度聚集到真上身上，但這次沒有人斥責他的言論太隨便。

「我們去找找看吧，一定是哪裡搞錯了。」

賣野表情僵硬地說，那手足無措的樣子，不禁令人覺得未來的悲劇已拍板定案。

2

一踏出小木屋，真上瞬間便被一種束手無策感淹沒。在這座寬闊的遊樂園裡，主道會在哪裡呢？也許是早晨的關係，陽光透過魔幻飛傘傘面灑落的樣子格外美麗。遠看感覺不出一絲破綻的飛傘突然流露歲月的風霜。真上想到了星象儀，藉由孔洞創造出虛假的星空。

「我現在知道為什麼推理小說很難使用遊樂園了，應該是因為範圍太大很難發現屍體吧？行凶應該也很容易。這種舞臺的話，只要看準機會，根本愛怎麼殺人就怎麼殺人嘛。」藍鄉說。

「你還想再失去好感度到什麼地步？」

突然，真上聽到一陣怪聲。

「我聽人家說過，遊樂園這種地方基本上會有驅除飛禽走獸的措施，像是在附近放一些動物討厭的聲音，防止牠們進入等等。」

「幹麼現這種奇怪的小知識？遊樂園雜學嗎？」

鵜走皺著眉頭不高興地問。

「不，硬要說的話是野生動物知識。」

說著，真上內心止不住地騷動，耳畔傳來熟悉的動物叫聲。

「……魔幻樂園建在山中，極有可能會有野生動物靠近，所以當時應該有使用那類驅逐動物的設計吧。但現在的魔幻樂園只是個廢墟，所以……」

真上朝叫聲傳來的方向前進，其他人也都默默跟了上去。

這個方向的遊樂設施是星際飛車。抵達月臺前，率先映入眾人眼簾的是頭頂上迂迴曲折的軌道與數根支柱，有種闖入巨型攀爬架裡的感覺，一想到雲霄飛車曾經在這複雜的迷宮中奔馳便覺得了不起。

沒多久，真上便發現叫聲來源群聚的身影，就在雲霄飛車月臺旁，聳立著一排鐵柵欄之處。這片柵欄將魔幻樂園與外界分隔開來，夢想王國與現實世界只有一線之隔。

聰明的黑羽主人一察覺到真上靠近便立刻振翅高飛。尖銳的叫聲，在已化為廢墟的魔幻樂園中迴盪不已。

而剛才山鴉掠奪的那樣東西也重見光明。

「咿————！」

賣野發出嘶啞的叫聲，接著，常察也表情僵硬地大喊：

「柵欄刺、刺過去了……！」

眾人視線前方，是一隻全身浴血、仰躺在地的嘉妮兔布偶。布偶的上半身在園區內，下半身則在園區外。

嘉妮兔胸口處有兩根欄杆穿過。分隔魔幻樂園內外的柵欄為欄杆兩兩相互交錯的設計，指往不同方向的欄杆雙雙刺穿布偶。

柵欄的高度約十二公尺，布偶卻貼在地面上——意味著布偶若不是從相當高的地方穿刺而下，便是遭強行扯到地上。

嘉妮兔的那副模樣宛如遭地面生出的長槍貫穿般令人不住倒退幾步。眼瞳裡染血的星星變得更加熠熠生輝，毛骨悚然。

「那是，什麼？那個，那個——」

賣野渾身發抖向前靠近。就在這個時候，涉島比她快一步湊向前。

「這裡面有人……不，在裡面的，恐怕是主道先生吧。」

涉島一點也不害怕地把手伸向布偶頭部。真上見了忍不住出聲：

「等一下。我來，我來拿……」

儘管這跟工作時率先去倒垃圾或對帳不一樣，但真上還是覺得不能讓別人做這件事。

雖然布偶頭部染上的鮮血相對較少，真上還是小心翼翼，盡可能抓住耳朵尖端，一鼓作氣用力拔開。倒下的頭部露了出來，混合著塵埃的血腥味竄進鼻間。該說是理所當然嗎，從布偶裝裡現身的人頭就是主道。那痛苦閉目的模樣彷彿陷入惡夢之中。

主道的脖子上有道一眼便能看出是致命傷的巨大傷口，裂開的傷口呈半圓形，留下大量鮮血湧出的痕跡。看來，這似乎就是嘉妮兔布偶身上染血的原因。

「噫……噫噫噫噫噫噫……！」

賣野跌坐在地，明明無處可逃，手指卻死命刮著地面企圖遠離屍體。

其餘眾人看起來則意外鎮定。先不論摀住嘴巴的常察與撇開視線的涉島，編河和藍鄉也目不轉睛地看著事態發展。不，是和真上一樣觀察四周。佐義雨和成家……就連鵜走也是如此。大家疑心彼此是否和這具屍體有關，像這樣仔細觀察或許能瞧出破綻。

接著，鵜走一臉嚴肅地說：

「都發生這種事情了，你還真冷靜呢……」

「咦！哪、哪有？」

你不也很冷靜嗎！真上雖然這樣想，但自己已引起不必要的懷疑，就算和鵜走一樣提出質疑，真上也比其他人顯得更可疑吧。

「不……因為我在超商工作啊。那個……在超商工作的話有時還得趕老鼠喔。」

「拿老鼠和人相提並論，你的感受性還真奇特呢。」

涉島露出諷刺的笑容。真上感覺眾人對自己的好感度正在下降，無論他說什麼，大家都會往最壞的方向解釋。真上看向藍鄉，這種時候正需要他說些什麼，但藍鄉只是走近屍體，來回端詳。這傢伙不只關鍵時刻派不上用場，冷靜的樣子也令人不舒服。

「喂喂喂，這玩笑太過火了吧……尋寶還必須抱著被殺的覺悟嗎？」

編河低聲咕噥，分不清有幾分認真。

「……手環沒有偵測到心跳的時間就是主道先生的死亡時間了吧？凌晨一點三十二分，這就是凶手的犯案時間。」

成家一確認，立在一旁的佐義雨馬上回答：「似乎是這樣。」大概是找到屍體的緣故，佐義雨一反剛才的模樣，顯得沉著冷靜。

「這到底是什麼狀況？為什麼主道先生會穿著布偶裝……？怎麼會變成這樣？致命傷應該是脖子上那道傷口吧？那凶手為什麼還要特地用柵欄刺主道先生？」

鵜走臉色微微發青地問。

「不管怎樣，先讓主道先生從布偶裝裡出來比較好吧……現在這樣對死者太不敬了……」

賣野搖搖晃晃走向嘉妮兔布偶。藍鄉伸手制止了她。

「賣野太太，我能理解妳想幫主道先生脫離布偶裝的心情，但妳仔細看，我們辦不到。」

「咦……？辦不到是什麼意思？」

「這不是很明顯嗎？柵欄欄杆是連著布偶裝一起貫穿主道先生的喔？**只要欄杆還刺在上面就無法脫掉布偶裝**，必須先將屍體拔起來才行。但這種高度我們根本拔不出來。」

藍鄉刻意敲了敲身邊的柵欄說。

「很難理解嗎？那麼，請想像有根鐵棒穿過芭比娃娃肚子的樣子，妳有辦法在鐵棒插著的情況下脫掉娃娃的衣服嗎？就是這個意思。」

藍鄉說得沒錯。圍繞在魔幻樂園周邊的柵欄高度粗估也有十二公尺。想將主道從柵欄上移開，必須先將他的身體抬到十二公尺高才行。

「就算拿繩子或其他東西綁住主道先生往上拉，單憑一個人的力氣也辦不到。因為主道先生應該有七十公斤，再加上布偶裝的重量……」

「那把柵欄毀掉不就好了嗎？應該有什麼東西可以切斷柵欄吧？」編河說。

「不可能。魔幻樂園的柵欄沒那麼容易摧毀。這些柵欄的設計不僅僅只是用來預防外人入侵，緊急時刻也能阻止野生動物闖入，是能承受大熊力量的柵欄，沒有東西能破壞。」

涉島冷靜地解釋。遊樂園當初的構想應該是以經營幾十年為基準，所以即便過了二十年，這些柵欄依舊堅固。欄杆與欄杆之間約十公分的距離，可能也是考量到熊而設計的尺寸。

「這樣的話，從布偶裝身上著手就好了吧？」鵜走建議。

手上仍拿著嘉妮兔頭套的真上回答：

「這可能也不容易……布偶裝……尤其是這種能配合做出動作的類型通常都很堅固。你摸這個頭套應該就能理解，很難用刀子之類的利器割開布偶裝。但若用其他方法的話……就會傷害到裡面的主道先生。」

真上沒有說出口，最適合破壞這套布偶裝的方式應該是火燒。但那樣一來，主道的遺體應該也無法安然無恙。

「意思是，我們只能讓主道先生的屍體繼續擺在這裡嗎？」

賣野搗著嘴角不可置信地問。

「只要報警向警方說明狀況的話，他們應該就會用起重機或其他工具抬起來了吧。現在只能先放著不要動。」

真上才說完，編河便瞪著他說：「真低級吶……」好像真上故意在侮辱死者一樣。

「不過……的確是很奇怪呢。凶手為什麼要做這種事？而且究竟要怎麼做才能從這麼高的柵欄上面穿過去呢？」

由於成家一副納悶的表情，真上猶豫片刻後開口：

「有辦法從柵欄上面穿過去……因為這個位置的關係。」

「這個位置，什麼意思？」

「你們看柵欄上面。」

所有人的視線配合真上的手指往柵欄上方移動，那裡是一段藍色軌道。似乎是因為它如此理所當然地位於頭上，眾人才會一個不小心忽略了。

「這段柵欄上方是**星際飛車行經的路線**。但其實也只是車子剛出發的地方就是了……星際飛車是沿著柵欄邊緣攀升後第一次落下，完成一圈……如果從軌道上瞄準柵欄把主道先生丟下去的話，應該就能成功穿刺了吧。」

「那種事不可能辦到吧？」

鵜走立刻反駁。

「我的意思不是真的走在軌道上，軌道旁邊不是有維修檢查用的階梯和小走道嗎？利用那個就可以了。」真上一解釋完，鵜走的神情更加懷疑了。

「就算那樣也不可能吧？因為要連著布偶裝一起刺穿耶。你的意思是凶手扛著一個穿著布偶裝的人爬上那條狹窄的走道，再把人推到柵欄上嗎？」

「……這的確有難度，而且必須一直扛著才行……」

七十幾公斤的重量，哪怕是真上也很難扛起來。此外，嘉妮兔布偶裝頗巨大，無法環抱的話就不能使出更多力氣。

「咦，那這樣……是怎麼回事呢？可是，如果不是從軌道上推下去的話，不可能從柵欄穿過……」

「你經過大腦再發言好不好？只是想半吊子掌握主導權的話，誰都辦得到。」

「好……」

鵜走一頓斥責後，真上乖乖低頭。但除此以外，他想不到還有其他能讓柵欄刺穿布偶的方法。

「不，有個方法能從雲霄飛車上把主道先生推下去。」

說話的人是藍鄉。

「要推落沉重又巨大的主道先生或許的確很困難。但若是穿著布偶裝的主道先生自己爬上軌道的話，這個問題不就解決了嗎？畢竟嘉妮兔布偶裝的設計很便於行動啊。」

「原來如此……！不愧是推理作家！」

成家低聲感嘆。編河也說：

「原來如此，我原本以為小說這種東西都是些無稽之談，但寫出那些內容的見解卻是貨真價實的本事啊。這麼一來，藍鄉老師也能像小說裡頭那樣破案了吧？」

「哇，能讓身為記者的編河先生這麼說，我這個三流作家至今的努力也值得了。現實比小說更離奇，任何人類能想像到的事都有可能發生。」

「那個……我可以插個話嗎？」

「嗯？真上，怎麼了？別在意，彌補助手粗糙的推理也是偵探的任務。」

「我沒在意……請問，**主道先生為什麼要穿著布偶裝從軌道上朝柵欄跳下去呢**？」

「咦？」

藍鄉一臉不可思議，似乎不懂真上在說什麼。

「不是『咦？』吧……照你的說法，主道先生就是自殺了吧？但主道先生為什麼要穿著布偶裝自殺呢……」

「真上，你不看小說的嗎？《福爾摩斯》呢？」
「啊啊，對……我只看跟廢墟有關的書，所以只讀過《工程師拇指案》。」
「先不管你獨特的廢墟書認定標準好了。福爾摩斯說過，在排除一切不可能的情況後，剩下的東西無論多麼不可思議，也都是真相。」
「所以……？」
「所以啊，即使主道先生穿著布偶裝從高空跳下自殺這件事再怎麼不合理，那也是排除掉所有可能性後的真相。」
藍鄉得意洋洋，彷彿自己精采地推翻了真上的論點一樣。
「不，我不覺得已經排除掉所有不可能的情況了。主道先生的喉嚨遭人割斷了對吧？打算自殺的主道先生從軌道跳下遭柵欄刺穿，那喉嚨又為什麼會讓人割斷呢？」
「很簡單吧？因為我們之中有人對主道先生恨之入骨。昨晚，那個人在魔幻樂園四處徘徊想殺害主道先生卻發現他已經身亡，無法親手殺死主道先生，那傢伙只好割斷他的喉嚨洩憤！」
「原來如此……真像是小說家會有的觀察力呢。」
涉島淡淡道，聽不出是否是真心稱讚。
「……好。總之託你的福，我明白這個狀況有多麼異常了，因為若不這樣想就無法成立對吧？」

「真上，你從剛才開始就很咄咄逼人耶，明明自己也說不出個像樣的推理。想反駁我這個推理作家的話，你也提出一個什麼假設啊。」

藍鄉的理論雖粗暴，有一部分也沒錯。若想反駁藍鄉的推理，真上就必須思考其他假設。

「好……現在就依照你的論點吧……我可以把嘉妮兔的頭放下來了嗎？」

「等一下，真上。我知道我們沒辦法移動主道先生的遺體，但拿掉那個頭套的話……主道先生的臉就要一直露在外面了吧？」

賣野牢牢盯著嘉妮兔的頭說。她從剛剛就完全不看主道所在的方向。

「咦？那……要把頭套回去嗎？」

「我覺得這樣比較好。」

「不不不，不是吧？如果我死後還要套上這種東西的話，會化為厲鬼喔！」編河說。

「與其死後讓自己的臉一直暴露在外，我比較希望頭部套個東西。」涉島反駁。

「我也覺得如果要維持這種狀態的話，整套布偶裝比較好。」鵜走說。常察也表示：「只要把頭套想成蓋在臉上的白布就好了吧？」

「應該說讓真上一直這樣拿著也很不好意思，果然還是連著頭套比較好吧。抱歉，真上，你能幫忙放回去嗎？」

「……好。」

成家的催促成為爭論的決定性關鍵，真上戰戰兢兢地將嘉妮兔的頭套回去。理所當然的，真上碰到了屍體的頭部，也清楚凝視了喉嚨上方的傷口。

裝好頭部的主道屍體看起來就像個低級的裝置藝術——荒廢的遊樂園裡，昔日的吉祥物遭到處刑。

眾人尷尬地面面相覷，所有人都在苦思接下來該怎麼辦吧。要將昨日看到的事說出來只能趁現在了，但該怎麼做呢？真上煩惱再三後緩緩開口：

「……那個，我有件事想說。」

「怎麼了？」常察問。

「其實我昨晚有看到一隻嘉妮兔在走路。當時裡面的人可能就是主道先生。」

「真、真的嗎？你有注意是幾點看到的嗎？」

賣野焦慮地問。

「抱歉，我不清楚時間……我半夜醒來後呆呆地望著魔幻樂園，接著就看到一隻走路的嘉妮兔……起初還以為自己在作夢。」

事情演變至此，真上昨晚看到的畫面應該是現實吧。嘉妮兔布偶以穩定的步伐在漆黑的遊樂園中行走。

「那個人應該是從放布偶裝的Ｇ３倉庫方向過來的。如果是這樣的話，布偶裡的人可能就是在倉庫裡穿好衣服後來到星際飛車的附近。」

「你那時候為什麼不回小木屋跟我們說？」

鵜走不耐地問。

「就說我以為自己睡迷糊了啊……而且我又不知道那個人為什麼要三更半夜穿著布偶裝遊行。」

「也是，都幾歲的大人了，不會無緣無故做那種事。所以呢？你剛才刻意說『布偶裡的人』的理由是？」

編河試探地看著真上。

「因為現在這個時間點無法保證裡面的人是主道先生。就當主道先生是自己跳下軌道好了，但確實存在著一個割喉的人。也或許，一開始穿著布偶裝的人其實是割斷主道先生喉嚨的人，那個割喉犯。」

「他為什麼要那樣做？」

「這只是假設……可能是為了避免血噴到自己身上。如果割喉犯原本計畫要割斷主道先生的喉嚨，布偶裝就很適合用來避開血跡。」

不過，這樣也還是有疑點。若在意鮮血噴濺這個問題的話，選擇其他手法就好。割喉會大量出血是可預期的事，不需要特地採用這種手段。另外，這個假設的順序會變成凶手殺害主道後，讓他穿上布偶裝再推下柵欄，不管怎麼樣都沒有解決重量的問題。

就在真上苦思時，一個意想不到的援助降臨。

「割斷主道先生喉嚨的人本來穿著布偶裝這個假設的確說得過去。主道先生不是那種會惡搞的人，很難想像他是主動穿上布偶裝。對方大概是為了偽裝才穿上布偶裝，沒用處後就套在主道先生身上吧。」

涉島看著布偶說。過了一會兒，她轉而看向真上。

「畢竟，如果那個人直接露出本來面目去殺害主道先生的話，就會被你看到了呢。」

「啊啊，嗯……對。穿成那樣別說是長相了，連體型都無法分辨。」

話雖如此，真上還是無法理解「凶手」穿著那種東西去殺人的想法。既可怕又毛骨悚然。

「這麼說的話，對方也有可能是為了讓真上看到才刻意穿嘉妮兔的吧？」

說話的人是藍鄉。

「因為這麼一來，不能穿嘉妮兔的人就能排除嫌疑，像是個頭很高的真上或是身材嬌小的涉島小姐等等。」

藍鄉刻意以一種挑撥離間的方式說，感覺像是已經確定凶手就在他們之中。然而，這招行不通。

「我覺得……應該不可能。」

「你為什麼能這麼肯定？」

「因為**嘉妮兔無法預測**我會睡在哪裡。」

正確來說，是嘉妮兔裡面的人無法預測。當時，嘉妮兔看起來不像是有察覺到真上的存在。

「想故意讓我看見是不可能的。我認為對方是覺得沒人看到自己才會穿著嘉妮兔布偶裝在園內走動。甚至可以說如果凶手知道我睡在那種地方的話，應該就不會那樣走出來了……嗯，但如果有人知道我睡在哪裡的話就另當別論了……請問在場有人看到我睡在哪裡嗎？啊，但這樣好像就在問凶手是誰一樣……好難喔……」

「我不知道。講出要睡睡袋這種奇怪發言的人根本只有你吧。」常察微慍道。

「我也是。你昨天冷淡無情地拋下我後，我就不知道你去哪了。」藍鄉也搖頭說。

「真上，你昨晚睡在哪裡呢？」成家問。

真上迅速指向昨夜打地鋪的所在。眾人皆目瞪口呆。

「我睡在摩天輪裡……以昨晚嘉妮兔的角度來看，是在上方。」

那是魔幻樂園槍擊案的關鍵地點，也是聳立於遊樂園中心的所在。

「就是那個綠色車廂……時鐘的四點鐘方向……我進去時它還在兩點鐘的位置，但我在裡面活動期間，它就慢慢下降了。」

雖然真上是盡可能維持乾淨地使用後才離開，但車廂內應該還殘留著有人過夜的痕跡或餘韻。重點是，目擊嘉妮兔需要一定的高度，大家應該有猜到真上昨晚的所在。

「等等……你是怎麼辦到的？」

涉島低語，眼神帶著不可置信。

「摩天輪的支柱上有梯子對吧？應該是用來檢查維修的……我利用那道梯子爬到中心點後再從鋼架爬進車廂。古時候的摩天輪靠人力運轉，負責提供動力的人會坐在支架上一圈圈轉動摩天輪。魔幻樂園的摩天輪這麼堅固，是上得去的……我就上去了喔。」

真上不想讓人以為是騙子，稍稍加強了語氣。如果有需要，他現在就可以爬給大家看。沒有背行李的話，應該不用多少時間就能上去。

「……凶手。」

鵜走小聲咕噥。

「咦？」

「你是凶手吧！能做到那種事的人一定就是凶手！」

「等……等一下。這有點卑……卑鄙了吧⁉為什麼睡在車廂裡就是凶手……話說回來，命案地點在地上，睡在上面的人反而才清白吧……」

這種時候若不說清楚，感覺真的就會被當成凶手了，所以真上強調了一下自己的論點。

「真是敗給你了。不過，這樣也就明白為什麼你的照片角度都很奇怪了，原來你都是從一些很誇張的地方拍的啊，真有趣。」

藍鄉一副恍然大悟的樣子。所謂的照片，應該是指部落格上的內容吧。沒錯，真上從小運動神經就不錯，只要情況允許，總是隨心所欲地拍照。拜此之賜，那個部落格似乎也多少蔚為話題，否則，誰會想看素人用手機拍的照片。

「這麼一來，布偶裝裡的人是故意讓真上看到的假設似乎就說不通了。誰都想不到會有人睡在那個摩天輪裡吧，這是意外事件。」

「意外事件……你那種比喻我該說什麼……」

「那這樣不就真的搞不懂了嗎？」

出聲的人是從剛才就一直很害怕的賣野。

「如果不是想讓真上看到的話，為什麼要穿布偶裝？為什麼要讓主道先生套上布偶裝？這有什麼意義？這種東西叫尋寶嗎？這一切到底在譴責什麼？到底想拿我們怎麼樣!?」

說到後來，賣野的聲音逐漸尖銳起來。

「早知道這種東西叫尋寶的話就不來了！我再也受不了了！」

「賣野太太，請冷靜。妳這樣簡直就像做了什麼會遭到譴責的事不是嗎？我的意思是，妳這樣的人應該不會有那種虧心事，不需要大呼小叫。」

藍鄉的話令賣野的喉嚨微微一震。這番話雖然乍聽之下像安慰，實際上卻是給予賣野致命的一擊。真差勁。

不過，賣野畏懼的樣子也很不尋常，那樣的態度就像是她有什麼理由會遇害一樣。

「……什麼都不知道啊，什麼都不知道。感覺再想下去也不會有結論。」

成家囈語似地低聲道，常察也小心翼翼地說：

「總之，我們先回小木屋吧？這樣繼續看著主道先生的遺體實在是……」

「說得也是。感覺警察還需要一段時間才會來，我們也不可能一直站在這裡。」

真上理所當然地說。此時的他，尚未注意到其他人僵硬的表情。

3

回到小木屋後，只有真上一人立刻開始吃早餐。他大口大口咬著可頌麵包，一邊看著表情肅穆的眾人。其中最嚴重的是賣野，她一下說心情不好要去外面吹吹風一下又跑回來，反覆這種奇怪的舉動，最後說害怕一個人出去，請藍鄉陪她。基本上，魔幻樂園裡除了受邀來賓外應該沒有其他人才對。這樣的話，帶著或許可能是凶手的藍鄉出門不是比較危險嗎？不過，真上一個字都沒提，說了只會讓賣野更加恐慌。

「或許，這也是十嶋庵安排的其中一個挑戰。」

編河聳聳肩道。

「不可能……這太超過了。」

如果浴血的兔子布偶裝跟謎題有關的話，十嶋庵就不是正常人了。但應該不是這樣吧？剛才布偶裝上的鮮血已經開始氧化變黑，幾乎看不到原本的粉紅色了。

「先不論主道先生是如何被柵欄刺穿的，有人故意傷害主道先生是很明確的事實，我們趕快報警做個了結吧。」

說起來，魔幻樂園收不到訊號，那就只能拜託佐義雨聯絡警察了吧。不，她既然已經目睹主道的慘狀，或許早已聯繫警方。

「佐義雨小姐……警察什麼時候會到呢？」

真上向在眾人後方待命的佐義雨詢問。佐義雨從剛才就一言不發，十分反常。只見她柔柔一笑：

「我還沒報警，因為這不是我能夠決定的事。」

「難道，是十嶋庵先生表現出反對的意思嗎？」

涉島皺著眉頭問。這是魔幻樂園第二次發生凶案，依十嶋庵的個性，他或許不願意警方介入。

「不，十嶋什麼都沒表示。應該說，我想確認意願的對象是各位。」

「各位……妳是說我們嗎？」

「是的，沒錯。請各位決定是否要報警。」

佐義雨說的話令人一時之間難以相信。眼前都已經有人喪命，怎麼會問要不要報警呢？真上連忙道：

「都發生這種事了當然要報警不是嗎？主道先生可能是遭人殺害……也不一定，現在不是悠悠哉哉尋寶的時候了。還是說，警察來這裡很費時呢？」

「嗯……因為這附近一片荒蕪，多少需要些時間。不過只要聯絡的話，警方幾小時內應該就會抵達了喔。」

這裡的擁有者是那位十嶋庵。與十嶋財團大富豪有關這件事一定也會影響警方抵達的速度，若有必要，他們甚至只要出動直升機過來就好。

「那就沒什麼好猶豫的了。是吧，編河先生？」

編河靠在欄杆上，似乎在沉思些什麼。眾人之中，感覺編河是與外界最有聯繫的人，應該會贊成報警吧。

「嗯，待在這裡會被塞進布偶裝殺死……實在讓人招架不住，簡直就像驚悚片一樣。」

「對啊……我們不清楚凶手的目的，所有人都有可能成為目標，都有風險。這種狀況下留在魔幻樂園裡很危險吧？」

「我反對——」

出聲的人是涉島。她態度堅定，字字清晰地說：

「佐義雨小姐，我想確認一件事。倘若警方介入的話，尋寶這件事會怎麼樣呢？應該不會改期再辦吧？」

「尋寶承諾將會失效。魔幻樂園會按照十嶋一開始的意願，以現在這樣廢園的型態開放給一般大眾。」

佐義雨的口氣就像在說明運動規則一樣。

「……是嗎，是這樣吧。我明白了，那我果然還是反對報警。」

「涉島小姐，妳這樣太奇怪了吧？」

即使真上這麼說，涉島依舊面不改色。

「表明自己的意見有什麼奇怪的嗎？剛才佐義雨小姐說由我們決定，我只是聽她的話，表明個人立場罷了。」

「出了人命，一般都會報警吧？」

「是沒錯，不過現在對我而言是非常時刻。主道先生過世我很遺憾，但就算警方即時介入，他也不可能復活了。既然如此，我就要繼承主道先生的遺志，取得魔幻樂園。」

這番言論明顯令人費解，但涉島的言辭卻坦蕩無比，堅毅的態度就像在表明自己絕對問心無愧一樣。

「警方最後還是會調查魔幻樂園吧？就算到時候有人告訴警方妳不願意報警也無所謂嗎？」

「無所謂。」

涉島不理會真上，環顧周遭一圈道：

「話雖如此，但在這裡我們的地位應該都是平等的，還請各位說說自己的意見。如果不能說服彼此取得共識的話，就採多數決吧。」

「用多數決的話，怎麼想都是報警會比較多票，對吧？」

然而卻有人出聲表示：「不，我也不想報警。」

「雖然對你很抱歉，但我也不想報警。」

常察對著真上又說了一遍。

「常察，怎麼連妳都這麼說……？我們現在需要警察吧？」

「如果只是需要警察的話，這裡就有一個人。」

常察把手探進懷裡，從中取出經常在連續劇裡出現的深藍色證件。

「很抱歉對各位隱瞞身分，我是貨真價實的警察……各位的安全由我來保護。所以，請暫時不要聯絡我以外的警察。」

真上看著那樣的常察，覺得許多事都有了解釋。

「有人會信那種東西嗎？」

編河剛說完，常察立刻默默遞出警察手冊。

「信不信由你，想檢查也無所謂。」

「為什麼警察會在這種地方？」

「啊……所以才會那樣啊。」

看見真上的反應，常察皺起眉頭問：

「什麼意思？」

「我之前就覺得奇怪……先不論常察是不是真的是上班族，但我之前就在想她的工作可能跟警察這方面有關。」

「這是在吹噓吧？我應該沒有表現出任何類似的舉止才對。」

「呃……之前引起我注意的是妳拿手電筒的方式……妳應該是右撇子，在鏡屋的時候卻用左手拿手電筒。我們一般人都會以慣用手拿手電筒，妳卻在黑暗中空下了慣用手。我就在猜，這或許是種以備不時之需的習慣……更進一步說的話，可能是考量到需要拔槍，所以才會把慣用手空下來。我原本是覺得自己想太多了，但妳開門的時候也不是正面打開，而是習慣將身體藏在門後，很明顯不是普通的ＯＬ吧……」

真上滔滔不絕的推理令常察啞口無言。

「……怎麼回事？難道你的本業是偵探？」

「在便利超商工作的話，不知不覺就培養出這種技巧了。只要仔細觀察客人就能知道他們的職業……或是這個人應該會買熟食，那個人應該會買菸之類的……狀態好的時候，連菸的牌子都能猜中。」

每當這種時候，真上都會有點開心。大夜班的工作娛樂特別少，注意力容易中斷，因此便容易熱中於鑽研這類的推理。

「我覺得這是兩碼子事……」

常察雖然有些不知所措，最後似乎還是接受了真上的說法。

接著是一陣沉默。就算常察在這裡，也不能就這樣不報警吧？率先開口的人是涉島。

「……有警察在的話應該就能放心了吧？」

「沒這回事。」

真上立刻反駁，涉島卻絲毫不以為意。

「但常察應該也有辦案能力吧？她知道目前所有狀況，或許將案子交給她處理會比較好。」

連成家都這樣說。

「順便說一下，我也是不報警派。警察來的話一定會問東問西吧？這對將來感覺有影響，我絕對不要。」

鵜走懶洋洋道。

「現在不是在意找工作會怎麼樣的時候吧？」

「沒在找工作的人閉嘴。反正被捲入這種案子，媒體一定會大肆報導。既然如此，我不想在弊大於利的情況下結束。」

「弊大於利啊……我能理解你這種積極上進的精神。」

竟然連編河都表現出欣賞的態度。

「編河先生，你是記者吧？這樣下去，你會變成一個置屍體於不顧的記者吧？」

「沒關係。如果我們自己能找出凶手的話，把一切都推給那傢伙就好啦。只要說是凶手威脅我們不能報警就萬事OK了。」

這明明不是一個身為報導真相的記者應有的態度，編河卻說得臉不紅氣不喘。

「活到我這把年紀就會知道，生活中到處充斥著這種加油添醋的改編喔。」

「……所以，你也是不報警，對吧？」

就這樣，真上在反對派的包圍下漸漸開始不明白自己為何要堅持。假設凶手在他們之中，真上是那種會任由對方殺害的人嗎？如果能自保的話，就不需要什麼警察了吧？自己有必要在這裡緊張嗎？真上的思考逐漸偏往異常的方向。

這時，賣野和藍鄉終於回來了。賣野以手帕摀著嘴角低聲問：「警察什麼時候會到呢？」

「那個……警察可能來不了了……」

真上不想引起賣野的恐慌，婉轉地說出這件事。然而，賣野卻開始渾身發抖。

「真上，你那句話是什麼意思？什麼意思？」

「什麼意思……就是，我也沒辦法。」

「我之前擔心的事發生了嗎……」

藍鄉點點頭，一副了然於胸的樣子。意思是，他早就料到事情會變成這樣了嗎？知道大家不會報警，以尋寶為優先？

「你之前就知道會這樣了嗎？」

「不，我只是之前聽說過，沒想到真的會發生，但機率也不是零吧？反正，應該只要兩天就沒事了。」

聽了藍鄉有些莫名其妙的回答後，真上再度發問：

「你的意思是，只要兩天尋寶就會結束了嗎？」

突然，藍鄉像是有些忌憚地說：「也不是不可能吧？」

「那麼，可以當作藍鄉老師也同意不報警了吧？雖然不知道事情是否能在兩天內解決，但暫時先不讓警方介入。」

聽到涉島這麼說後，藍鄉嚴肅地點點頭。

「……嗯，如果大家決定這樣的話，我也沒意見就是了。」

真上之前隱約就有種不好的預感，看來，藍鄉也是不報警派。雖然從藍鄉那享樂主義的形象來看，他同意不報警也很正常，但真上沒想到他真的會這麼做。這麼一來，局勢又倒向反對派了。

「等等！這是什麼意思？不要報警是在開玩笑吧？」

將真上的心理搖回正常方向的，是賣野的悲鳴。

「都發生命案了，怎麼還會說這種話呢！」

「就是因為發生命案了啊。一報警，尋寶就會取消了。」

「尋寶……？那種事根本已經不重要了吧！我不敢相信！主道先生遭到那麼殘忍的對待耶？太可怕了，讓他繼續待在那裡也很可憐，為什麼你們都一副無所謂的樣子？」

這是目前為止最有人性、最正確的主張。然而，在場眾人只是尷尬地望著賣野。或許是注意到自己的劣勢，賣野低聲呢喃：「為什麼……」

「真上，你想想辦法說服大家，這樣太奇怪了……要不，我可以離開魔幻樂園，不然實在太可怕了。真上——」

就在這時，涉島快速靠近賣野身邊。真上原以為涉島一定是想拍拍賣野的背，讓她冷靜，結果卻並非如此。只見涉島目露寒光道：

「賣野太太……我記得妳。妳之前是很勤快的員工，我很欣賞妳喔。」

涉島仔細而緩慢地吐出這句話。賣野聽了後立刻大喊一聲：「好！」

「我、我也贊成！我……我們一起靠自己解開真相吧！」

賣野口齒不清地說，彷彿緊緊攀附著什麼的樣子。

「等一下……賣野太太，妳怎麼了？」

「真上，不好意思，是我有點怪。我想，我不能這麼神經質，做出破壞團體和諧的舉動。」

賣野太太的解釋跟先前說的話完全不一樣，前後矛盾。另一方面，涉島則是一臉若無其事的樣子看著事態發展。

涉島沒有說什麼直接威脅的話語，然而賣野卻變得對她百依百順。剛才那些話到底是什麼意思？是什麼讓賣野如此害怕？

這時，藍鄉緩緩舉手。

「我是不介意暫緩報警啦，但很好奇常察為什麼不希望找警察，妳的理由是？」

「是啊，我也想問。這樣感覺就像妳是凶手，所以才想避免警方介入。」

在成家的催促下，常察終於沉重地開口：

「我不是以廢墟迷的身分進來魔幻樂園的。」

常察直視著眾人道。

「我……在報名備註裡寫了自己跟天衝村還有中鋪御津花有關係，通過了選拔。」

常察的自白令所有人倒抽一口氣。

「跟天衝村有關係……？意思是妳曾經住在那裡嗎？」

涉島語帶緊張地問。此刻的她或許正試圖翻找當年負責與天衝村交涉時的記憶吧。

「槍擊案發生前直到五歲，我一直都住在天衝村。後來因為槍擊案的關係也離開天繼鎮了。」

「這樣啊，抱歉，我對妳沒有印象……妳說妳和中鋪小姐有關係？」

「中鋪御津花是我表姊。我把御津花姊姊視為親姊姊一樣仰慕，這世上沒有人像她那麼溫柔。」

「這樣的話……妳該不會很恨籤付晴乃吧？」

編河有些不安地問。常察緩緩搖頭。

「我恨的人不是Haru……不是晴乃哥（註1）。殺害御津花姊姊的人不是晴乃哥。」

「怎麼可能？中鋪御津花是中彈身亡。」鵜走一臉困惑。

「我在天衝村時……很清楚晴乃哥跟御津花姊姊感情有多好！……就算晴乃哥恨魔幻樂園，也絕不會殺害御津花姊姊……絕不會。」

真上要是早點發現就好了。

之前當常察質疑所有罪行是否真的都是由籖付晴乃所為時，流露出非比尋常的感情。那時，真上或許能引導她說出這件事。

「那妳到底想做什麼？妳的目的是什麼？」

面對編河的訝異，常察堅定地回答：

「我想找出殺害御津花姊姊的真凶，我就是為此來到魔幻樂園。好不容易有機會解開二十年前的真相，如果警方進入魔幻樂園的話，我就不能按照自己的意志行動了……」

「我是覺得不可能揭開什麼二十年前的案件真相啦。」

編河不留情地說，常察卻完全不為所動。

註1　晴乃的日文發音為「Haruno」。

「希望大家可以理解我的苦衷……我明白不願意報警會被懷疑是殺害主道先生的凶手，我無話可說……但我豁出去了。我不希望……魔幻樂園再次對外關閉。」

沉默再度籠罩大廳。眾人視線交錯，互相窺探彼此的態度。

「表決吧。贊成不報警，暫緩一天，繼續『尋寶』的人請舉手。」

現場唯有真上沒有舉手。

也就是說，只有真上一個人想報警。殺害主道的凶手或許就在他們之中，決定不報警的人卻超過半數。更正確來說，是真上一人遭到孤立。雖然明白大家絕非那個意思，但現場的氣氛就像少數派的真上是凶手一樣。

「事情定案了呢。那麼，意思就是我們會一邊尋寶，同時找出殺害主道先生的凶手。沒問題吧，佐義雨小姐？」

「我無所謂。十嶋應該也會對各位高昂的鬥志感到十分高興。」

佐義雨點頭道，嘴角再度勾起那令人捉摸不透的笑容。

「真上，雖然對你很抱歉，但我們決定這樣做。當然，這個決定沒有強制性，你也可以逼我們就範報警，或是離開魔幻樂園聯絡警察。」

「不……我沒關係。謝謝妳幫大家歸納出結論，我對這個決定沒有異議。我也想盡可能地……嗯，找出殺害主道先生的凶手。」

「太好了，畢竟這種場合要獲得理解並不容易。」

「但我可以問一個問題嗎？……凶手在魔幻樂園裡，涉島小姐，妳不害怕嗎？」

「我想不出凶手有什麼理由要殺我，會有人想害我嗎？」

涉島燦爛一笑。看著那樣的涉島，真上打從心底覺得可怕。

涉島看似待人溫和，卻會試圖讓事情按自己的心意前進，同時竭盡所能地掌控身邊的氣氛。她與真上說話時特地使用「就範」這個字眼也明明白白表現出她的個性。涉島利用這個詞暗示真上可以憑藉暴力支配大家。這種不著痕跡操作他人印象的人不可不防。

涉島過去負責與天衝村交涉這件事也令人感到不安。面對這種人，天衝村的居民有能力好好談判嗎？

「這下子終於越來越精采了呢。因為我是那種雖然凶手沒有理由怨恨，卻會因為目擊到神奇畫面而遭到殺害的類型。」

鵜走刻意看向真上說。真上似乎徹底變成頭號嫌疑犯了。

鵜走這麼懷疑真上，也有或許會遇害的自覺，卻依然對「不報警」投下了贊成票。這些人對魔幻樂園異常的執念到底是什麼呢？

「那大家就解散吧，請務必注意自身安全。」

涉島拍拍手，示意大家解散。

總覺得主道不在後，涉島顯得更加神采飛揚，就像是坐在自己應得的位置一樣。

斷章 2

託御津花姊姊和 Haru 的福，我終於慢慢喜歡上天衝村。儘管村子還是一樣封閉，依舊把我當作外人看待，我卻愛上了這裡的大自然。

Haru 很擅長釣魚，教我如何在河邊遊戲。那時的河川不再是分隔村莊的界線，而是我開心的遊樂場。Haru 一搖起釣竿，波光粼粼的水面便冒出一條肥碩的香魚。

「你為什麼可以這麼厲害？」

「我只是仔細觀察，沒做什麼特別的事。」

Haru 說得雲淡風輕，在我眼中卻像魔法一樣。

「可是 Haru 最厲害喔。」

「是嗎？謝謝。」

「長大以後，每個人都會變得很會釣魚嗎？」

「也不是這樣……凜奈想要變得很會釣魚嗎？」

「不想，我想要變得很會做蛋糕。因為這個村裡沒有蛋糕師傅，只有去天繼鎮的時候才能吃到蛋糕。」

「啊啊……嗯，是啊。」

Haru 說著挽起了衣袖，把手浸在水中。Haru 的手臂上有條巨大的疤痕。

「那是怎麼了？」

「我以前玩獵槍，結果獵槍爆炸，還好沒死。」

Haru 說得自然，我聽著卻很害怕，因為他可能那時就死了。天衝村盛行打獵，Haru 將來也會取得狩獵許可，可以攜帶獵槍吧。但我對此卻十分擔憂。

「我可以摸摸看那個疤嗎？」

「可以啊。」

Haru 手臂上隆起的疤痕宛如流經皮膚的河流。

就在我摸著 Haru 疤痕的時候，御津花姊姊來了。

「果然，中林叔好像不在了。」

「中林叔也走了？這樣啊……」

Haru 的表情暗了下來。

「……就是夏目叔那裡的硝酸銨啊。好像是因為有參與出資這件事不對，最後待不下去了。這樣下去，化肥贊成派的人都會離開吧。」

「……畢竟草木灰是天衝村的傳統，也不是不能理解他們想維護傳統的心情。」

「Haru，你也跟大家說一樣的話。重點是，他們是在夏目叔買了硝酸銨想引進村子，沒有退路之後才說不行的吧？夏目叔從那之後就什麼都不做了……」

「那是時機的問題……」

「白蘿蔔絲輸出那時候他們也幹過一樣的事……辻井叔都跟百貨公司聯絡，已經沒有退路後，他們才又突然反悔，說村裡不需要發展新事業。」

「白蘿蔔收成的確成為了大家的負擔，而且辻井叔當時沒有跟籤付家仔細溝通。」

「這個村子就是這樣，總是拒絕新事物。」

御津花姊姊重重說道。

「明明因為這樣死了那麼多人……」

御津花姊姊臉上寫滿了不甘心。

「道路也是，如果能對外連通就好了。的確，那麼做或許得破壞一部分農地，但對外交通確實也會變好。」

「事到如今說這些也沒有用了。」

「就是這樣我才會現在說啊。」

御津花姊姊咬牙用力道：

「天衝村必須改變。村子不是土地也不是傳統，而是離開的夏目叔、中林叔、辻井叔這些人。是人創造了村子。」

當時的我還不是很明白這些話的意思。

然而，這是最能表達御津花姊姊理念的一句話。對她而言，所謂的村子就是人。所以，她才依照這個理念行動。

生氣的御津花姊姊有些可怕，我忍不住改變話題：

「御津花姊姊，妳是大人了，妳釣魚也很厲害嗎？」

「嗯？我很厲害喔，從來沒輸過任何人。在因為各種原因跟大家疏遠前，我們一群年紀差不多的朋友會一起玩，當時我是最厲害的。」

「Haru 說他是最厲害的！」

「咦！我哪有！凜奈，那是妳說的吧！」

「嗯，我比 Haru 厲害，應該說是我們這一群裡最——……」

御津花姊姊話語一頓。

「……不對，晴乃才是最厲害的嗎……該承認的還是得承認呢。晴乃的技術就像魔法一樣。」

我還記得，因為御津花姊姊用跟我心裡一樣的想法稱讚了 Haru，令當時的我感到十分神奇。

4

意外演變成頭號嫌疑犯的真上暫時離開了小木屋。他本來就沒有使用個人房間，待在那棟屋子裡也很尷尬。不，真上這種想單獨行動的樣子果然會引起他人的疑心嗎？

真上邊走邊將剛才腦袋裡的想法寫在便條上。像這樣整理問題點，一一寫成便條是他在便利商店工作的習慣。在必須應對問題五花八門的超商裡，這種樸實的小智慧十分有用。

一、凶手為何一定要讓穿著布偶裝的主道貫穿柵欄？

這是個簡單的問題。嘉妮兔布偶裝一定有什麼特殊涵義、有某些目的，否則凶手不必如此大費周章。

二、凶手為何割斷主道的喉嚨？

這個問題與第一個問題相連。若只是要殺害主道，讓他穿著布偶裝，推到柵欄上就好。為何要刻意割斷他的喉嚨呢？出血怎麼想應該都是缺點才對。

三、凶手是如何將主道推下柵欄的？

除非有像真上一樣的好體格，否則光是扛起主道應該就很困難了。然而，凶手不僅扛起主道還爬上了雲霄飛車軌道，這種事有可能辦到嗎？

將思緒集中成三點後，真上稍微冷靜了下來。釐清疑問，一一思考解決之道是真上在打工時學到的智慧。只要像這樣將大問題拆解成小問題，無論是進貨問題還是顧客抱怨都能妥善處理。

話說回來，小說裡的偵探還真了不起。小說中的偵探不用將大問題拆解成小問題，也不用特地寫筆記、畫圖就能抵達真相了吧。不過，真上這種超商店員辦不到。他打從心底慶幸超商的工作業務中沒有包含推理。

真上漫無目的地四處徘徊，來到了魔幻旋轉馬車前。這項設施的設計概念是與流星賽跑，做成星星車廂與天馬的樣子。

或許是形狀較為簡單的關係，星星車廂老化的情況還不明顯，但天馬卻已嚴重褪色，翅膀掉落，感覺真上一坐上去就會壞掉。

搭配星座的天花板宛如一座星象儀，真上忍不住抓著欄杆仔細凝視。

忽地，有個人站到了真上身旁。

「……我曾經坐過這個魔幻旋轉馬車。試營運時，我第一件事就是來搭馬車，不停旋轉的星座圖好漂亮……令我無法忘懷。」

常察緩緩看向真上。

「真的很抱歉，讓你配合我的任性。」

「……這不是妳一個人的問題。應該說，當時在場的人幾乎都對報警很消極吧？就算妳沒說那些話，感覺也報不了警。」

只要佐義雨將警察介入和尋寶中止兩件事連結在一起並告訴大家的話，報警這件事應該還是一樣會泡湯。

也就是說，這些參加者比想像中都更加可疑，皆有所隱瞞。

儘管真上還不清楚常察的底細，但與他們相比，向眾人公開自己身分與想法的常察仍然相對值得信賴。

「老實說，我一直很介意。你幫了我那麼多忙，我卻好像讓你被大家孤立一樣……」

「沒什麼……是我的錯，自己睡在奇怪的地方，還說了奇怪的目擊證言。」

「你這個人會在一些奇怪的地方客氣耶。不過謝謝你，我的心情稍微比較輕鬆了。」

常察瞇起眼睛，臉上微微透出疲倦。在追逐過去案件的過程中突然又這樣發生新命案，內心疲憊也是人之常情。

「妳說試營運時自己在這裡，代表……槍擊案發生當下妳也在吧？」

「我在喔，還目擊到許多人頭爆開，是特等席呢。也是因為這樣，我才離開了這邊。」

「那個……容我問個不相干的問題，妳當時人在哪裡呢？難道說，是在很危險的位置嗎……」

「不，我在槍案發生前被帶到了一個絕對安全的地方。」

「絕對安全的地方？」

「摩天輪上。比任何躲藏的地方都還安全吧？因為搭乘摩天輪的人不會射擊也在摩天輪裡的人。」

「的確……是最安全的地方呢。」

真上不禁感嘆。摩天輪車廂內是不管發生什麼事都不會被擊中的地方。

「那裡就各種意義而言都是特等席。我一輩子都忘不了隨著槍響聲，地面上的遊客一一被擊中腦袋的畫面。」

常察用力閉上眼睛。當時的光景一定深深烙印在她的眼底。真上開口試圖改變話題。

「妳說妳是被帶去的……是什麼意思？」

「就是字面上的意思。有人牽著我帶我去搭摩天輪。」

「那不就是——」

「我明白你想說什麼。那個人讓我搭摩天輪代表著他知道會發生槍案，這個人不是籤付晴乃本人就是共犯。」

如同常察搶先一步所說，對方在那個時間點帶她去搭摩天輪，與其說是碰巧，想讓常察遠離槍案這個推測應該更自然。

「不過，我不認為那個人是共犯。我這樣說可能很奇怪……但我覺得當時帶我去搭摩天輪的人是晴乃哥。」

「這……不合理吧？妳搭乘的車廂回到地面上時，射擊已經結束了對吧？這樣的話，籤付晴乃就必須比妳早搭上摩天輪才可以。」

「……所以我才說很奇怪啊。那個人遮著臉，雖然嘴上否認，但我怎麼想都覺得那是晴乃哥，所以才會乖乖搭上摩天輪……我也曾想過，說不定……那個人是晴乃哥分離出來的良心……」

儘管不科學，常察看起來卻非常想相信這個說法。

「我不懂……晴乃哥為什麼要殺御津花姊姊……我不懂。他們之間或許意見相左，但不可能會因為這種事仇恨彼此。」

「可能有些事只有他們本人才知道……」

語畢，真上才想到自己或許說了很失禮的話。然而，常察卻輕輕點頭。

「你說得沒錯，畢竟……」

「既然如此，我們就來驗證吧。」

「咦？」

真上再次從一直背著的包包中取出那本資料夾。

「我這個人……不是那麼擅長與別人相處……也沒有哪裡可以稱之為故鄉……

是個不太懂人心的人，因此才更想去填補其中的空白。這部分跟面對廢墟時很像，廢墟本來是什麼樣的場所，我們只能利用旁證去填補。現在也一樣。」

「一樣？」

「沒錯。我們一起利用旁證來填補中鋪御津花和籤付晴乃之間曾經發生過什麼的空白吧。這麼一來，或許會浮現一些輪廓。」

真上打開的頁面裡有著《週刊文夏》的剪貼報導。那是編河說由他執筆的連載報導，追蹤了天衝村對立的過程。在看到第一篇〈天衝村人禍〉的瞬間，常察輕輕「啊」了一聲。

「……我知道這個，是我搬來村子前不久的事……」

常察輕撫資料夾裡的報導，表情嚴肅地說：

「是流感對吧？那次疫情規模相當大，感染對象以老年人為主。因為村裡診所病床不足，必須將重症的老年人送出村……不幸的是，當時下了場大雨引起河川氾濫，阻礙了村子的進出。就在這樣的過程中，照護病人的人也跟著染疫，開始了一連串的負面效應。許多人臥病在床，使得村子漸漸無法運轉。」

常察的說明與報導幾乎相同，然而，從常察口中說出來與閱讀報導後得到的印象卻截然不同。

「御津花姊姊是護理師，在第一線目睹了那一連串的疫情，她說過自己非常懊悔，因為當年診所能收容的病人大約十人，有十六個人無法住院，接連去世。」

真上覺得，這起被稱為人禍的事件就是時機太不湊巧了。只是小社群中的群聚感染以及暴雨令天衝村對外交通惡化兩件事重疊所引起。考量到這點，編河故意用「人禍」一詞便散發出一股隱約的惡意。

「後來，御津花姊姊代表的魔幻樂園引進派好像就是以這件事為立基點，認為天衝村人口逐年減少，與其繼續延續天衝村，不如去外面打造新的社群比較好的樣子。」

麥奇卡度假村公司向天衝村民提出的條件包含了搬遷費、全面提供移居地的住宅以及一戶一二〇萬圓的補償金。另外，有興趣的人也擁有優先在魔幻度假村工作的權利，意即工作保障。當時天衝村的收入來源主要依靠一級產業，必需品也大多自給自足。也有的家庭是孩子成年後外出工作，將錢寄回給村裡的家人。

魔幻度假村的提議是可以從根本改變這種現狀的方法，也是絕佳的大好機會。

「不過，村民們似乎無法舉雙手贊成對吧？」

「畢竟，天衝村是大家一直以來生活的地方，應該很抗拒為了開發度假村讓出自己的故鄉吧……我能理解。我也想回家。」

想回家。真上不禁也複誦了一次。

「我這時期的記憶並不多，加上自從所謂的天衝村鬥爭開始後，也就不太去外面了。」

關於天衝村鬥爭的激烈程度，第四篇報導有詳細的記載。

魔幻樂園贊成派緊咬著村子蕭條這點不放，反覆控訴先前的人禍悲劇。他們認為有些人流感康復後殘留下後遺症，也有些小孩出現手腳麻痺、味覺或嗅覺障礙以及語言障礙，質疑若下一代又發生相同的事，誰來負責？

反對派則指出那些後遺症的原因並非流感，批評贊成派不斷用謊言博取社會大眾的同情。另外也主張之前那場疫情只是運氣不好，比起疏遷天衢村，更重要的應該是為村莊引進醫護人員。

「這一類的爭論在天衢村民之間本來就很熱絡嗎？因為週刊報導只有寫魔幻度假村引進計畫提出後的事。」

「……你指的是該拿天衢村怎麼辦這件事吧？老實說我不知道。我是外地過來的孩子……年紀又小。此外，自從這些事鬧得沸沸揚揚後，大人就說不能去河對岸。」

常察說的河，就是流經天衢村中央的河川吧。

「為什麼？」

「因為籤付家的大宅就在河的另一邊，籤付家是魔幻度假村反對派的代表。」

「那個，我這樣說不知道正不正確……籤付家是像村長那樣的人家嗎？」

「以前好像真的是村長，我是長大後才正確理解這件事的。戰後，門第一類的東西已經鬆動……感覺他們就只是很厲害的一戶人家，有很大的發言權，最重要的是，他們不喜歡外人。尤其在經歷那場嚴重的疫情後，感覺就很厭惡外人。」

「厭惡外人的理由是什麼？我這樣說可能不太好聽，但外人跟疫情沒什麼關係吧？」

「因為一開始將流感帶進天衝村的就是外來者……聽說感染源頭是從外面進來村裡的人，但不知道是不是真的。」

不過，光是這點就足以讓村民對不是天衝村出生的常察冷眼相待了吧。

「如果是這樣的話，妳在天衝村的生活不會很痛苦嗎？」

「確實，大家始終把我當外人的感覺很孤單，我甚至只是說出天衝村的名字就會被籤付家的人瞪。不過，因為有御津花姊姊在，還有，我認識的 Haru 也對我很溫柔。」

雜誌裡介紹的籤付晴乃感覺不像能跟常察處得來。這個男人相當固執己見，強硬反對天衝村搬遷。當贊成派最後籠絡大部分的村民後，僅是為了破壞計畫便犯下慘烈的槍案。事發後，籤付晴乃的父母也立即雙雙上吊自盡。

「他絕對不是那種人。」

之後，常察開始一點一滴訴說她與籤付晴乃間的回憶。然而，常察的兒時回憶如她所說十分模糊，甚至連籤付晴乃與中鋪御津花兩人感情好這件事都無法判斷是否真的是她與籤付晴乃間的回憶。唯一能詳細道來的，只有兩人相遇時的故事，籤付晴乃允許常察在庭院裡玩耍。

「結果，籤付家奶奶發現了我，大發雷霆。我說自己有獲得晴乃的許可，她卻氣呼呼地說『這個庭院的主人是我』，我回她『這樣說是沒錯』，結果她說全村只有我做出這種事。」

「那真是……一場大冒險呢。」

「因為只有籤付家的庭院有那麼多水果樹啊。籤付奶奶說我偷溜進去很勇敢，是第一個這麼做的人。」

常察懷念地瞇起眼睛。

「還有，Haru很擅長釣魚，經常在村子的河裡釣不知名的魚給我……我要是有好好記得那些魚的名字就好了……」

常察瞇起眼睛，彷彿在看著那條已經遭填起、實際上並不存在的河流。

「另外，Haru的槍法……好像也很厲害，這是大家說的。不過在我的記憶中，感覺Haru並沒有那麼喜歡獵槍。他的手曾經因為獵槍爆炸受了很重的傷，還留下了疤痕。」

「這樣……感覺的確是會跟槍保持距離。」

「結果卻不是那樣呢。」常察道。

「五歲時，我搬到了天繼鎮，但Haru好像還繼續留在天衝村裡的樣子。」

魔幻樂園是於二十年前，二〇〇一年竣工。據說在建設階段，反對派仍留在山裡持續抗議。不過，當遊樂設施建設約八成後，園方執行了最後一次的撤退作業，留下來的村民也都一一解散了。

後來，籤付晴乃隨著竣工再度回到這裡。

當常察開始提到中鋪御津花與反對派的爭執後，或許是因為這部分不只是她的記憶，也摻雜了事後調查資料的關係，她的語氣逐漸沉重。那是一連串試圖為天衝村引進新事物的失敗史。化學肥料、道路開發、大型事業……其中，唯一在大企業強勁手段下成功的，即是引進魔幻度假村。

「抱歉，這些內容沒什麼幫助吧？」

「不，沒這回事。我從妳的描述中了解到一些單憑雜誌報導無法得知的事……」

「真上，你為什麼願意這麼設身處地聽我說呢？」

「咦？」

「因為……我沒其他意思，但你跟我的過去毫無瓜葛不是嗎？所以我才不明白你為什麼這麼替我著想……為什麼？老實說，你看起來不是對別人的事那麼有興趣的人。」

「因為我們一樣。」

真上脫口而出。連他自己也被自己突然說出口的這句話嚇到。

真上的腦海裡是一片無垠的陰天，摩天輪裡作的夢漸漸覆蓋了頭頂上廣闊的藍天。

「因為，我也極度想知道某個人的想法。」

那天，父親別說是帶傘回來了，甚至沒有回到真上身邊。天空開始下雨，發燒的真上不顧父親的叮嚀，第一次移到了有天花板的地方。屋頂並沒有掉下來。

「可是，過去的人只存在於過去，無論多想與他們對話，不可能的事就是不可能。所以，即便旁人再怎麼說那是徒勞無功，我們也只能透過不斷的累積，填補幻影。」

所以，真上才想幫助常察。常察一路追逐籤付晴乃的幻影來到了這種廢棄遊樂園，真上無法置這樣的她於不顧。

此外，在聽常察訴說的過程裡，真上心中對天衝村也浮現了特別的情感。

「……這樣，就得努力思考才行了呢。」

「所以，能幫上忙的地方我都會試試看。」

「試試看嗎？你是在謙虛吧？感覺你不只能解開我的謎題，連主道先生的案子也能破解，不是嗎？」

「不……對我有那種職業偵探的期待，我也很傷腦筋就是了……」

「因為你連我是警察的事都看穿了呀。如果你用超商店員的觀察力還有察覺到哪些事的話，請再告訴我。」

常察的口氣莫名開朗，真上好像也只能跟著這個氣氛走下去。過了一會兒，真上開口：

「我想問一件事……飲水機後面的那張紙，不是妳貼的吧？」

「不是我，所以我也嚇了一跳。那到底是什麼意思呢？」

常察直接的詢問令真上一時詞窮。老實說，真上原以為那張紙或許是常察所貼，常察是右撇子，符合條件。重點是紙上的內容，除了常察，真上想不到還有誰會想寫下訊息譴責真凶。

如果那則訊息出自常察之手，那真凶指的就是「偽裝成籤付晴乃的槍擊犯」了吧。因為從常察的角度來看，籤付晴乃是那個救了自己的男人而非摩天輪裡的人。

「這樣的話，要另外設定真凶嗎，或是還有其他相信籤付晴乃是無辜的人……」

聽見真上的喃喃自語後，常察輕輕「咦」了一聲，表示困惑。

「我認為，這次聚集在魔幻樂園裡的人與這裡的關係可能都不單純。」

「啊，意思是……」

「就像妳不是單純的上班族，而是中鋪御津花的親戚那樣，我猜，其他人是不是也都跟魔幻樂園的過去有某種程度的關聯。」

「先不說我……但我覺得成家先生與賣野太太應該只是普通的工作人員。」

「但他們對尋寶的執著卻強烈到拒絕警方介入吧？這太匪夷所思了。」

「……賣野太太好像無論如何都想得到魔幻樂園……」

「是吧？不過，賣野太太就算得到魔幻樂園也拿這裡沒轍吧？所以，與其說她想得到魔幻樂園做些什麼，不如說是不願意將樂園交給其他人吧……」

「不願意交給其他人？為什麼？」

「我不知道……」

不過，那個理由一定跟賣野在魔幻樂園的過去有關。賣野以前在商店工作時肯定發生過什麼事。從涉島只是低聲說了些什麼她便臉色丕變這點來看，也能得知她有明確的弱點。

「我在意的是，十嶋庵是否知道賣野的祕密……事到如今，我認為他應該有掌握。」

這麼一來，十嶋庵的目的究竟是什麼呢？真上不明白十嶋庵聚集相關人士想做什麼？也還不懂那句提示的意思。一切充滿了謎團。

「那個，你看過阿嘉莎・克莉絲蒂的《底牌》這本小說嗎？」

「沒有耶……應該說我只看跟廢墟有關的書。」

「那本小說裡有個富豪收藏家名叫謝塔納，以各式各樣的收藏自豪。其中，他最滿意的收藏就是殺人犯。謝塔納的興趣是邀請殺過人的凶手前來自己的宴會，以此為下酒菜，樂在其中。」

「……妳的意思是，十嶋庵是謝塔納，而我們是殺人犯嗎？」

「我想，即使不是殺人犯，只要是跟魔幻樂園槍擊案有關就值得蒐藏。不過，因為還有你和藍鄉老師，所以好像也不能一概而論。」

「大概是因為他心目中的相關人物沒有聚到一塊，才找我們來湊人數吧。如果連個真正的廢墟宅都沒有的話，『享受廢棄後的魔幻樂園』這個檯面上的理由就會瓦解了……」

「如果是這樣的話，這個人頭湊得真好。因為我覺得你應該能破解這個案子。」
常察瞇起眼睛說：
「主道先生也已經是過去的人，無法說話了吧？」
儘管常察對自己的期待很沉重，但他們或許能讓似乎有著奇怪興趣的十嶋庵跌破眼鏡。
「那麼……雖然有點提不起勁，但要不要去檢查一下雲霄飛車呢？如果真能找到什麼的話，最有可能的地方就是那裡了。」
「走吧，跟你在一起我很放心。」
「雖然很感謝妳的信任，但如果我是殺人犯的話不是很危險嗎？我的力氣感覺比妳還大。」
「或許吧……老實說，我身上有槍。因為說了好像會引起大家不必要的猜忌，所以之前都不敢講。」
「請妳保護好那把槍喔……在偵探推理之類的故事裡，手槍不是都會遭人奪走然後發生第二起犯行嗎？」
「你雖然沒在看小說，卻很清楚這種發展呢。」
「因為休息時間休息室裡的電視會播推理劇啊。我的休息時間還滿固定的，很適合一小時的連續劇。」
「意思是，你也會看星期一晚上的九點檔愛情劇嗎？」

「會當作參考。」

不知是不是被戳中笑點，常察忍不住笑出聲來。真上雖然無法理解愛情劇，但因為能讓常察露出笑容，開始覺得有看愛情劇或許也是件好事。

星際飛車即使遠遠看去也十分醒目，那環繞樂園一圈的路線在位置上也很優秀。飛車入口位於園內東側——用更好懂的說法就是在主道屍體旁。

「……那個，妳沒關係嗎？再走下去的話，我們會經過主道先生的屍體。」

「我因為工作關係看過很多次屍體了，沒關係，謝謝你。」

「就算這樣我還是會……擔心。我在便利商店處理老鼠屍體時，也還是會覺得很噁心。」

「或許那才是正常的反應……咦？」

常察指著前方。藍鄉不知何時站到了主道的屍體前。

「藍鄉？你在這裡做什麼？」

「啊，是常察和真上啊。我當然是在偵查啊，偵查。別看我這樣，我好歹也是個推理作家，覺得自己應該能有些貢獻，就來現場看看了。」

「……你沒做什麼奇怪的事吧？」

「這種情況你覺得我有辦法做嗎？」

藍鄉指了指主道屍體的位置。

主道套著嘉妮兔的屍身上蓋了層紅色的遮雨布，就像路邊攤收攤後會蓋的那種東西。

「成家先生幫屍體蓋了布，我沒有想故意拿掉翻弄屍體的意思。我甚至連碰都沒碰。」

「……畢竟讓主道先生一直那樣擺著太對不起他了。」

關於這點，真上也同意。他也無法忍受讓主道穿著那種布偶裝，死後依舊曝屍在外。從遮雨布的形狀來看，布偶頭部還是真上裝上去時那樣。被迫穿上布偶裝死後露出臉龐與死後連臉龐都藏在兔子頭下，究竟哪個比較好呢？

「所以呢？透過防雨布看屍體，推理作家組織出什麼推理了嗎？」

「多少吧。例如，**凶手非要割斷主道先生喉嚨的意義，之類的**。」

藍鄉露出一抹意味深長的笑容。

「我雖然不看小說，但是會看推理劇喔。所以我知道偵探說出這種話時絕對不會幫大家解答，不用理會。」

「唉呀，偵探也不是故意那樣的嘛。如果不先裝作知道的樣子就會失去大家的信賴，但其實也一無所知所以才會以含糊的話帶過。大概是這種感覺。」

「所以你不知道嗎？」

「你說呢？知道真相就占有優勢，也許是這樣偵探才會轉移話題吧。」

儘管藍鄉一番話閃爍其辭又曖昧不清，真上卻不覺得他只是故弄玄虛。意思是，凶手有必須割斷主道喉嚨的理由嗎？因為穿著布偶裝的人不容易勒死？

不過，如果想殺害穿著布偶裝的人，從高處推下不是比較輕鬆嗎？這是真上先前列出的第二個疑點。

割斷喉嚨會大量出血，主道身上的嘉妮兔布偶裝實際上也的確沾滿鮮血，幾乎變色。凶手有什麼理由做到那個地步，堅持用刺死的方式殺人嗎？

「總之，一起去星際飛車那裡吧。到了那邊，也可以看你之前關心的那個維修走道。」

5

星際飛車的設計概念似乎是搭乘星星船艦與流星賽跑，深藍色的車體鑲著銀色星星，璀璨而絢麗。不過，真上記得旋轉馬車也是以跟流星賽跑為主題，概念似乎重複了。看來，這座主題樂園不管怎樣都先以流星為假想敵的樣子。

雲霄飛車本體為四人座，車身略小，但因為連結了五節車廂，遊客周轉率或許並不差。

「這種小型車廂從二十年前開始慢慢流行起來，現在很多地方都可以看到了。小車廂運作靈活，不但能跑複雜的路線，乘客也更能欣賞風景。」

「原來如此……妳知道得真清楚呢。」

「大概是因為我在遊樂園遇到了那種事吧，後來就開始調查各式各樣的資訊。像是星際飛車為什麼會打造成這種類型的雲霄飛車等等。」

常察有些懷念似地低語。

雖然星際飛車的安全桿泡棉已徹底腐爛，露出了銀色的本體，但飛車本身感覺再繼續運作也不成問題。真上伸手抓住安全桿，試著移動飛車，結果車子像玩具般發出「喀、喀、喀」的聲音動了起來。

「車子意外地輕耶……完全可以動。」

「也是，常常可以看到工作人員拉雲霄飛車或其他設施的車體調整位子。有些地方即使上面有乘客，拉起來也跟平常沒兩樣。」

原來如此，常察的話令真上豁然開朗。雖然真上對遊樂園不太熟悉，但常察應該能幫忙補充相關知識。

「難得都來了，要不要坐坐看？只是動動車廂的話，應該也不危險吧？」

藍鄉若無其事地鼓吹，常察也點點頭說：

「說得也是。我坐上去看看，真上，你能幫我推嗎？」

常察毫不猶豫地坐進了生鏽的車廂。在談論危險或衛不衛生的問題之前，這輛車廂可能載過屍體啊！這種天不怕地不怕的個性也是警察的一種才能嗎？還是說，之前雖然是偽裝身分，但常察其實真的是個廢墟迷？

真上已懶得思考答案，聽從常察要求，把手放到車廂後方。

「請抓好，要走囉。」
「好。」
常察抓住乾癟不已的安全桿。
真上使勁一推，車子立刻動了起來，超乎真上想像的輕盈。車廂下滿滿的車輪滑順地咬合軌道，將阻力降到了極限，令真上深刻感受到若車子不斷加速起來後會有多驚人。
「那個，我不去上面，就推到有斜坡的地方可以嗎？」
「好，沒問題。」
徵得常察的同意後，真上將車廂推向不遠處的第一個斜坡。然而，車子的走勢卻沒有減緩的跡象，真上一路攀上階梯，克服坡度，越過了第一個斜坡。接下來的軌道是一段與地面平行的路線，經過第二、第三個斜坡後開始漫長的降落。
「既然都到這裡了，可以幫我再往前推一點嗎？大概到這段水平軌道的中間。」
即使沒有明說，真上也明白常察指的是哪裡。他請常察抓好安全桿，將車廂往那個位置推進。
就這樣，兩人終於來到了遭柵欄刺穿的嘉妮兔——主道的上方。
「……兇手應該，就是從這裡推下去的吧。」
「似乎是這樣……」
常察覷著下方道。柵欄就在車子的正下方。

「如果不追求像主道先生那樣精準穿過胸口的話，從這邊推下去至少會刺中。」

這是因為柵欄設計成交錯排列的樣子，只要沒有偏得太離譜，一定會刺中其中一根欄杆。

「……沒錯。感覺一定會刺中布偶身上某個地方，像是肚子之類的。也就是說，刺中的地方不用非得是胸口嗎？因為從這裡推下去很難鎖定要刺中哪裡吧？」

「這樣的話……代表什麼意思呢？凶手只是想刺穿屍體嗎……？」

不懂。這裡比真上預期的還高。這種高度就算只是推落，不用刺中柵欄也能殺人吧？那麼，屍體只是不小心刺中的嗎？

不，不對。重來一遍，若凶手只是想讓主道墜地身亡，不在這裡也無所謂。只有此處剛好位於柵欄上方，柵欄是必要的。

另外，還有高度的問題。

「這段和地面平行的軌道高度大約二十公尺，我記得柵欄的高度大概十二公尺，所以軌道和柵欄之間的距離是八公尺嗎？」

「你的意思是雖然距離八公尺，但因為有兩道柵欄的關係，刺中的機率很高對吧？」

「不，不對，現在的問題是深度。」

真上想起主道的屍體，不僅遭柵欄貫穿還觸及地面。

「就算從這個高度推下去也不會刺得那麼深。屍體遭貫穿後的衝力會減弱，應該到中間就會停住了。也就是說，兇手是推下主道先生後，再利用繩子或其他工具將屍體硬拉到地面上。他為什麼要這麼費事，堅持把屍體降到地面上呢？」

沒錯。如果兇手的目的只是刺穿屍體，就算布偶停在柵欄中間應該也無所謂。然而兇手卻大費周章拉下主道的屍體，這到底是為什麼？

「不過，我現在知道主道先生可以不用專程爬上通道了。」

「是嗎？為什麼？」

「因為**有這麼完美的推車啊！**只要將穿著布偶裝的主道先生放到車上，抓住安全桿一路拉到這裡就可以了。」

若不用直接搬運的話，門檻將會變得很低。雲霄飛車的設計是盡可能減少前進的摩擦力，也能用來當作搬運人類的理想推車。所幸，二十年歲月削去的只有美麗的裝飾與安全性，正好用。

「確實，這樣就不用主道先生自己爬上來了。」

「沒錯。」

「不過，要放進車廂的話，嘉妮兔是不是有點太大了呢？感覺手腳好像會跑出來，還有那對大耳朵。」

「……可能需要抓一點平衡吧。」

真上從沒想過嘉妮兔是兔子這件事會這麼令人憎恨。那對耳朵感覺真的很重。

「啊……但頭部可以事後再套上去吧？反正套著也可能會因為掉落的衝力跑到

其他地方。事後再裝上頭部的話，會更容易取得平衡。」

「啊，對喔。真上，你真的很聰明耶。」

「而且，如果沒有頭套的話，或許一個人也能把屍體推下去……老實說，就算是拿掉頭套的狀態，能把主道先生丟下去的……感覺也會是有一定力氣的男生。」

這麼一來，痛苦的是自己就會成為頭號嫌疑犯了。如果是真上，也有能力丟下穿著布偶裝的主道。只要把屍體放到這輛車上，用推落的方式丟下去即可。

或許是察覺到真上害怕被懷疑的心情，常察笑著說：

「不過，若是兩個人的話就跟力氣無關了吧？雖然要一起站在這段狹窄的階梯上可能很辛苦，但應該比一個人推輕鬆。」

常察細聲說著，一邊低頭俯視渾身是血的嘉妮兔。眼見常察幾乎要順勢翻下去的樣子，真上連忙道：

「差不多該回去了吧……底下有摔落的人，現在這個狀態果然還是有點可怕。」

「你說得對。」

「妳真的要抓好喔，等一下是倒退向下滑。」

在車上載了一個活人的狀態下，回程似乎會比較艱難。真上繞到車廂後，撐著車子慢慢回去，常察也牢牢握緊了安全桿。

「啊，你們終於回來了，都說了些什麼呀？」

「一些跟你無關的事喔。藍鄉老師既然是名偵探，應該自己有辦法吧？」

「你要是這麼壞心眼的話，我就不讓你出場當助手了。」
「廢墟偵探系列的助手幾乎都會死掉不是嗎……」
「藍鄉老師，我們有收穫喔！我認為凶手是利用這輛飛車搬運主道先生。」
常察結合剛才的經驗，說出自己的推理。把雲霄飛車當成推車，搬運主道。
「不是靠真上在便利商店進貨的怪力才能推吧？」
「不要一直用這種令人火大的方式說話……才不是那樣。不信的話，你自己推推看不就得了？」
藍鄉輕輕聳了聳肩，就像在說「那種苦力活是你的工作」一樣。既然如此，真上希望他就不要再囉哩叭嗦了。
話說回來，想要移動這輛車子的話，誰都辦得到吧。就連常察應該也沒問題。
「不過……就算可以利用車子，還是不知道凶手為什麼要這樣做。藍鄉，車子的事搭配你剛才自己的靈感或許能想到什麼嗎？」
「嗯，怎麼說呢，完全沒有。畢竟我連凶手的範圍都無法縮小。安眠藥的事也不能當判斷的線索，因為也許有人是裝成吃下安眠藥的樣子。」
「至少……我是吃到了。」
明知沒有任何證據能證明這句話，常察還是忍不住表態。
「我也是，因為這樣起床後後腦勺一直很痛。」
「藍鄉，你沒有喝咖啡吧？」

「或許有咖啡以外的下藥途徑吧。啊——好痛，好痛！如果是推理小說，主角也被下藥時就會以第一人稱描寫異狀等等而獲得信任，真好！在我的視角裡我就是主角，也就是敘事者，卻無法隨心所欲啊！」

藍鄉開玩笑地說。不過，他說得沒錯。大概是真上閉口不語的樣子令他很沒勁吧，藍鄉繼續道：

「……那麼，星際飛車的調查就這樣了嗎？接下來要怎麼辦？」

「既然這樣，我想去看看一個地方。」

常察立刻回答。

「也許已經有人在調查那裡了……我們要不要去G3倉庫看看？那裡有嘉妮兔的服裝，一套應該是主道先生身上那件，我想知道剩下四套怎麼樣了。」

「沒錯……這確實應該調查。」

既然凶手利用嘉妮兔布偶裝犯案，就的確有必要前往G3倉庫，或許會留下蛛絲馬跡。

「從雲霄飛車這裡去G3倉庫嗎？距離很遠耶。我知道為什麼推理小說不會用遊樂園了啦，占地寬敞，要調查的地方又多，太辛苦了。」

尋找主道屍體時，藍鄉好像也說過一樣的話。

「這麼一想，廢墟偵探這個設定從一開始就很辛苦吧？你為什麼會想出那種設定呢？」

悲。

藍鄉故意吹了聲口哨，敷衍帶過一切。被自己想出來的設定擺布的作家真可悲。

「因為我喜歡廢墟。光這個理由就夠充分了吧？」

藍鄉說。

「因為喜歡……嗎？」

這是真上一開始在同伴身上尋求的東西。他希望大家是因為喜歡廢墟才會齊聚一堂。然而真上也已經明白，大部分來到這裡的人都不是為了那種悠哉的理由而來。

「藍鄉，你認為誰是魔幻樂園槍擊案的真凶呢？」

現在先丟這個問題試看看。藍鄉是右撇子，也有可能貼那張紙。或許這個問題能成為引子，了解些什麼也不一定。

然而藍鄉卻一臉認真地說：

「我認為沒有真凶。」

「咦？」

「雖然以我個人的回答會是籤付晴乃就是了。那件槍案或許有許多遠因，但動手執行的人是最壞的吧？」

藍鄉的聲音透著一股刺骨的寒意，一副儼然自己就是審判者的表情。

「我再說一次，開槍的人就是不對。」

斷章 3

魔幻度假村計畫是拯救天衢村最後的希望，麥奇卡度假村提出前所未有的條件，大家應該能因此變得幸福一點吧。否則再這樣下去，我們只能四分五裂，我絕對不要這樣。

然而，與涉島小姐他們一起參與的協商結果卻慘不忍睹。

「不行，我無法接受什麼魔幻度假村計畫。」

「為什麼？透過之前的疫情您也了解吧？這裡太封閉了。如果交通再稍微便利一點，如果有完善的設備能承受河川氾濫，如果村裡有大醫院，有些性命就能得救。我們應該遷離，引進魔幻度假村。我明白您對這個村子有感情，但應該能住在天繼山附近才對，而我們最喜歡的村子將會留下來。」

「不會留下來。」

籤付家爺爺道。他面露威嚴，否定我的說法。

「為什麼？村子並非天生，而是住在這裡的人打造出來的地方吧？」

「御津花……不，中鋪小姐。」

籤付爺爺壓低聲音，改變了稱呼我的方式。

「不管妳說再多，我們這邊的看法都不會改變，什麼樣的說服都沒用。」

「為什麼？如果解釋得不夠清楚，要我說幾遍都可以，如果覺得交涉不夠，我願意負起全責。當然，是雙方互派代表，以免有不公平——」

「不是因為那些。我們不會改變看法，妳知道是為什麼嗎？」

籤付爺爺的口氣彷彿像在對一個年幼的孩子諄諄教誨。

「**因為你們的看法才是正確的**，是對的。『死守著這種小村子也沒用，應該離開這裡探索新生活。』我懂，畢竟，你們更合理。」

我知道自己的臉漸漸失去血色，就像把肌膚泡在冰涼的河水裡那樣一片蒼白。

籤付爺爺這句話反應了我們之間的鴻溝，清晰到令人悲傷的地步。

「可是啊，正確這件事無法打動人心。我們在座這些人，這輩子一直都無謂地抓著沒有意義的固執活著。那種固執和老舊的習慣，是進步與正確的事物可以隨時驅趕的東西嗎？」

我心中一直存在一個疑問。改變村子的契機應該要多少有多少。

天衝村之所以交通不便是因為沒有完善的道路，村裡沒有資金改善。那麼，就得想辦法摸索取得外資的方法。至今為止，為天衝村引進新產業的對策全都不順利。曾經，有人提過蓋野菜加工廠或寶石加工廠，又或是運用村子能清楚觀星的特點建設天文臺。

所有提案全都因為「會改變村子」這個理由遭到駁回，連個像樣的討論都沒有。那些計畫提案有各式各樣的背景，我也不會說它們全都很優秀。我想，不變的天衝村應該也有許多自己的魅力。

然而，村子卻因為這樣出現了無法拯救的性命，井口叔、紙村叔，還有——媽媽。這些人本來可以得救。只要交通再便利一點，只要村裡有能抵抗大雨的設施。大家在全村的葬禮上明明流了那麼多淚，又為什麼不能正視悲傷的原因呢？

那樣的事我已經不想再遭遇第二遍。我想和這個村子裡的所有人幸福快樂地生活到最後。為什麼就是無法獲得理解呢？

「妳大概覺得妳面前的這些人既無知又落伍吧？所以想引導大家，只看見自己的正確。妳不知道我們在這個封閉的地方一直以來守護的是什麼，也不想知道。」

「沒這回事！我為了天衝村這麼拚命——……我喜歡這個村子！」

「妳喜歡的天衝村不存在。」

籤付爺爺毫不留情地說。

就這樣，那天的協商結束了。

「真的沒問題嗎？我們這邊為了成功打造魔幻度假村，已經開始動員大量人力了。」

協商結束後涉島小姐說，其他跟著涉島小姐來的人則是看著我交頭接耳。

「妳說也有很多人贊成引進，但我說明的時候卻沒聽到一丁點贊同的聲音。」

今天的協商流程是先由麥奇卡度假村公司說明計畫，再由我補充、回答疑問。然而，不只涉島小姐發表時現場反應不佳，就連輪到我的時候，贊成派也始終低垂著頭。

「本來應該有更多贊成的人，只是那個場合裡反對派的聲音很大，他們才難以啟齒。」

「如果他們在重要場合無法表達意見的話，我擔心最後會是反對聲音獲勝。三個月後，如果沒有取得大多數人的同意，就趕不上兩年後開幕了。」

我心裡暗暗「咦」了一聲。開幕時間是何時決定的？初次協商才剛結束，就有趕不上時間這種問題了嗎？涉島小姐說的趕不上是什麼意思呢？

「放心……大家一定能理解。」

「我們需要的不是理解而是同意。再慢下去，度假村可能很難在萬全狀態下開幕，這麼一來，能支付天衝村的金額也會減少，對彼此都不是好事。」

涉島小姐口中不停出現我不知道的事。我從沒想過計畫會進展得這麼快。

然而，我不能在這裡停下。要是現在度假村公司撤回計畫的話，大家對我——對魔幻度假村的期待該怎麼辦？

現在計畫雖然有點急，卻也證明了它是多麼的龐大和具有分量。想要守護天衝村，除了讓這個計畫成功，別無他法。

可是我該怎麼辦呢？反對派的人很明白村子不能再繼續這樣下去的事實。既然如此，就已經沒有辦法說服他們了。

此時，編河先生找上了我。

編河先生乍看之下是個身形瘦削的可疑男子，大熱天卻穿著長袖。他找我說話時我嚇了一跳，同時覺得這個人不可信。然而，編河先生卻說他有辦法打破目前的僵局。

「妳做的事是正確的，接下來只剩下做法的問題。」

編河先生是大型出版社的雜誌記者，負責的雜誌叫《週刊文夏》，是天衝村的商店也經常會進貨的雜誌之一。不過，不是每週都有就是了。

編河先生似乎對麥奇卡度假村的大型度假村計畫有著強烈的興趣，悄悄進出天衝村的樣子。最早發現他的人是凜奈。別看凜奈那樣，那孩子其實對外人很敏感。知道凜奈因此趁機要求編河先生當她的玩伴後我不禁笑了出來。該怎麼說呢，這就是凜奈厲害的地方吧。

「只要將現在天衝村和魔幻度假村的事報導出來，支持妳的人一定會增加。想在這個不會改變的村子裡解決一切是行不通的。首先，必須從村裡向外擴張。」

編河先生強力主張應該仔細報導天衝村的現狀與引進魔幻度假村的計畫。他說，如果外界的人能以客觀角度看待計畫的話，村裡的氣氛也一定會改變。

他說的或許不錯。麥奇卡度假村那麼積極，應該不會在開幕時間上妥協。那麼，即使是杯水車薪，或許有外部的力量還是比較好。如果這篇報導能成為改變的一小步的話。

我拜託編河先生撰寫報導，每週刊載，即時傳達天衝村的現狀。這麼一來，天衝村或許也會改變吧。

6

抵達有問題的G3倉庫時，真上莫名有種不好的預感，不是因為他本能地不喜歡嘉妮兔布偶，而是因為聞到一股奇妙的味道。

「……抱歉。常察、藍鄉，你們可能離遠一點比較好。」

真上讓兩人保持距離後，做好心理準備打開倉庫門。

最初感受到的，是一股難以忍受的燒焦味，滿室的煙霧竄向鼻間。

「……這是……」

倉庫內慘不忍睹。

曾經是嘉妮兔布偶裝的東西被燒得面目全非，應該是淋了煤油。真上憶起發現主道屍體時，自己曾想過火燒布偶裝的事。嘉妮兔的布偶裝似乎相當厚實耐用，即使如今已化成一團黑色物體，依舊屹立在原處，只是終究已無法穿了。

燒得焦黑的嘉妮兔有三隻，其中一隻的頭部更是消失無蹤。

「好過分……為什麼要做這種事？」

常察似乎真的受到了打擊，渾身發抖道：

「嘉妮兔布偶裝總共有五套，這裡應該要有四套才對，但現在卻只有三套被燒毀，一套消失，意思是……」

有人將嘉妮兔布偶裝帶到了某個地方。印象中，真上好像聽過類似這樣消失的娃娃暗示犯行的推理故事，但故事背景好像不是廢墟，所以最後他就沒看了。

「意思就是，還會有一個人死掉之類的吧。」

藍鄉立刻說出沒意義的話。

「不要隨便講這種話。」

「哪裡隨便了？能夠好好正視這種可能性才叫偵探。」

「而且，不是只有一套不見，是一套完整的嘉妮兔和一顆頭消失無蹤。這到底是怎麼回事？」

「誰知道？說不定是在預告有個人會被斷頭。」

藍鄉敷衍地回答，接著又容光煥發地說：

「這麼一來，就確定一件事了呢。主道先生並非自己從軌道上跳下，凶手需要布偶裝，所以才會趁半夜拿走一套嘉妮兔跟頭。」

「這麼做的目的到底是……？」

「我們連主道先生的部分為什麼要那樣都不知道吧？」

藍鄉說得沒錯。如果想讓柵欄刺穿身體的話，沒有布偶裝會更方便。倉庫角落裡倒著一桶紅色汽油桶，桶內已空空如也。

「凶手是從哪裡帶來這桶汽油桶的呢？」

「你們還記得園區平面圖嗎？有標記魔幻樂園倉庫的那張。我看過後簡單謄寫了一下內容。G7有存放煤油，我們去確認看看吧。」

「等一下，煤油放了二十年還能用嗎？」

「還能用喔。至少，有辦法燃燒。」

這座倉庫的異臭之所以這麼強烈，大概就是用了舊煤油的關係吧。因為煤油放了幾年後便會發黃，散發出異臭。

「為什麼要特地做這種事呢……」

「什麼意思？」藍鄉問。

「如果凶手只是需要嘉妮兔布偶裝的話，拿走就好，為什麼還要將剩下的嘉妮兔燒掉呢？」

「大概是想防止別人模仿自己吧。又或者，凶手對布偶裝有強烈的特殊情感，燒毀嘉妮兔有獨特的意義。」

「會是那種情感上的因素嗎？」

此外，如果只是要一套完整的嘉妮兔也就罷了。凶手要將第三套只拿走頭的嘉妮兔用在哪裡呢？

「不管怎樣，對嘉妮兔做這種事的人根本喪心病狂。」

常察嘟著嘴說。

「嘉妮兔是魔幻樂園在構想階段時發表的吉祥物，我第一眼看到就覺得好可愛，所以，該說是有很深的回憶嗎……」

常察懷念地說。

「啊，對了，這樣子我又想到了一件事。試營運那天，我從嘉妮兔手中收到了氣球。」

「氣球？」

「是嘉妮兔發的喔。雖然我的氣球一下子就飛走了……是小狗氣球。」

「為什麼兔子要發小狗氣球？」

「為了宣傳狗狗貓貓大舞臺。」

突然出現似乎和星星與太空無關的詞彙令真上一頭霧水。

「魔幻樂園計畫在正式開幕當天舉辦各式各樣的活動吸引遊客。其中有個舞臺活動是能和稀有的小貓小狗合照，我非常期待。另外還可以把蛇圍在脖子上喔！」

「原來如此……感覺的確很能帶動氣氛呢，雖然蛇不是狗狗貓貓就是了。」

真上能輕易想像出常察脖子上圍著蛇，一臉歡欣的模樣。

「原本應該還預計有各種大型活動才對……像是邀請偶像來唱歌、搭建配置大型天文望遠鏡的帳篷等等，因為魔幻樂園是以星星為主題嘛。還有與知名導演合作，電影搶先上映的計畫喔，記得原本是要在大舞臺播放，只是……」

只是這一切全都沒有實現。真上一想到原本預計要來的小狗和小貓就覺得難過。

突然間，某個東西閃過真上的腦海。

「總覺得好像有哪裡不太對……」

「怎麼了？是快想出什麼了嗎？」

「不，我不清楚是哪裡有問題……試營運和正式開幕的日期沒有隔太遠對吧？」

「是啊，我記得好像是一星期。試營運那天，工作人員檢查了好多東西，像是貓狗的籠子能不能順利放在大舞臺旁等等，剛才說的那些活動也全都做了類似彩排的確認，雖然小狗實際上沒來就是了。」

「原來如此……」

真上剛要想到什麼的腦髓急速萎縮。自己似乎就快抵達某個目標了，但只是追逐不明的目標終究無法連結起來。

「嗯……」

真上感覺自己就快想起一些跟這些有關聯的事。

「總之，我們先去G7倉庫吧。我想知道還剩下多少煤油。」

然而事情卻不若真上想的那麼順利。

位於辦公室後方的G7倉庫與其他倉庫不同，是一般的白色組合屋，門戶森嚴，後面還貼著標示危險物品的告示。倉庫大門上雖然留有曾經上鎖的痕跡，但不知是老化或是遭強行扯開，如今只剩下生鏽的門閂。

倉庫裡有四桶裝了煤油的紅色汽油桶，但無法得知原有的數量。真上一打開油桶，桶內便傳出一股刺鼻的味道。是煤油變質後的臭味。

「這跟倒在嘉妮兔布偶旁的油桶是一樣的東西，凶手似乎就是用這個燒嘉妮兔的。」

「意思是，本來總共有五桶油嗎？」

常察忐忑地確認。

「要是這樣就好了……」

這些煤油大概是辦公室暖爐的備用油吧，就算有更多桶也不奇怪。Ｇ７倉庫裡另外還有大量雜七雜八、難以分類的物品。牆上甚至掛著大斧與大柴刀，感覺連真上都揮不太動。

「要不要拿走這把柴刀呢？凶手攻擊我的時候應該能當武器吧？」

「門外漢揮這種東西很危險，使用柴刀也需要訣竅。」

「這也是在便利商店學的？」

「是跟我父親學的。」

揮刀時若沒有好好加上身體的重量，刀刃就會跑到別的地方去。想像自己在劈砍而非切東西。父親站在真上身後，一次又一次重複這些話。

「是喔，爸爸也會教這種東西嗎？」
「他教了我很多東西喔。」
真上冷淡回道。藍鄉意外地沒有再追問下去。
「總之，最好不要有那種拿走武器的想法，緊急時刻那種東西根本沒有任何意義。」
「好。你都這麼說了，我就乖乖聽話。」
「最後就是消失的嘉妮兔布偶裝在哪裡了吧。雖然可能無法馬上有結果，但我們還是去找找看吧。」
真上說著，準備離開倉庫。就在這時——
「那種事對你也沒好處。」
辦公室方向傳來了涉島的聲音。真上從敞開的倉庫大門悄悄窺探辦公室那一側。昨天在辦公室的時候沒發現，仔細一看，辦公室有部分窗戶是破的。因此只要待在後面，屋裡的談話聲便能聽得一清二楚。而涉島恐怕也沒有察覺這件事。
「事到如今，你做這種事對我們雙方都無益。」
「但妳很在意吧？所以才會來找我談判。」
涉島談話的對象似乎是編河。編河按捺不住激動，笑嘻嘻地說話。
「……我只是不想引起風波。說到底，你偷的是麥奇卡度假村公司的企業情報喔。」

「對放了二十年不管的東西主張所有權也沒用吧？涉島小姐，妳把其他東西都收走了對吧？清掉了一切可能會露出蛛絲馬跡的東西。但我手上的這個是最不妙的吧？」

「……是嗎？我也可以現在就離開。」

「我非常明白這份資料哪裡不妙，也知道該怎麼使用。」

「你要是做什麼奇怪的事，我們可以告你妨害名譽。」

「敢告的話就試試看啊。」編河挑釁。

一旁的常察低聲沉吟：

「這是……涉島小姐和編河先生吧？他們在說什麼？」

「要問是在說什麼的話，大概就是恐嚇吧。」

藍鄉露出莫名的竊笑道。彷彿在配合藍鄉似的，辦公室裡的編河也笑著說：

「因為，我幾個可愛的部下正往這邊過來。」

「正往這邊過來？什麼意思？」

「我要他們晚一天出發過來魔幻樂園，好在我潛入後掌握到什麼不錯的材料時可以接應。我想，他們現在已經在待命了吧。雖然我沒料到一出園就會有系統通報，不過……這樣的話，只要把資料扔到外面就行了。」

「你知道要是被發現的話，十嶋庵先生可能會取消魔幻樂園的轉讓計畫嗎？」

「只要不被發現就可以了吧？那個叫什麼佐義雨的也不可能一天二十四小時監

視我們。加上園內沒有燈光，晚上一片漆黑，只要他們用手電筒打一點點信號，我再把資料丟過去就可以了。我這邊也可以……這樣，用手上的這個東西閃幾下。」

編河做了或是展現了某個動作。由於只能聽到聲音，無法直接判斷他做了什麼，但似乎是讓手錶發出一閃一滅的光線。那支錶似乎有那樣的功能。

無論如何，從這段談話聽來，意思是編河的屬下已經在這附近了嗎？真上再次感受到編河身為記者的精明幹練，這個人在各種意義上都沒有少做備案。

「只要用這種老派的方式傳遞訊息，應該還有很多漏洞可鑽。」

「你想要我做什麼？是要錢嗎？」

儘管涉島的聲音依舊鎮定，卻帶著藏不住的不耐。

「才不是錢那種東西。我現在被公司流放，流放，妳懂嗎？我以前是時代的寵兒，現在呢？被塞到這種沒人會看的廢墟雜誌裡。這種東西，誰都寫得出來！」

編河將心中的不平一股腦地發洩出來。

「我只是想回去而已，回到新聞的世界。涉島小姐，如果妳今後願意向我透露一些情報資訊的話，我就可以不用做這種事了。所以，我希望妳能答應我，未來給予一些關照。」

「現在這個局面全都是你自己引起的吧？」

「不過你們應該也因此得到了好處才是。」

「你做的那些事不是報導，是煽動。」

「隨妳怎麼說。」

編河不屑地回嘴後又突然換了個口氣。

「我啊，跟他們約晚上十點。在那之前，如果您願意和我聊聊的話——」

話語最後已聽不到編河與涉島的聲音，兩人大概是離開了辦公室。真上一行人悄悄掩上倉庫門，躲在暗處裡說話。

「呃……所以……剛剛那些到底是什麼意思啊？」

「唯一可以確定的是，編河會在晚上十點交給屬下某樣東西。而那樣東西一旦交出去，就會對涉島小姐造成某些不利。」

一番話歸納後的結論充滿危險的氣息。本來個性相對溫和的編河卻那樣對涉島張牙舞爪，光聽聲音就令人背脊發涼。

「不是報導，是煽動……」

真上喃喃低語，不由得想起自己與編河的對話。

關於加速天衝村對立、將中鋪御津花推上神壇成為分裂的代表人物這件事，編河應該很懊悔才是。

然而，若那些報導是心懷不軌，為了煽動對立而寫的呢？這麼一來，不就變成是編河間接引發那起槍擊案了嗎？

「應該不可能。因為，那些報導對於御津花姊姊的努力……」

「給予合理的正面評價？但不代表那樣做就是對的。」

藍鄉一臉嚴肅道。

「這樣的話，所謂的真凶，或許就是煽動對立的編河吧……」

真上無法完全同意藍鄉的觀點。即使煽動對立，實際動手的卻是其他人。

「總之，我們先回去吧，也得吃午餐才行……」

「說得對，我們什麼都還沒吃，不像真上早上在那種情況下還能大口大口吃早餐。」

「…………好，先回去吧……我也很好奇涉島小姐和編河先生說了那些話後，會以什麼樣的表情待在小木屋……」

回小木屋的途中，一行人發現了鵜走的身影。

鵜走站在鏡屋旁——正確來說，是站在緊鄰鏡屋入口右側的攤車上。攤車擺放商品的階梯狀層架呈現敞開狀態，由於一項商品都沒擺，從旁邊看起來就只是個醜醜的階梯。不過，攤車當然不是讓人踩上去的地方。

「你在做什麼？」

「哇！……什麼啊，是你呀。啊，還有常察小姐和藍鄉先生嗎？」

鵜走身手矯捷地從攤車上下來後，以訝異的眼神來回打量真上三人。

「攤車應該不是拿來給人站的東西吧……」

「如果這裡是正在營運的主題樂園，我也不會做這種事。」

鵜走語帶輕蔑。意思是在廢墟幹麼介意這種事吧。

「你從哪裡拿來這輛攤車的啊？」

「不是我拿來的，它原本就在這裡，還特地打開了架子。我想，大概是昨晚有人拿過來的。」

「為什麼？」

「你站上去不就知道了？只是我不曉得昨晚那人為什麼要做這種事。還是說，你敢溜進摩天輪卻不敢站到攤車上面？沒有那麼好笑的事吧？」

鵜走這樣挑釁，真上也只能上去了。真上按鵜走所說，小心翼翼踏上攤車。有那麼一瞬間他感到很抱歉，隨即又告訴自己這也是廢墟的一部分，將重心放了上去。

接著，真上立刻明白鵜走爬上車頂的理由了。鵜走說：

「我只有稍微動了一下，其他什麼都沒做。我走在鏡屋旁時看到了前半部的耳朵，所以才上去確認。」

鏡屋平坦的紅色屋頂上，倒著一顆焦黑的嘉妮兔大頭。

7

消失的嘉妮兔頭套輕輕鬆鬆便找到了，就在鏡屋屋頂上，一個顯然不適合保管東西的地方。

「就藏東西而言……有點不合理啊。」

藍鄉說得沒錯。實際上，鶇走就輕而易舉找到了嘉妮兔的頭。

「或許不是藏呢？因為那個人特地放了一臺攤車，還布置成可以當梯子爬上去的樣子。」

常察撫著臉頰道。特地將攤車擺在那個位置的理由，大概就是想直接當梯子用吧。更正確的說法應該是，凶手為了將嘉妮兔的頭放到屋頂上，利用完攤車後就丟在原地嗎？

「既然被發現也無所謂的話，為什麼要放到屋頂上呢？」

「誰知道？也可能是用來做什麼之後的結果。」藍鄉說。

難得找到了嘉妮兔的頭，眾人最後還是先把它留在屋頂上。

「我們先回去告訴其他人吧。嘉妮兔布偶裝還有頭在屋頂上的事，大家都知道比較好。」

真上說完，鶇走也乖乖點頭同意。

就在一行人回到小木屋時，事情發生了。

「是妳讓我們吃安眠藥的對吧？我誰都不相信！」

「賣野太太，請冷靜，妳誤會什麼了。」

「不，我沒誤會！妳為什麼要殺死主道先生？接下來，妳也想殺我吧！」

對涉島咄咄逼人的，竟然是賣野。她一反之前畏縮的模樣，甚至有些半瘋狂。

「發生什麼事了！還好嗎？」

真上趕緊介入兩人之間，接著發現屋裡籠罩著一股義式蔬菜湯的味道，橄欖油和番茄散發出濃郁的香氣。

「發生什麼事了？」

「……我看大廳裡有廚房，就想簡單做點輕食，也獲得了佐義雨小姐的同意。說是輕食，其實也只是加熱而已。」

涉島朝大鍋子瞥了一眼。鵜走問：

「是咖哩還是什麼嗎？」

「不是，是義式蔬菜湯，只是打開罐頭加熱……但因為分量比我想像中的多，我就問大家要不要吃，結果……」

「我想起昨晚的事。大家飯後喝了咖啡……怕咖啡因的人喝了可可……大家都有拿到糖包對吧？發糖包的人就是涉島小姐！涉島小姐昨天不知道為何先把糖包拉到自己那裡後才發給大家！那些糖包一定就是安眠藥！」

「這個結論會不會太草率了？」

「不，沒這回事。除了涉島小姐，在咖啡裡頭加糖的人還有我、常察與編河先生。都是今天早上說自己狀況不好的人！另一方面，喝可可的成家先生和鵜走就沒有想睡覺。」

「咦？但我記得鵜走好像也有倒什麼東西進杯子裡。」
「沒錯。我也很睏，因為我是在可可裡面加糖的類型。」
鵜走大言不慚地說。賣野嚴厲地看向他。
「你在說什麼啊！不過這樣的話，糖包果然很可疑不是嗎！」
「可我也是吃到安眠藥的人啊。」
「那種事，妳想怎麼說就怎麼說不是嗎！然後，這次妳又加熱了蔬菜湯對吧？妳這次放的可能是毒藥……一定是毒藥！」
「等一下，我剛剛已經喝義式蔬菜湯了耶。」
成家顯得不知所措。賣野大喊：「如果是砒霜的話，你等一下就會死了！」如果真的下毒的話，正常來說應該會出現一些症狀吧？感覺賣野已經完全聽不進旁人的話，陷入對任何事疑神疑鬼的狀態。
「不相信的話看這個！這是我從垃圾桶裡撿來的！」
賣野將一堆用過的糖包袋垃圾灑在桌上，裡頭包含了有條紋與沒有圖案的兩種包裝。
「這個！有條紋的只有兩包，剩下都沒有圖案。代表沒有圖案的糖包有摻安眠藥對吧！」
賣野高聲指控，真上卻覺得有些不對勁。如果真上記憶正確的話，所有糖包應該都沒有圖案才對，難道他記錯了嗎？

「賣野太太，這應該不是妳……捏造的吧？」

「真上，你在說什麼！我才不會做那種差勁的事！」

「老實說，我也有看到。我丟紙杯的時候有看到糖包袋的圖案不一樣。」

編河也這樣說的話，可信度的確很高。除非這兩人聯手陷害涉島，否則糖包袋似乎就不是造假。

也就是說，涉島對大家下藥的推論有合理之處。再怎麼說，糖包袋的圖案如此壁壘分明也太不自然了。不過既然這樣，涉島為什麼沒有拿走那些垃圾呢？是因為沒準備到符合人數的糖包垃圾嗎？就算是這樣，如果會啟人疑竇的話，至少應該把垃圾丟在自己房間的垃圾桶吧？然而，真上的懷疑一下子就解開了。

「對，沒錯。是我在糖包裡加了安眠藥，不過，事情並不順利呢。」

涉島毫不猶豫地承認。

「妳為什麼要做這種事？」

編河忐忑不安地問。或許是站在威脅過涉島的立場而很在意吧。

「我原本想趁大家都睡著後一個人探索魔幻樂園，因為我想得到這座樂園。」

「外面烏漆抹黑的，在那種情況下探索嗎？」

「實際上並沒有什麼進展，加上沒能讓成家先生他們喝下安眠藥，我很快就回來了。不過，考量到這一招無法重複使用，能讓大家吃下安眠藥的只有第一晚，不試白不試吧？」

涉島淡淡說道。

「那麼，殺死主道先生的人也是妳吧⁉」

賣野儼然一副法官的口吻，涉島則是斬釘截鐵地否認：

「我沒有殺害主道先生。我很抱歉為凶手製造了機會，如果昨晚屋裡很多人都醒著的話，或許能防患於未然。」

鵜走挑釁地問。

「妳讓大家吃了安眠藥卻沒殺他，這說得通嗎？」

「可我無法將穿著布偶裝的主道先生推到柵欄上刺穿喔。」

「可是啊，我們已經在星際飛車那裡驗證過把布偶裝放在車廂上搬運的方法囉。只要用那個方法，好像連瘦弱的涉島小姐也能搬運呢。」

藍鄉試探道。其實，女生要獨力搬運相當困難，但他卻隱瞞了這點。即使聽到這些，涉島也只是說了句：「這樣啊。」接著，她靜靜道：

「既然這樣，我們就安排一個能讓賣野太太放心的狀態吧。」

「我？怎麼做？」

「請監視我。從現在開始到警方過來為止，我不會單獨踏出房門一步。警方偵察的時候，我也會跟著誰一起行動。」

「這樣妳就安心了吧？」涉島看著賣野問。直接遭到點名的賣野顯得有些退卻。看到這個情況，常察開口：

「我覺得軟禁可能會有點問題……」

「我就知道妳會這麼說。但如果就這樣放走涉島小姐，妳覺得會怎麼樣呢？她有可能再做相同的事喔？那樣一來，最傷腦筋的人是妳吧，常察？」

藍鄉說完後，換常察陷入沉默。

「你們可以用障礙物或其他東西堵住我的房門。事已至此，我也沒道理再去尋寶了吧？如果不會造成各位的負擔，想監視我也沒關係。」

「那就這麼辦吧。涉島小姐，麻煩妳把食物帶回房間，我會在房門前看守。」

佐義雨一說完，成家立刻接口：「不可能讓同一個人這樣守好幾個小時吧？」

「這樣的話，到時候我來換班。如果大家願意相信我的話……」

聽見常察自告奮勇，編河也舉手道：

「有需要的話，我也可以幫忙個兩小時。」

編河的發言乍看之下親切，但恐怕是想在門外和涉島交談，確認她是否接受自己先前的威脅條件吧。然而，涉島似乎察覺出了他的意圖。

「啊，不用這麼麻煩。」

「怎麼好意思勞煩編河先生呢？我還是希望您獲得魔幻樂園，請隨意，按您原本的步調就好，常察小姐也是。這樣的話，或許拜託真上先生比較好呢。」

涉島意味深長地看向真上。

「我嗎……」

「如果你對魔幻樂園的所有權沒興趣的話，把時間用來看守我這樣的壞人應該沒關係吧？」

涉島臉上露出黃鼠狼般的笑容。看著那樣的涉島，真上再次感到不安。涉島現在應該因為自己下藥事蹟敗露而陷入困境才對。然而，真上此刻卻覺得像被迫乖乖走在涉島安排的道路上一樣，很不舒服。他該怎麼回答呢？

「不管怎樣，先由我負責看守。希望各位都能享受十嶋的挑戰到最後一刻。」

佐義雨說完，大廳又恢復了寧靜。其中，只有涉島迅速起身，以宛若女王般的姿態邁出步伐。

「那麼我就告辭了。這次真的對各位十分抱歉。」

眾人看著涉島一鞠躬回到房裡的身影，沒有人說一句話。接著，賣野如同大夢初醒般也快步走回了房間。不久，藍鄉提到：

「雖然義式蔬菜湯應該是無辜的……但還是丟掉嗎？」

「太浪費了吧？既然這樣，我全部吃掉。」

聽見真上這麼說後，鵜走立刻接話：「那就請你吃掉吧，我已經受夠了。」接著開始在冰箱裡東翻西找。他拿出了營養果凍飲，在大廳喝了起來。再這樣下去，感覺會錯過午餐。真上嘆了口氣後站起身，走向依然散發著濃郁香氣的湯鍋。

這時，編河抓住了他的肩膀。

「欸，真上。」

「怎麼了嗎？你想喝義式蔬菜湯的話可以一起喝。」

「我只跟你一個人說，要是我有個萬一的話，你可以去我房裡找東西。密碼是0642。」

編河壓低聲音道，那句低語幾乎要被鍋子燉煮義式蔬菜湯的聲音蓋過，卻仍是清晰地傳進了真上的耳裡。

「……你不擔心我可能會闖進去殺了你嗎？」

「那樣的話，只能算我識人不清。不過，你不會做那種事。」

「為什麼？」

「因為你是局外人。」

真上原以為編河一定會說人品個性云云，結果卻冒出意料之外的答案。

「真上，你是局外人，跟天衝村和魔幻樂園毫無瓜葛，所以不會有人殺你，你也不會殺人。不，如果你礙事的話也是有可能被殺啦……所以啊，我相信你應該能有效運用我留下來的東西。」

編河的表情像是真的有了死亡的覺悟。

所謂留下來的東西，大概就是編河拿去跟涉島交易的籌碼吧。今晚十點，他應該會交給在外待命的屬下。然而，真上只能表現出一副不知道那件事的模樣。真上拿著湯杓一邊攪拌義式蔬菜湯一邊低聲回答：

「不管你留下來的東西是什麼，我都無法有效運用。」

「沒這回事，你一看就會明白了。如果不知道該怎麼用的話，就幫我拿到《週刊文夏》的編輯部，說是編河給的他們應該就懂了。」

真上知道編河對自己賦予無條件的期待，比起對那份期待感到沉重，真上更奇怪編河為何相信自己會幫助他。真上不會要脅別人。還是說，編河留下來的東西不是真上所想的那樣？

「話說回來，你為什麼覺得自己會出事呢？」

「我有自知之明，知道自己招人怨，尤其是涉島那個女人。」

「……可是，現在有人負責看守涉島小姐，而且她還主動提出要關在房裡。」

「就算這樣，也不知道會發生什麼事對吧？」

編河瞇起寫滿戒備的眼睛道。真上忍不住問：

「你當時說的那些話是真的嗎？」

「當時？什麼話？」

「你說很後悔把中鋪御津花推上神壇。」

不是報導，是煽動。如果有真凶的話，那就是引起那種行為的編河。嘴上說著後悔，與涉島交談時卻又展現強勢高壓的男人。

「是真的，我很後悔。」

編河笑著說。接著，他突然拉開距離。

「我還是算了。這個味道聞了就噁心，是不是熬太久啦？」

「再加點水就好了。」

編河刻意以周遭都能聽到的音量對話，真上也跟著配合。

「沒關係，涉島小姐剛才也是用熬的，熬兩次的湯會很難喝。」

編河說完便離開了。真上回頭，大廳中只剩下成家與鵜走。

「鵜走、成家先生，你們要不要喝？」

「我來一點。」鵜走說。成家也回答：「可以給我一些嗎？」真上將熬了又熬的義式蔬菜湯裝進三個盤子中，端到桌上。

就在真上喝下第一口湯的瞬間，鵜走開口問道：

「剛才編河和你都說了些什麼？」

鵜走直直盯著真上。至此，真上終於明白鵜走想喝義式蔬菜湯的原因了。因為鵜走先前說「受夠了」，真上還以為他想法說變就變，結果只是單純想和自己說話吧。

「說了些什麼……就是義式蔬菜湯的事……還有稍微試探了我一下。他好像覺得我掌握到了什麼線索。」

「就這樣？真的嗎？我不信。」

「我怎麼感覺是你才對編河先生有什麼意見耶。」

真上本來只是想回敬鵜走一句，鵜走卻意外地啞口無言。先前，鵜走始終表示自己做的一切都是為了就職找工作，此刻似乎能窺見他真正的樣子反而令真上不知所措。鵜走咬牙切齒道：

「我只是知道那個男人是什麼樣的人，所以對他有戒心罷了。」

「我想他就是個……普通的編輯吧……你為什麼會那樣說？」

「那傢伙的手錶有照明功能，就算沒有手電筒夜晚也可以在魔幻樂園裡行走。很可疑吧？」

「……的確是啦。但這樣的話，我們所有能帶著手電筒行走的人都很可疑不是嗎……這裡準備了很多手電筒……」

鵜走沒有回答，自顧自地喝著義式蔬菜湯。真上決定改變切入點。

「鵜走，你爸爸之前是負責星際飛車的員工對吧？這麼說的話，你是天衝村的居民嗎？」

「……什麼意思？」

「我聽說負責遊樂設施的員工很多都是天衝村人，是嗎？」

鵜走的眼睛瞬間張大。或許，他並不知道這條遊樂設施員工的任命原則。過了一會兒，他說：

「其實，好像不完全算是。二十年前我才四歲，直到後來我爸跟我說起那件槍擊案，我才知道是怎麼回事。」

「你曾經跟其他天衝村民有過交流嗎？」

「老實說，完全沒有。我幾乎沒有天衝村的記憶，而且——」

「你真的是天衝村出生的小孩嗎？」

這時，成家靜靜發問。

「是天衝村診所接生的小孩？」

「呃……是的，沒錯。您有印象嗎？鵜走家。」

鵜走轉回禮貌的口吻詢問成家。

「不……因為鵜走家有很多小孩，你說是其中一個……」

這時，成家手中的盤子突然滑落，熱騰騰的義式蔬菜湯濺到了他的手臂上。

「啊！」

「哇，成家先生！快沖水！」

成家慌慌張張扭開廚房水龍頭，連著衣服一起沖洗手臂。

接續剛才話題的時機就這樣沒了。不過，鵜走卻喃喃低語：

「要不是那個男人，天衝村不會分裂到那種地步。」

鵜走的聲音陰沉而凝重。

「那傢伙是騙子，是他捏造出天衝村人禍，把不相干的東西拼拼湊湊在一起打造成一個事件，編造大家想聽的故事。」

「那是什麼意──」

「抱歉，我去換個衣服。」

成家的話打斷了兩人，真上連忙回答：「啊，好。」

8

就算是真上，今晚也不敢說要睡外面了，他不想引起不必要的懷疑。此外，屋外還有主道的屍體。那裡散發出強烈的負能量，彷彿要把人吸進去一樣，十分可怕。真上重新向佐義雨提出使用個人房的申請後，佐義雨便領著他前往房間，沒有絲毫不耐。

小木屋的房間如編河所言，門上設有密碼鎖，房內有冷氣也有暖爐，另有床鋪與一張小桌子，就像一般觀光旅宿的單人房。

「房內有個人淋浴間，這裡的水也可以直接飲用。」

佐義雨說完，微微一鞠躬。

「嗯嗯，謝謝……」

「這麼說來，您昨晚是怎麼打理的呢？」

「昨晚啊……妳不是說魔幻樂園雖然沒通電但有水嗎？泳池附近有淋浴間……」

「不會冷嗎？」

「冷是冷啦……」

「……這樣啊。」

「順便問一下，那裡的水是可以喝的吧？」

「這個嘛……魔幻樂園的水是從山上引進湧泉水過濾後再使用，但廢園後過濾裝置是否還有順利運作就不得而知了……」

聽佐義雨這麼一說，真上突然覺得肚子好像痛了起來，希望這只是心理作用。

「話說回來，您比想像中還有趣呢。」

「也沒那麼有趣。妳是以能喝湧泉水來判定有不有趣嗎？」

「在那件事之後，保護司（註2）的真上虎嗣收養了你，對嗎？」

「……咦？」

「你是弦瀧榮樹的兒子吧？」

突然出現的名字令真上的心臟怦怦地跳個不停。不久，真上冷靜回答：

「……妳知道我的事？」

「你沒有要隱藏的意思呢。」

「……我不認識真上虎嗣。全日本大概有十幾戶姓真上的人，妳是不是認錯人了？」

「我對你很有興趣。」

不知不覺間，佐義雨縮短了兩人的距離。佐義雨的個子以女生而言算高，因此

註2　日本民間志工組織，旨在幫助犯有前科或素行不良的人重返社會，防止其再次犯罪。

可以對一八七公分的真上造成某種程度的壓迫。她如夜色般漆黑的眼瞳裡，映著真上困惑的表情。

「……這樣好嗎？十嶋庵……不。」

「唉呀，你該不會覺得我就是十嶋庵吧？為什麼？」

「不是……那個，因為指甲……」

「指甲？」

「因為指甲……抱歉，妳的指甲修得非常乾淨整齊吧？可是我們昨天見面時……妳的指甲下黏著類似膠帶的東西，大概是黏美甲片用的貼片？所以我猜妳平常是不是會戴美甲片……這樣的話，或許是會出席宴會這類場合的人。」

便利商店很常經手美甲用品。真上工作的超商也有陳列去光水與透明美甲片，雖然他無法想像突然需要用到那種東西的場合，但聽說美甲意外脫落時可以當成緊急措施，隱藏本來的指甲。

「我習慣用專門的黏著劑而不是果凍膠片喔。」

「啊！是……這樣啊。」

「不過，你真的很觀察入微呢。」

佐義雨沒有再多說什麼，笑著點頭表示讚賞。

「既然如此，也請成功找到寶藏，這是十嶋庵的希望。」

「……其他還有那麼多人想要魔幻樂園，為什麼是對我說呢？」

「您應該已經明白，大家並不是想要魔幻樂園才這麼拚命的吧？」

佐義雨笑道。

「所有聚集在這裡的人都別有所求。只要看清這點，真相自然會水落石出。」

「什麼意思……？」

「總之，請先幫助最被困在魔幻樂園裡的人——賣野太太冷靜吧。她關在房裡不肯出來，我實在沒有辦法。麻煩你了。」

語畢，佐義雨走向大廳。真上雖然想說自己也無能為力，卻也無法對賣野太太置之不理。

所有來這裡的人都別有所求。

他們求的，到底是什麼呢？

9

真上才剛敲門，房內立刻傳出枕頭還是什麼砸到門上的聲響。

「不要突然敲門，報上自己的名字！」

「抱歉，我是真上……我有想是不是敲門後要打個招呼……嚇到妳了嗎？」

「……真上？」

賣野的聲音變得清晰，似乎走到了門前。

「……抱歉疑神疑鬼的，因為我好害怕……」

「沒關係……可是賣野太太，發生什麼事了？妳為什麼這麼害怕呢？妳害怕的涉島小姐現在有人看守，也沒有離開房間。」

「不能這樣就安心！我……因為，如果涉島小姐真的殺了主道先生……那個人就是殺人犯了對吧？那樣的話，我也……」

「賣野太太為什麼覺得自己會被殺害呢？就算涉島小姐是凶手，她也沒理由殺妳。」

隔著一扇門，真上看不見賣野的表情，只知道她倒抽了一口氣。

「就算我這樣想，但對方可能不這麼覺得。重點是，我們也不知道主道先生為什麼會被殺害不是嗎？」

「的確是這樣沒錯。但妳害怕的程度有些超乎常理了，就像是有什麼會被殺害的理由一樣。」

「你是說我有問題嗎？」賣野語調冰冷。

真上無法想像當初認識的賣野太太會用這種聲音說話。

「我不是這個意思，只是……不，沒事。賣野太太，涉島小姐跟妳說了什麼？」

真上指的，是眾人討論是否要報警時的事。賣野原本那麼堅持報警，卻因為涉島的一句話態度丕變。那到底是怎麼回事？

「她沒跟我說什麼奇怪的話，你也有聽到吧？」

沒錯。涉島只是說她知道賣野工作的樣子。

「賣野太太以前是住在天繼鎮對吧？是什麼時候去魔幻樂園受訓的呢？」

「試營運的一個月前。遊樂設施的人好像更早的樣子，但我是負責商店。」

賣野的反應不像鵜走在大廳時那樣，給了個很正常的答案。

「我知道了……如果有什麼困難的話請跟我說。我如果找到寶藏，會將魔幻樂園的所有權交給妳。」

賣野沒有回答。真上等了幾秒，離開了賣野的門前。

接下來，真上決定小睡片刻。雖然好奇是否又會夢見那片灰濛濛的天空，但這次他沒有作夢。

斷章 4

我想，我被騙了。不，我不能一副受害者的模樣吧，是**我騙了大家**。

我望向空蕩蕩的房子，茫然地站在原地。這間遭到主人拋棄的房子，窗戶破裂，所有家具全都留在原地。這是第幾間了呢？深切的悲傷與罪惡感灼燒著胸口。

這些人不是配合麥奇卡度假村的搬遷計畫，而是逃也似地離開。

我刻意指定這個地方碰面，是為了讓他看看這個結果。然而，來到約定地點的編河先生卻只是盯著我，看起來沒有什麼特別的感覺。

「特集結束了呢。謝謝你為我們做了八集的報導。」

「畢竟讀者的迴響也很熱烈，我才應該說謝謝。」

「但我無法理解。為什麼……為什麼你沒有在報導刊登前讓我確認呢？」

按照約定，我應該可以在所有報導刊登前先確認內容。然而，除了第一篇報導外，編河先生不只沒有再踏足天衝村，也沒有徵求我的同意。我得特地到街上去購買《週刊文夏》，每次翻開都膽顫心驚。

天衝村人禍、天衝村聖女貞德、夢幻度假村計畫、拯救邁向死亡之村的唯一手段。這些令人難為情的煽情標題翻攪著天衝村。

「有其他記者來村裡了，不僅如此，我們這種窮鄉僻壤還有電視臺來採訪……甚至有到附近遊玩的觀光客特地來看我們。有一次，兒童人權福利團體還闖了進來……為了夏目叔的孩子。」

眼前這棟屋子就是夏目叔的家，是天衝村中歷史特別悠久的大家族。明明他們對魔幻度假村也抱持肯定的態度，願意支持我……

「……這樣啊。」

「編河先生，你利用了夏目叔的孩子對吧？那孩子的嗅覺異常並不是那場人禍引起的。」

因村莊醫療設備不足而成為犧牲品的可憐孩子——這樣的內容效果非凡。前來村子裡的人們懷抱著滿腔使命感，要將不應該罹患障礙的小孩從天衝村中拯救出來。

「我沒有利用，這只是其中一種解釋。我沒說他是因為人禍而有嗅覺障礙，只是寫天衝村有這樣的小孩，沒有什麼直接的論述。仔細看就會明白了。」

「你認為有多少人會仔細看呢？就是因為沒有多少人會仔細看，事情才演變到這個地步啊！」

我忍不住放聲大吼，編河先生意外地皺起了眉頭。編河先生的文章確實沒有造假，但卻讓讀者按照他的意思誤解。此外，在編河先生的筆下，反對派簡直就像沒血沒淚的人。因為這些看起來彷彿在煽動分裂的內容，村裡兩派人馬之間幾乎看不見妥協。

「因為你的關係，夏目叔連家具和耗費鉅資購買的肥料都原封不動丟在這裡離開了。這間房子沒有任何人打理，一直被晾在這。」

「反正最後都會變成工地啊。」

編河先生小聲咕噥。那句話令我不寒而慄。大概是看出我愣住了，編河先生趕緊打圓場：

「但也因為報導的關係，同意票終於過半了吧？雖然籤付家什麼的好像還在抵抗的樣子……」

「因為協商還沒結束。」

「魔幻度假村的工程感覺不是很急嗎？下下個月就要開工了吧？目標二〇〇一年完成魔幻樂園之類的，一年半的時間很趕呢。他們都已經發布新聞稿，沒辦法停手了。」

「我們雙方還沒達成最終協議，補償金額、搬遷條件等等，還有很多討論都還不充足。」

「開幕日決定後，事情就會進展下去了。」

編河先生和涉島小姐說了一樣的話，而我也有深刻的感覺。如果事情在我們看不見的地方進展的話，村裡的人只能被迫接受一切。外界的聲音太巨大了，其中，也混雜了單純期待魔幻度假村完成的天真意見。

「妳沒有錯，村裡有同意的居民。而且大家只是搬遷，並不是死了。只要有他們在，天衝村就不會消失。妳不是抱著這樣的想法一路努力到現在的嗎？」

「請你不要說這種話。到頭來……到頭來，你只是在利用這個村子吧？」

「我寫的文章，只是報導而已。麥奇卡度假村的力量，又或者說是他們打造出來的魔幻度假村魅力遠勝於我。哪怕有人同情天衝村，一旦度假村建好後，大家就會遺忘這件事。這片土地接下來也會鋪上水泥，什麼都看不到了。」

編河抬腳踢了踢地面道。淚水就要潰堤，但我不能哭，我必須奮戰到最後一刻。

斷章 5

九月二十八日（四）

因為要蓋遊樂園的關係，我們搬出了村子，其他人也陸陸續續離開了。雖然和御津花姊姊、Haru 哥分開讓我寂寞得不得了，但為了遊樂園也沒辦法。而且，聽說遊樂園蓋好後，大家就可以一起在那裡玩。

留在村子裡的，是御津花姊姊和那個有祕密庭院的家。此外，也有些人的家已經夷為平地。聽說我以前住的家也會被拆掉，變成滑溜溜的地面。我們現在住的街道都是滑溜溜的地面，所以我很期待以前的家變成那個樣子。

我雖然期待能在遊樂園裡玩耍，但在天衝村釣魚也很開心。遊樂園裡好像會有游泳池，如果把魚放到游泳池裡應該會很有趣。Haru 哥他們一定也這麼想吧？

第三章　燃燒的迷宮

1

真上在敲門聲中醒來，他調整心情，立刻起身回應。

「抱歉，快十一點了，我有想你是不是已經睡了……」

門外站的人是成家。真上下意識確認了一下時鐘，想起了編河。編河已經和屬下接觸了吧？不過，真上也無從確認。

「不會……沒關係。怎麼了嗎？」

「我是來邀你去探索神祕地帶。我想反正裡面應該也是一片漆黑，不用趁白天的時候去也沒關係。」

成家舉起手電筒道。他的手裡拿著三支手電筒。

「反正還剩下幾個小時，我想尋寶到最後一刻。」

「我是沒差……但你為什麼會找我呢？」

「其實，是常察的建議，她說希望三個人一起去看神祕地帶。」

這種分散風險的策略很有常察的風格。

對方都已經這麼說了，真上也沒有理由拒絕。小睡片刻後，身體的疲勞已經復原一定程度，加上他也能理解成家希望三人一起行動的考量。神祕地帶是賣野本來鎖定可能藏有寶藏的「迷宮」型設施，姑且還是該去看一看。

真上瞥了眼走廊，只見佐義雨仍舊坐在涉島的房間前。不久，真上說：

「請稍等，我準備一下。」

「我和常察約十一點，還有時間喔。」

「謝謝，我會準時的。」

十一點整，真上一踏出小木屋便看到常察已在門外等候。

「啊，真上也來啦。」

「嗯……我也想去看看。」

「這就是你的優點呢。」

「讓兩位配合我的任性，實在很不好意思。」

成家一臉抱歉道，常察急忙表示：

「沒這回事！我本來就覺得三個人一起去看比較好。」

「那就好……我們出發吧。」

成家率先邁出步伐，手中的手電筒光線美麗地切割開地面上的黑暗。

「成家先生，你為什麼想得到魔幻樂園呢？」
「這個嘛……硬要說的話，可能是一種類似鄉愁的情緒吧。」
「你是出生在這附近一帶的人嗎？」
常察問。
「只是在天繼鎮有些認識的人，天衢村就幾乎不熟了。」
「這樣啊……」
三人再次沉默下來。隔了一會兒，常察說：
「我打算等一下跟佐義雨小姐交接，監控涉島小姐。」
「妳嗎？」
「畢竟也不能丟著涉島小姐不管，我已經很習慣盯梢，加上也不是不熟悉這種狀況。」
「話是這麼說沒錯……」
談話間，一行人抵達了神祕地帶。
神祕地帶似乎是一項巡遊式遊樂設施，讓遊客搭乘交通工具在主題故事造景間遊歷。月臺前停了輛八人座的車子，或許是因為不需要靈活轉動的關係，設計成大型的車體。
「我們也不能搭這個，看來要用走的了。」成家說。
「大家走的時候小心，別絆到軌道了。我的手電筒照下面，你們照旁邊。」

真上一邊穿過入口洞穴一邊叮嚀同伴。結果才剛走進洞穴，腳下就出現人骨，嚇了他一跳。

「原來如此……還有這種東西啊。」

「真上，你嚇了好大一跳呢，有點好笑。」

「我以為是真的啊……想說這二十年來或許還發生了什麼別的案件。」

「我想應該不至於……畢竟這些陳年蜘蛛網似乎是真的。但你會誤會也不是沒有道理。」

成家撥開蜘蛛網替真上緩頰。神祕地帶的入口對外敞開，塵埃什麼的或許也很容易跑進來。

雖然失去照明的鏡屋也很可怕，但專程為了嚇人而設計的設施又更勝一籌。黑暗中，隱隱約約可以看到四周零星布置的殭屍與骷髏。這些機械怪物沒有通電，陷入了永遠的沉眠。

「這裡有點可怕呢。就算不是真上，我也開始擔心它們是不是真的了。」

常察的聲音顯得比平常更微弱。

突然，前方發出喀噠喀噠的聲響。

「呀！什麼聲音……!?」

「誰在裡面嗎？」

真上朝前方問道，卻沒有任何回應。天花板垂著一具鮮血淋漓的屍體。那大概是這一區的概念，四周還灑了大量看起來像是鮮血的顏料。
「……可能是因為我們進來發出震動，什麼東西倒下來了吧？」
「但願如此。」
成家小心翼翼地踩著腳步前進道。
三人稍微前進了一段距離後，看到一具假骷髏散落在軌道上。由於這是項巡遊式的遊樂設施，軌道上不可能有東西掉落，所以應該不是原始設計。看來，剛才的聲音就是這具骷髏倒下來的聲響。
「剛才的聲音感覺就是這東西倒下來了吧……是有什麼東西壓到它了嗎……」
真上舉起手電筒照亮前方。
接著便看見前方落著一顆嘉妮兔的頭。「呀!!」常察尖叫一聲，大步跳了開來。
「沒事……是嘉妮兔的頭，不用害怕。妳不是還說它很可愛嗎？」
真上拾起嘉妮兔頭套，看向常察。但常察卻一點都不高興，再次發出微弱的驚叫：
「嘉妮兔雖然可愛，但也要看時間和場合吧！在這種地方——」
常察指向更前方。
那裡，有條人腿。
「!!」
成家啞聲驚叫，倒退了數步，真上也忍不住鬆開了手中的頭套。從膝蓋上方截斷的人腿與嘉妮兔的頭差不多大，是成年男性的腿，由於腳上沒有鞋子，只能辨別出那是條左腿。真上沒有拿起來的勇氣。

「這裡……有手。」

成家指向骷髏散落的地方。那裡有條從手肘處截斷的右臂，光溜溜的手臂上戴著編河的手錶，因此可以明顯看出截斷的手臂不是嚇人的道具。

「為什麼……這是，什麼……？」

真上扶著似乎快要站不住的常察，又稍微前進了一小段路。

這次已沒有隱藏，軌道上有條右腿。人類的腿宛如糖果屋裡用來當成路標的麵包屑般落在那裡。

「接下來只剩下左手了吧……」

真上下意識地沉吟，常察啞聲道：

「只剩下左手……」

常察幾乎呆住。真上直截了當道：

「這個神祕地帶裡，有人被分屍了。」

「怎麼會……怎麼可能……到底是誰……殺了誰？」

真上瞬間想起了編河，那彷彿預期自己即將遇害的口吻。編河的房間密碼還留在真上的筆記本裡。

「我們再稍微往前走吧。除了左手……可能還有其他東西。」

就這樣，三人在靠近神祕地帶出口的地方發現了左手臂。光溜溜的左臂上戴著那只監控手環，一旁還掉落了支手電筒，應該是手臂的主人拿進來的吧。常察看到那條手臂後，瞬間發出慘痛的悲鳴，坐倒在地。那樣的反應明顯跟剛才不同。

「怎麼了？妳沒事吧？」

「我認得那條手臂……那條手臂的主人。」

常察眼裡泛著淚光奔向前，毫不猶豫地拾起手臂。

那條手臂上有一道巨大扭曲的疤痕，形狀宛如河流。是常察說過，籤付晴乃手臂上的傷疤。

「如果這是遭到肢解的屍體，剩下的就是……」

真上舉起手中的燈光四處探照。

接著，他發現那座巨大天秤造景的左秤盤上似乎放了什麼東西。是嘉妮兔。不過，嘉妮兔的身軀彷彿被用來洩恨似地布滿刀傷，不僅如此，就像主道身上的那套布偶裝一樣，腹部還深深插了把柴刀。

「意思是，『剩下的部分』就在那裡了嗎？」

「或許吧，但我們應該碰不到那裡？」

這座天秤位於以死後審判為主題的區域一角，支柱高度超過八公尺。由於左秤盤向上傾斜，那樣的高度即便是真上也難以觸碰。

真上猜測，天秤兩側的秤盤本來應該等高，凶手將嘉妮兔布偶放到左秤盤上後，不知是自己站到了右秤盤又或是利用其他方法升起了左秤盤。由於秤盤本身就有重量，使得右秤盤現在垂了下來，幾乎要碰到地面。秤盤一旦升起，想再放下恐怕就不容易了。

「凶手為什麼要這樣做……？」

「大概是為了讓我們看到吧。放在那裡，怎麼樣都會被發現。」

真上雖然這麼說卻無法抹去心中的疑惑。凶手到底為什麼要做這種事呢？

「總之先回去吧，必須告訴佐義雨小姐才行。」

2

真上和成家又哄又勸，終於讓抱著手臂不放的常察鬆手，一起返回小木屋。回到小木屋，至少可以確定這些斷肢的主人是誰。

原以為小木屋應該已鬧成一團，大廳卻意外地安靜。因為那裡只有藍鄉和佐義雨兩人，賣野大概還是不肯離開房間吧。那編河與鵜走呢？兩人又在哪裡呢？

佐義雨一見真上他們回來便立刻道：

「編河先生於十點二十八分去世了。」

佐義雨的表情略顯僵硬，意思是她也無法接受這樣的發展嗎？

「我已將此事轉告涉島小姐。賣野太太相當害怕……不肯離開房間。」

神祕地帶裡的那些，果然是編河的身體。

「那個……我們去了趟神祕地帶。然後……那裡有某個人的腳還有……手……手上戴著編河先生的手錶，天秤上則是有……被柴刀刺穿的嘉妮兔。裡面大概是……」

「是什麼？你的意思是神祕地帶裡有四分五裂的屍體嗎？」

「編河先生的死亡時間是十點二十八分對吧？所以……那些大概是剛肢解沒多久的……」

常察話語一哽，無法再說下去。

「根據定律，最先發現屍體的人通常很可疑呢。」

面對藍鄉的懷疑，成家冷靜道：

「我們大概是十一點十分去神祕地帶的，出發的四十分鐘前編河先生還活著，我們沒有分屍的時間。」

成家說得沒錯。若只是單純殺人還有可能，但分屍所需的時間成了當時神祕地帶三人的不在場證明。

「當時我在看守涉島小姐，藍鄉先生在房裡，彼此都沒有強力的不在場證明。不過我有敲鵜走先生的房門，他沒有出來。」

佐義雨的一番話彷彿已將鵜走視為凶手。

「鵜走先生就算不在屋裡應該也還在魔幻樂園之中，並且還活著。」

「這樣的話，我們得盡快去找鵜走——」

常察一副馬上就要衝出去的樣子。真上急忙抓住她的手制止：

「我不認為在這種連路燈都沒有的情況下能找到人。如果鵜走還活著並且留在園裡的話，我們應該等到天亮後再找人。」

此外，既然編河已死，真上就有必須做的事。就算要找鵜走，也必須知道佐義雨判斷他是凶手的理由。

「……我知道了。那就等天亮……一起去找鵜走，聽他怎麼說吧。」

「另外……有件事不曉得該不該說，我覺得編河先生好像已經有預感自己會遭到殺害。」

「怎麼說？」

真上想起當時涉島與編河的談話。遭到威脅的涉島與手握交易籌碼的編河。

「……我不知道，但或許等會就曉得了。」

語畢，真上站到了編河的房前。他不用對照筆記便按下編河告訴自己的密碼。

「等等，你怎麼會知道密碼？」常察問。

「是編河先生告訴我的，說若是自己有什麼萬一，要我打開……雖然我不知道為什麼是我……」

「……原來如此。」

「因為不知道編河先生是以什麼樣的意圖委託我，可以的話，我先一個人進去好嗎？」

「這樣的確比較好。」成家點頭表示同意。

編河的房門真的打開了，證明編河並非只是假裝友善，而是真心信任真上，令真上有些感動。

編河的房間收拾得相當整齊，正確來說是除了床鋪和淋浴間，其他地方完全沒有使用的痕跡。真上拉開桌子抽屜，發現了目標。

一張放在文件夾裡的傳單，沒什麼特別的。傳單上寫著魔幻樂園搭配正式開幕，將迎來大型天文望遠鏡。望遠鏡是打開帳篷頂架設的類型，相當專業。但就算這樣也沒有什麼可疑之處。

編河為什麼要留下這種東西呢？按照編河的說法，這是威脅涉島的有力籌碼，也是編河有個萬一時要帶去《週刊文夏》的東西。真上不明白，這樣一張傳單為何能造成威脅？

看見這張傳單後，真上應該要能理解編河的意思才對。到底是什麼呢？

「涉島小姐他們不希望讓其他人看見這個的理由……」

真上再次仔細檢視傳單。傳單角落繪製了帳篷的配置模擬圖，地點就位於大舞臺後方，魔幻飛傘的左側，魔幻咖啡杯與魔幻賽車之間。

「……咦？」

瞬間，一個念頭閃過真上的腦海。在驗證那個假設前，真上先寫下了自己在意的事：

四、編河的屍體為何會散落在神祕地帶裡？剩下的部分跑去哪裡了？

苦思片刻後，他又補了一條：

五、編河是常察在找的「Haru」嗎？

離開房間回到大廳後，只見常察臉色蒼白地坐在那。

「……這下我懂了。原來我認識的『Haru』是編河先生。」

常察始終低垂著頭道。這麼說來，那條手臂上的疤痕的確很像常察跟真上說明過的傷疤，過去籤付晴乃因獵槍爆炸而造成的傷痕。

「我們整理一下狀況吧……常察，妳認識的 Haru 手臂上有疤對吧？」

「對……沒錯。那個帶我去坐摩天輪的人，也是因為手上有疤，我才認為他是 Haru。」

「意思就是……」

「我所認為的『籤付晴乃』，其實是編河吧。我把出入天衝村的編河**誤以為是御津花姊姊跟我提起過的 Haru。編河為了取材長時間和御津花姊姊接觸，我看到後一心認定他們感情很好**。」

編河大約四十多歲，二十年前的話，與中鋪御津花年齡相符，也與籤付晴乃相符。當然，常察在庭院裡遇到的或許真的是籤付晴乃本人，但可能在後來產生記憶錯置的現象。

「也許，編河先生利用了這一點。他可能希望萬一有人向年幼的妳問起中鋪御津花的動向時妳回答：『去見 Haru 了。』所以才自稱是 Haru。」

「也就是說，犯下槍擊案的人是真正的籤付晴乃，而**幫助我的人是編河先生**？」

「我一直認為，在有人帶妳去坐摩天輪的情況下，犯下槍擊案與帶妳坐摩天輪的人是兩個人的這個解釋比較實際。既然如此，就不能否認編河先生有可能是真正的『Haru』了。」

「這樣啊……」

常察望著自己的手掌喃喃自語。

常察一直相信籤付晴乃的清白，為了揭露真相而來到魔幻樂園。至少，能夠確認自己曾經仰慕的「Haru」與射殺中鋪御津花的凶手是不同人應該比較能接受吧。

過了一會兒，常察道：

「……可是，就算我的『Haru』是編河先生……那就代表他知道會發生槍擊案對吧？是在取材過程中知道的嗎？還是說……**或許挑唆籤付晴乃槍擊的人也是編河先生**？所以，他才會被指為真凶？」

「如果編河先生知道這件事卻置之不理的話，的確可能算是真凶……」

「因為，那一連串報導是在魔幻樂園槍擊案發生後最受到矚目吧？因為有那件事，編河先生的報導才會造成轟動。為了將自己的報導推上世人注目的顛峰，對打算在園內開槍的籤付晴乃睜一隻眼閉一隻眼。」

「後來，時代改變，他那不停煽動對立的報導不符合現代的價值觀，漸漸成為不再受到重視的角色。」

這個推論感覺很令人不舒服，但也沒有更適合的理由能說明編河為什麼沒有阻止籤付晴乃了。畢竟，編河與天衝村毫無瓜葛，若魔幻樂園發生槍擊案有什麼別的好處，就是其他方面的利益了。

「無論如何，這個推論都合情合理……籤付晴乃不無辜，『Haru』也不是我以為的人……這樣我也沒有理由再執著於魔幻樂園了。」

常察低聲呢喃。不久，她抬起頭問：

「凶手是鶇走嗎？」

「……他現在不見蹤影，加上有時間分解屍體的只有他……」

「可是，不知道他的動機是什麼吧？畢竟，他應該跟二十年前的案子無關。是因為父親是星際飛車的員工，工作被剝奪的關係嗎？」

「關於這件事，我有個想法……」

不過，真上必須先確認一件事。

「……抱歉，我可以先離開一下嗎？」

「好……我在大廳這裡等你。」

「麻煩妳了。」

語畢，真上來到涉島房前，負責看守的佐義雨默默站起身。真上朝她點頭致意後，拿著文件夾直接敲門。

「不好意思，涉島小姐，您是不是已經在休息了……」

片刻後，房裡傳來涉島的聲音。

「沒有，我神經緊繃，睡不著。」

這是真上第二次與人隔著房門交談。然而，相對於賣野的恐懼躲避，涉島的這份從容是怎麼回事呢？

「發生什麼事了嗎？我聽說編河先生去世了。」

「是啊。我有件事想問涉島小姐。」

「什麼事？」

「妳待在這裡很放心，對吧？」

真上感覺涉島的眼睛正盯著自己不放。不久，涉島緩緩開口：

「我不懂你的意思。」

「妳應該懂才對。**因為在我記憶中，所有糖包都沒有圖案。**」

真上若無其事地試探，涉島卻沒有回答。真上轉而詢問另一個問題。

「當年，中鋪小姐有要求補償金對吧？後來呢？」

「由於魔幻度假村本身計畫受挫，所以就……當然，遊樂園因維安疏失，有向去世的受害者家屬支付應有的賠償，也確實打了官司，最後以雙方都能接受的金額和平收場。麥奇卡度假村公司因此事而破產，即使轉賣給十嶋財團也無法填補損失。」

涉島的回覆很冷淡。

「但妳卻擁有財富，即使不光彩也還是擁有頭銜，如今也仍然活躍在業界。」

涉島出聲打斷真上：

「你沒有其他問題了吧？」

「……是的，沒有了。」

真上後退一步，回到大廳。藍鄉與常察坐在大廳裡。真上看向常察，靜靜問道：

「如果當年魔幻度假村真的營運的話，妳覺得他們會按照計畫給予村民補償金嗎？」

「……我不知道。因為搬走的天衝村民最後只有收到搬遷費，沒有拿到補償金。」

常察哀傷地說。

「可是御津花姊姊說過，如果他們沒給補償金的話就要提告。說自己主導了這件事，是她的責任。」

「這樣啊……」

說話的瞬間，屋外傳出轟然巨響。

「什麼？那是什麼聲音？」

「外面好像有什麼奇怪的聲音……」

「是鏡屋的方向。」

藍鄉說完衝出屋外，真上也連忙追了上去。

起初，他們還沒發現問題的源頭。鏡屋方向傳來震動，排煙窗竄出煙霧。

「火災……？」

鏡屋裡竄出陣陣濃煙，入口捲起了噬人的火焰朝眾人的方向延伸，彷彿在向他們招手。失去燈光的遊樂園裡，唯有鏡屋升騰的火焰燦亮不已。屋內傳出清脆的聲響，宛如彈奏的管風琴。

真上下意識理解到那是鏡子因高溫破裂的聲音。

「現在要……怎麼辦⁉」

「可以用這個滅火嗎⁉」

成家拿來一條前端冒著水的水管，應該是從泳池那裡拉過來的吧。這樣的長度或許能從側邊朝鏡屋噴水。

真上收下水管，準備朝入口噴水，水流卻往左右岔開。仔細一看，只見水管前端已經碎裂，似乎是因為這樣才無法順利噴水。沒辦法，真上只好捏住水管頭，加強水壓。

然而，火勢卻絲毫不減，鏡子破裂的聲響不絕於耳。

「不行，先回去吧，我們待在這裡也無能為力，火勢應該不會蔓延到其他地方。」

佐義雨這麼說後，眾人也放棄了滅火的念頭。

儘管鏡屋的大火花了兩個小時才消退，但眾人一回到小木屋便立刻明白鵜走死亡的事實。

「十一點五十六分，鵜走先生過世。」

斷章 6

御津花可以說被騙了，那些人徹底利用了御津花。

早知道，我應該更認真面對母親過世對御津花帶來的絕望與悲傷。

自從御津花和那個叫編河的記者接觸，對外發送天衝村的情況後，一切都變了。天衝村暴露在外界評價中，遭到公審。在外人的評價裡，御津花他們才是正確的。

所以，不被承認的一方只能戰鬥。因為知道早晚都會輸，賭一口氣也要戰到底。籤付家至今仍未撤離，甚至連家族內部都開始出現對立。擅自同意搬遷的籤付家父親與不承認這個決定的祖父之間出現分裂。

既然已經同意，便沒道理不搬遷。時間已所剩不多。

度假村公司已經拆除天衝村裡的房子，開始鋪設水泥。雖然這麼說有點不太好，但我覺得一切都十分草率。還是說，這種施工進展速度很正常呢？天衝村是第一次面臨這種事，我無從判斷。

我摸著鋪上水泥的地面，想起過去埋下的時空膠囊。它是不是被挖起來了呢？不，那顆時空膠囊埋的地方不會影響水管鋪設工程，或許幸運避開了被挖出來的命運。村裡好像有些地下室拆除地上物後就直接埋起來的樣子。但願我的時空膠囊也能一直就這樣封印在地下。

與我約好碰面的御津花望著已遭水泥覆蓋的自家空地，如同掃墓祭拜般那樣雙手合十。注意到我來了後，她靜靜地問：

「Haru，你知道嗎？明明還有一年多的時間，魔幻樂園卻已經在招募員工了，還有些遊樂設施的零件已經準備好，就等著運進來。」

「這樣啊⋯⋯有在招募員工的話，我是不是該去應徵看看呢。」

「你嗎？」

「畢竟天衢村即將消失，未來只能到外頭工作。」

御津花表情一僵。我說這些話並非想讓她露出那樣的表情，所以連我也閉上了嘴巴。

「晴乃……是魔幻樂園反對派的吧？」

「因為這件事……別無選擇啊。」

「我不是在怪罪誰，只是在確認……我們明明都愛著天衢村，為什麼最後會變成這個樣子呢？」御津花痛苦地說。

我也不知道為什麼會變成這樣。魔幻度假村計畫這頭巨大的怪獸吞噬了一切。被吃下肚的那一方有自由可言嗎？我擊中的那些鹿，並不是行使了被射擊的自由。事情就是這麼回事。

「我想……雖然天衢村消失是件痛苦的事，但一定也有些事會因此而好轉。」

將一切封印在水泥下後，有些事便能夠向前邁進。

「對吧……應該是這樣對吧？Haru。」

「凜奈也很期待。我想那孩子一定非常……高興。」

我甚至舉出凜奈來安慰御津花。我就像念咒般不斷重複著「別擔心，事情一定會好轉的」，「別擔心，事情一定會好轉的」。

3

即便是真上，那一晚也無法順利入眠。鏡子破裂的聲音不斷縈繞在耳際，阻礙睡眠，真上等待著天亮，終於下床。這種使用時間的方式簡直像在逃避責任。真上放棄睡眠，看向擺在桌上的筆記。

六、鏡屋為何會起火？鵜走真的死在鏡屋內嗎？

後面這個問題不是不能確認。只要實際去一趟鏡屋就行。煩惱了一會兒後，真上整理儀容，離開房間。不幸的是，他在走廊上和藍鄉碰個正著。

「早安，真上。」

看來，藍鄉先前都在負責監視涉島。

「你昨晚沒睡嗎？」

「怎麼可能沒睡？我是因為起得早，就和常察換班了。」

「原來常察也有幫忙看守……」

早知道這樣，真上也不用在床上殺時間，來輪班值守就好了。

「怎麼了？感覺你快找到寶藏了？」

「……是啊，如果能和大家談談的話。不過……」

真上說著，沒吃早餐就走了出去。

首先，他得先看看鏡屋裡的狀況。

鏡屋的入口遭大火燒得一片漆黑，不過，現在應該已經不用擔心火了。

真上才踏入一步，便迎來滿地如積雪般的鏡子碎片。

鏡屋裡彷彿鋪了層玻璃地毯。

因高溫而破裂的鏡子碎片散落一地，一想到如果在這裡跌倒的樣子，真上便打了個寒顫。這種時候如果有嘉妮兔的布偶裝，就可以當成防護衣了吧。真上從沒想過自己會如此渴望那件可怕的布偶裝。

真上戰戰兢兢邁開步伐。突然，天花板上的鏡子碎片像冰柱般落了下來，他連忙伸出手臂防護，結果手背傳來一股悶痛。直接這樣進來果然很危險。

然而，真上還沒找到他的目標。他小心翼翼地前行。

前方有具仰倒在地的屍體，似乎是鵜走。

鵜走的屍體並沒有燒得太嚴重，大火雖然有蔓延到衣服上，屍身卻依然保有人形，也辨別得出身分。比較合理的推論應該是鵜走被捲入火海後無法脫身，最後因濃煙失去了意識吧。證據就是他身旁敞開的門扉，看得出來是隨手打開的樣子，門附近燒焦的情況特別嚴重。

鵜走身邊不知為何還擺了一座提燈，大概是露營用品，尺寸相當大。由於提燈也已破裂，難以判斷，但似乎是需要實際點火的類型而非ＬＥＤ燈。這是怎麼回事呢？

瞬間，天花板上的鏡子開始嘩啦嘩啦地落下，再不出去大概不妙。現在，只要確認鵜走的屍體在鏡屋裡就夠了。不過，真上還是在心中記下了應該寫在筆記上的內容，關於第六點的補充：

七、鏡屋怎麼會起火？鵜走為何會死在那裡？（凶手如何有效率地在鏡屋內點火？）

八、殺害編河的人是鵜走嗎？

回到小木屋後，只見成家、藍鄉、常察和賣野都在。感覺好久沒看到賣野了，她的面容顯得十分憔悴。除了涉島和負責看守的佐義雨，剩下的人都聚集到了大廳裡。

「啊，真上，你去哪了？」

成家問。

「我想鵜走或許在鏡屋，就去了那裡一趟……」

「去鏡屋？不會很危險嗎？」藍鄉說。

「那座鏡屋連天花板都是鏡子反而礙事……若碎片之類的東西跑進眼睛裡的話就危險了，建議大家還是不要進去比較好。」

「這樣啊……你都這麼說的話，應該很嚴重吧，我們就別去了。」

成家用力點頭。雖然這次似乎沒有像先前那樣引發大家懷疑，但真上覺得自己彷彿成了石蕊試紙還是什麼的，感覺不是很痛快。

「我想，鵜走可能是因為一氧化碳中毒缺氧而死。起火的媒介應該是煤油……」

「煤油？」

「跟燒嘉妮兔時用的是一樣的東西。灑煤油並不難，但只有煤油的話會像昨天那樣突然燒起來嗎？就性質而言，鏡屋應該比木造建築更不易燃才對。」

縱火的人應該有做什麼手腳，但那究竟是什麼呢？

「我這樣說或許已經太晚了……但我想報警。」

常察神情抑鬱地說。

「如果早點下決定的話，或許就能避免這麼多人犧牲了……都是我的錯，很抱歉。」

「這不是妳一個人的錯，是我們所有人的錯。」

聽見真上這麼說後，常察露出虛弱的微笑。

「現在報警的話，今天中午……最慢今天傍晚警察就會到了。」

這意味著，真上的搜查將到此結束。只要警方實際採證，那些組織到一半的推理假設也會告終。或是，只要真上接下來再多調查一點就好。若是這樣的話，凶手會有什麼打算呢？

瞬間，一滴冷汗從真上的背脊滑落。

之前常察說的天衝村往事，與真上剛來魔幻樂園時讀到的某篇雜誌報導連結在一起。那並非不可能。

「常察，魔幻樂園是蓋在舊天衝村的正上方對吧？這一帶原本有住家的地方都直接埋起來了。」

「？……是沒錯。畢竟當時距離開幕的時間所剩不多，他們就用怪手一口氣掃掉地面上的建築物。」

真上再度陷入沉思，腦海閃過一個最糟糕的預想。

就在這時，藍鄉輕輕「啊」了一聲。

「其實我這邊也有進展。」

藍鄉拿出一張紙。那張紙看起來很眼熟，與第一天的恐嚇信極為相似。

「那是？」

「是鵜走放在房間裡的遺書，不，應該是指控信吧。」

藍鄉將手中的紙舉到真上面前，真上連忙掃了一遍上面的內容。

『編河是魔幻樂園槍擊案的真凶。他的天衝村報導煽動分裂，毀滅了天衝村。』

「……只有這樣嗎？」

「只有這樣，但足以成為動機吧？畢竟鵜走是留下這封指控信後才死的。」

「可我不懂，鵜走為什麼會對編河先生懷恨在心呢？與天衝村有關的人，是他的父親吧？」

「話是這麼說……沒錯。」

真上不覺得年幼的鵜走對天衝村會有那麼強烈的情感。二十年前，鵜走大約四歲，當時會結下舊怨的話，應該不是他本人發生了什麼事。

那麼，足以讓鵜走心懷舊恨的原因到底是什麼呢？

瞬間，一個念頭閃過，真上不由得摀住嘴巴。

如果真上的想法正確，就能說明十嶋庵為何會聚集他們這群人了。

而那也是真上一直在追求的發展。

「問題一直增加呢。」

真上背後突然冒出一道聲音。是常察。

「抱歉，隨便看了你的東西。」

「不，沒關係。」

「那是……筆記嗎？把問題記錄下來真的好認真喔。就像你帶來的資料夾，統整了二十年前的案件還有天衝村的舊地圖等等的。」

「……因為不管是主道先生、編河先生還是鵜走……都已經是過去的人，不會說話了。」

常察之前在旋轉馬車那裡說的話，言猶在耳。

「過去的人應該說的話，活著的人只能接受。相反的，想要得到過去的話語，也只能自己不斷思考。」

「不過，已經要結束了吧。現在報警的話，天黑前警察就會來了，那樣所有問題就全部解決了吧？」

「或許吧。不過，目前仍有尚未解決的部分，也有些事情必須確認。」語畢，真上緩緩走到賣野身邊。

原本一臉委靡、正吃著早餐麥片的賣野見真上過來後放下了盤子。

「怎麼了，真上？」

「賣野太太，妳其實不是攤車販售員吧？」

「你為什麼這麼說？」

「因為只有這樣，有些地方才說得通。妳先前讓我們看了自己用過的販售攤車對吧？」

「嗯，但是沒有打開的攤車……」
「那不是嘉妮兔髮箍的攤車。」
賣野的身體抽搐了一下。
「園內的攤車有不同的展開方式。那是呈階梯狀打開的類型，應該是**放置扁平商品的層架。也就是說，那臺攤車販售的商品不是髮箍**。」
若要將髮箍排在那座淺架上，頂多只能擺十幾個，即使重疊也只能疊兩層。此外，小孩子只要一碰，髮箍應該就會東倒西歪。真上猜測，那個層架上擺的應該是穩定性更高的商品，像是餅乾之類的罐子或是掉到地上也沒關係的螢光棒等等。
「是我記錯了嗎？畢竟是二十年前的事了。」
賣野毫不矯飾地說。然而，真上沒有減緩攻勢。
「再怎麼說也不會忘記自己負責販售的商品吧？」
「我記憶錯亂了！發生了那種事，會這樣也很合理吧！」
「說起來，魔幻樂園試營運那天根本沒有販售嘉妮兔髮箍不是嗎？」
「不可能。我看到好多孩子都戴髮箍，不可……」
「常察跟我說了自己在試營運那天走丟時的事……就是有人帶她去坐摩天輪的那時候。當時，常察為了讓御津花小姐找到自己，在頭上戴了嘉妮兔的髮箍。」
「戴髮箍怎麼了嗎？很可愛啊。」
「是啊，我也覺得那是個好方法。可是，常察到底是從哪裡獲得嘉妮兔髮箍的呢？」

當時的常察剛滿五歲，不是身上會帶錢包的年紀，但販售員也不太可能會免費將髮箍送給一個迷路的孩子。

「答案很簡單，魔幻樂園在試營運當天免費向來賓發送髮箍。常察是長大後看到原本應該會在園內販售的髮箍價錢，才誤以為自己的髮箍是販售商品。」

賣野表情僵硬。

「不會有人將免費發送的髮箍跟自己販售的商品搞混吧？妳如果是說別的商品就能蒙混過關了。」

「怎、怎麼會……你胡說。」

「是嗎？妳想狡辯也沒關係，我想繼續說後面的事。」

過了一會兒，賣野放棄似地喃喃低語：

「沒錯……你、你說得對。**我不是攤車販售員，而是負責遊樂設施的員工……**這就是我的祕密……我犯的罪。」

賣野握緊雙拳，接著又放開，就這樣反覆了好幾次。

「當魔幻樂園決定向一般人開放時……我的心都涼了，害怕我一直以來逃避的事這次真的會被身邊的人發現。」

「那種事情別去理會就好了吧？特地過來感覺更危險，這裡還有以前的同事耶……」

「藍鄉，假設你有個死也不想讓人知道的祕密，當那個祕密有可能曝光時，你有辦法袖手旁觀嗎？我沒辦法。所以，我才報名了這個地獄。」

賣野低聲道。對當時的賣野而言，哪怕是萬分之一的可能，她也絕對無法忽視吧。

「我並沒有在報名表上寫明自己是『魔幻樂園舊員工』，心想要是沒通過選拔就算了，結果卻選上了……所以，第一天成家先生說不認識我的時候我才很放心。畢竟試營運那天在園內工作的人數相當多，大家根本不會記得誰負責什麼工作……」

「那妳負責的工作是？」

聽見真上這個問題，賣野直截了當地回答：

「摩天輪。**籤付晴乃坐上去，殺了許多人的那座星際摩天輪**。」

賣野終於吐出了埋藏在心底的祕密，她眼眶泛淚繼續道：

「我當時就覺得奇怪，想說……想說他拿著那個黑色的袋子是什麼……實際上我也問了，他說那是望遠鏡……說這附近從來沒有摩天輪這種大型設施，所以想拿望遠鏡看看……我覺得很可疑喔！但因為那天好多客人，我也還不習慣這份工作……」

賣野的每一句話，都流露出二十年間塵封的痛苦。這些日子以來，罪惡感與惡夢是如何折磨著她呢？哪怕魔幻樂園已經廢園，那起槍案在她心中仍未結束。

「你們懂吧！如果我當時阻止籤付晴乃搭上去，就不會有魔幻樂園槍擊案！不會有那麼多無辜的人遭到殺害！」

「沒這回事。籤付晴乃就算沒有搭上摩天輪，應該也會開槍殺人。」

真上立刻反駁。賣野露出更加難受的表情道：

「我也希望那麼想。可是，不是這樣的。如果籤付晴乃人在地面上的話，應該馬上就會遭到制伏。摩天輪是絕佳的狙擊場所，是我讓事情變成那樣的……」

真上明白，再繼續勉強反駁下去也無法安慰賣野。若沒有摩天輪到地面的這段時間，若非那可怕的治外法權，傷亡不會那麼慘重。

然而，那是讓籤付搭乘摩天輪的賣野一個人的罪嗎？

「我明白了，這麼一來就解開了我的一個疑問。因為妳的說詞跟我勾勒出的二十年前狀況矛盾，令我一直很介意。只要消除那個矛盾，就能解開謎題了。」

真上想到——

佐義雨緋彩……不，是十嶋庵支持這些與魔幻樂園有關的人進來。

從涉島房門前遠遠望向大廳這裡的佐義雨看著真上，淺淺一笑。真上向那抹微笑挑釁地說：

「抱歉，可以讓涉島小姐出來嗎？我接下來要解開謎團了。」

「解開謎團？你那種說法簡直就像名偵探呢。」

「對，沒錯。」

真上道，臉上沒有一絲笑意。

「這次發生的事，全是我們這些來賓判斷錯誤造成的結果。雖然常察也說過一樣的話，但當初不管誰說什麼，我都該逼妳報警才對。那樣的話，或許就能避免第二、第三個人遭到殺害……我是全場唯一反對的人，要是當時再堅持一點的話——」

「不，並不是這樣。你當時無論說什麼都不會有改變。」

「妳的意思是我說的話沒有人會聽嗎？」

「不，是說什麼都沒有意義。」

片刻後，佐義雨靜靜開口：

「因為當時——無法報警。」

「無法……報警？」

真上重複，佐義雨用力點頭道：

「其實，昨天早上魔幻樂園對外道路發生坍方，雖然相關單位立刻搶修，但直到今天早上才徹底清除障礙。也就是說，昨天就算想報警，警察抵達也會是今天中午的事，與暫緩一天的情況並無不同。畢竟這個狀況很微妙，不好決定是否要出動直升機。」

「……發生了那種事，妳為什麼沒有說？」

「既然是說出來也不會改變的事，那麼我希望各位覺得那是自己選擇後的結果。」

佐義雨淡淡道。

這樣一來，不就像是迄今為止發生的一切全都是十嶋庵的安排嗎？真上的背脊流下一道冷汗。

不過，聽到坍方的消息後有些事就說得通了。編河為何會落單遇害？編河遇襲的推測時間本來應該是他和屬下接觸的時間點，然而因為道路坍方，他的屬下甚至沒辦法抵達會合地點。回過頭來看的話，凶手的運氣可說是相當好。

同時，真上也想到某人當初在那個狀態下為什麼會有那種反應了。因為**他**——**她**知道坍方的消息。

「……——現在不是說這種事的時候了。首先得先解決這起案件，沒有時間了。」

第四章 事件輪迴，星辰更迭

1

聚集在摩天輪前的參加者圍成一個圓圈坐著，互相看著彼此。從真上開始順時針方向依序是涉島、佐義雨、賣野、藍鄉、成家以及常察。這麼一想，他們少了許多人。抬起頭，可以看見摩天輪隨風搖曳，發出咿呀咿呀的聲響。真上曾經拿來過夜的綠色車廂已經轉到八點鐘方向。在無人造訪的這段時間裡，摩天輪也依然不停緩緩轉動吧。在那個完美無缺的圓形前，真上一行人也圍成了一個圓，彷彿也象徵著這起案件。這個地方不停輪轉，延綿不絕。

「怎麼突然讓大家在這裡集合？警察就要來了。」

賣野不安地問，成家也附和道：

「對啊。我剛才還想請常察先離開去跟當地警察會合，感覺她是最適合說明狀況的人選。」

「因為我沒有那種權限，所以跟成家先生說我還是留下來比較好……感覺這樣他和賣野太太也會比較安心。」

常察抱歉地說。

「抱歉用這種方式留住妳。不過……請等一下再離開魔幻樂園。」

真上輕輕吐了一口氣，環顧四周。

「抱歉占用大家寶貴的時間，不過，這樣一來至少就能解開這次的案件了。」

「你講話的口氣就像個名偵探呢。」

面對藍鄉的調侃，真上露出諷刺的微笑回答：

「本來我不會做這種事的，但現在有個理由非當名偵探不可。」

「非當名偵探不可的理由？那種東西只會出現在推理小說裡吧？」

並非如此。真上現在做的，是一種更為迫切的說服。其實，他或許也能訴諸更粗暴的手段，為了阻止凶手達成目的，最壞的打算只要讓凶手失去行動能力即可，以真上的體型，想奪去對方的自由應該是件輕而易舉的事。

真上之所以沒有這麼做，是因為他還不能確定凶手會用何種手段達到目的。同時，真上自己也希望能靠言語解決就好。

「這件事我等一下再說明，請各位先聽我說。」

「警察差不多要來了，你還有需要破案嗎？」

涉島冷靜地質疑。沒錯，按照預定確實如此。但在回答涉島的問題前，真上反問她：

「涉島小姐，妳已經達成目的，就算警察過來也沒關係了吧？」

「我不懂你在說什麼。我承認，既然過去是魔幻樂園經營團隊的一員，被尋寶蒙蔽雙眼，沒有立刻決定報警是我的錯。但因為道路坍方，警察不管怎樣也無法過來不是嗎？」

「妳的目的不是尋寶。」

真上毫不留情道。涉島面不改色，嘴角勾勒出淡淡的微笑，彷彿在試探真上。

真上與涉島對視了一會兒後，看向坐成一圈的其他來賓。

「這句話只對涉島小姐說或許不公平，因為現在在場的所有人不僅都對尋寶沒興趣，還以此為藉口拒絕警方介入。」

周圍氣氛瞬間為之一變，連藍鄉的表情看起來都有些僵硬。

「例如，常察是想藉由調查魔幻樂園揭露中鋪御津花遇害的槍擊案真相。至於賣野太太……則是因為擔心曾經擔任摩天輪員工的過往再度暴露於世人面前而來到這裡。」

賣野太太的身體抖了一下，瞪著真上。然而，真上必須揭穿她的目的。另外，他認為在場倖存下來的這些人沒有人會責怪賣野，也不會擅自將她的事宣傳出去。

「雖然我不明白十嶋庵為什麼要做這種事，但他就是像這樣將跟過去那起槍擊案有關、擁有參與動機的人聚集到了此處……」

真上話語一頓，重新看向涉島。

「涉島小姐和主道先生的動機一致。兩位來到這裡都是為了掩埋對自己不利的過往，早早便達成了目的。本來，你們就算意思意思一下退出尋寶也無所謂吧？然而，編河先生卻知道了那段『不利的過往』，進而威脅你們。所以即使主道先生這個夥伴遇害，涉島小姐也依然沒有立刻報警。」

因為要是警察那個時候來的話，涉島就**沒有和編河談判的餘地了**。從編河的口吻中，感覺得出來他十分傾向將手中的素材寫成報導，倘若失去和涉島談判的機會，他應該會直接寫出來吧。

「對我們不利的過往，你指的是什麼呢？眾所皆知，我過去負責代表與天衝村交涉，一直以來也都承受著當年做法太過強勢的批評，若說跟槍擊案有關的話，就是這件事吧？兩者的確有間接的關係。我還有隱瞞了其他事嗎？」

「**妳自己殺了人的事**。」

真上直視著涉島說。

「涉島小姐，妳和已經亡故的主道先生……殺害了中鋪御津花吧？」

「這句話是什麼意思？」

常察在涉島之前發出疑問。

「槍擊案的凶手……果然不是 Haru 嗎？」

「……不，不是這樣。除了中鋪御津花以外，其他三人確實是遭籤付晴乃擊斃，但他獨獨沒有朝中鋪御津花開槍。不，正確的說法應該是無法開槍。」

「無法開槍是什麼意思？因為中鋪御津花是他認識的人嗎？」

賣野戰戰兢兢地問。

「並不是這樣，而是他的射擊路徑在物理上遭到阻擋。因為中鋪御津花和位於摩天輪的籤付晴乃之間剛好有障礙物。」

藍鄉立刻反駁：

「不，沒這回事吧？中鋪御津花是在大門附近遭到射殺，大門和摩天輪之間並沒有高聳的遊樂設施，應該有辦法射擊不是嗎？」

藍鄉說的的確沒錯。只看園區地圖的話，兩者間的設施都不高，實際走一遭的情況也與地圖相符。

「可是，中鋪御津花遇害的位置很奇怪。因為，魔幻樂園當時正在為正式開幕做準備。」

真上從懷中取出文件夾。

「那是……？」

「這是編河先生託付給我的東西，也是他原本威脅涉島小姐的籌碼。」

真上拿出來的，是張歡慶開幕的活動傳單。名為魔幻星空之旅的活動將會架設大型觀星帳篷並配置專業天文望遠鏡，是個相當適合天繼山的企劃。

「那有什麼奇怪的嗎？」

賣野露出匪夷所思的神情。的確，單純看這項活動的話有這種反應也無可厚非。真上一開始也不懂編河留下這張傳單的意義。在場的人之中唯有涉島的表情微微一僵，因為她明白這張紙的意義。

「要注意的是這座觀星帳篷預計的架設地點，就在魔幻賽車和魔幻咖啡杯之間。」

「咦？那是……」

常察確認地圖，看向那個方位。

「沒錯。本來……照現在的狀況來看，**就是魔幻飛傘的位置**。很奇怪吧？但這樣的配置其實是有辦法呈現的。賣野太太，剛來魔幻樂園時妳教過我吧？」

「咦，我嗎……？」

「在這座遊樂園裡，所有名稱上有『魔幻』兩個字的設施都可以移動。所以，當年的配置有更動過。試營運那天，整座園區的布置都與正式開幕採取相同規格。為了迎接天文望遠鏡，園方當天**把魔幻飛傘移到了摩天輪和大門之間**。所以，射擊路徑才會遭到阻擋。魔幻樂園那天正確的模樣應該是這樣。」

真上拿出園區地圖，以黑色麥克筆拉出一個箭頭，將魔幻飛傘移到了右邊，又在現在魔幻飛傘的位置上加上觀星帳篷。

「這就是槍案發生當天的魔幻樂園。這樣一來，魔幻飛傘就會形成阻礙，籤付晴乃便無法往大門方向射擊。」

「意思是……？」

常察沉吟。

「試營運當天，不可能從摩天輪的方向射擊中鋪御津花。朝她開槍的並非籤付晴乃，而是另有其人。」

射殺中鋪御津花的真凶腦海裡，一定描繪了魔幻樂園正式開幕後的園區地圖吧，而殺害中鋪御津花恐怕是很臨時的決定。置身園裡的人很難掌握園內的實際樣貌，所以才會產生與實際情況互相矛盾的屍體。

「……你的思考太跳躍了吧？為什麼會有這種推論？」

「編河先生幾乎把這張傳單當成了王牌，認為憑這一張紙就能要脅涉島小姐。」

「那個男人連這種事都跟你說了？」

涉島不悅地瞇起雙眼。

其實，這只是真上偷聽到編河在威脅涉島，並非編河親口告訴他。但真上沒有特別否認，繼續說下去：

「起初，我不懂這張傳單為何有那種威力。所以我開始思索，什麼樣的狀況會讓這張傳單擁有能夠當威脅籌碼的價值。」

「也就是反向思考吧。」

藍鄉點點頭，一副了然的樣子。命案剛發生時，藍鄉明明擺出一副名偵探的架勢，現在卻一臉事不關己，像個旁觀者似的看著事情發展。

「涉島小姐，為了避免有人發現當年魔幻樂園因為天文望遠鏡改變遊樂設施的位置——也就是中鋪御津花並非籤付晴乃所殺，妳想藉由這次魔幻樂園開放的機會消滅相關證據。然而卻運氣不佳，讓編河先生收走了這張傳單。」

真上想起編河第一天回到小木屋裡時喜孜孜地發出豪語，表示自己已經拿到想要的東西。因為實際上他只要有這張傳單，就足以威脅涉島和主道。

「我現在推測一下當天發生的事。那天，魔幻樂園發生槍案，籤付晴乃自裁。魔幻樂園員工負責疏散遊客，只有部分人員留在園內……」

「這些聽起來都沒有問題。」

涉島道。真上繼續：

「槍案發生時妳的想法是什麼呢——照這樣下去，魔幻度假村的計畫將化為泡影。但公司已經讓天衝村民搬遷，打起官司的話，必然得支付賠償金。不過，訴訟這種事往往根據了解內情的人有多少動作決定最終結果，其中差異以數億圓為單位。所以，為了分散風險，你們在槍擊案發生後射殺了中鋪御津花。」

「槍擊案……發生後？」

常察茫然地低聲詢問。

「沒錯。開槍的人應該是主道先生吧，他那時就已經擁有獵槍許可證了。當然，他不像籤付晴乃那樣槍法了得，所以應該是在距離更近的地方射擊。他直接拿走籤付的獵槍，尋找狙擊中鋪御津花的地點。大門附近就有與摩天輪擁有相同效果的絕佳設施——觀景臺。中鋪御津花之所以會在大門附近遇害，大概是因為那裡是最適合製造藉口的場所。只要請她協助關閉大門，她便不會拒絕吧。」

槍案發生後，中鋪御津花應該很快便察覺事態的起因，十之八九會過來摩天輪這裡。只要跟她說事態緊急，希望她能幫忙，她應該不會拒絕。

「可、可是……還有一部分的員工留在園裡吧？他們沒發現有人向御津花姊姊開槍嗎？」

「籤付晴乃使用的獵槍大概本來就裝有滅音器吧。裝設滅音器後，槍聲頂多跟拍手聲差不多大，也能避免遊客在第一發攻擊後逃走。雖然日本現在的法律明禁獵槍裝設滅音器，但當時應該還留有很多這類的槍枝。」

主道他們射殺中鋪御津花後，察覺到位置上的問題。

所以，必須將遊樂設施歸回原位。

真上想到這個假設時最大的障礙就是賣野。賣野為了隱瞞自己是摩天輪員工的事實，表示槍案發生後至警察抵達為止沒有發生任何奇怪的事。但遊樂設施移動應該是無法忽略的「怪事」吧？

然而，賣野提供的是偽證，她根本沒看到園裡發生了什麼事。多虧明白了這件事，遊樂設施移動的假設才得以成立。

「看見遊樂設施移動的員工應該沒幾個。又或者，當時只剩下營運團隊的人留在園內，已經準備向警方統一口徑。天文望遠鏡實際上還沒入園，只要不要告訴警方樂園試營運那天決定採取跟正式開幕當天一樣的配置就好。」

真上說到這裡時，常察以顫抖的聲音打斷他：

「……錢？就為了那種東西殺了御津花姊姊嗎？那我就如妳所願，把一切都揭露出來……我絕對……絕對要讓妳付出代價！」

「……應該承受的批評有多少我都會承受，不過，不知道法律是否能就這件事審判我呢。」

涉島的聲音就像在否決一個自以為是的孩子。從涉島殘暴的表情也可窺見，那是屬於她的一種挑釁。涉島一直都是這副嘴臉嗎？不，她原來一直都是這樣。這個名叫涉島的女人從二十二年前開始，就是這樣踐踏他人。

「開什麼玩笑——」

「常察。」

真上靜靜制止了幾乎要撲上去的常察。

「請等一下，我想先解開這次的殺人案。」

聽真上這麼說後，常察露出強忍的表情退了開來。真上對常察感到非常抱歉。像這樣揭穿各種過往後，還得不顧他人的心情繼續下去。有那麼一瞬間，真上不懂自己到底在做什麼。儘管如此，他還是繼續說道：

「現在我們明白一個復仇原因了。憎恨主道先生和涉島小姐的人，就是知道中鋪御津花是遭他們殺害的人。這樣便能說明第一起案件的動機。因為法律已經無法制裁你們，所以才會出現殺人的情形。」

因為證據不足、因為無法接近這兩個具有社會地位的人。

即便如此，凶手也想復仇而來到了這裡。來到了這個覆蓋地獄後建立樂園的地方。

「主道先生之死令人費解的部分，是凶手讓主道先生穿上嘉妮兔布偶裝後，大費周章將他從雲霄飛車上丟下，穿過柵欄，之後又特地把布偶裝拉到地面，讓欄杆徹底貫穿屍體。凶手到底為什麼要這樣做呢？」

「釐清凶手費解的意圖對破案有幫助嗎？」

成家靜靜問道。

「沒錯，因為這一連串的命案都是從這裡開始的。」

聽見真上的回答後，成家點頭表示理解。

「對了，常察。妳還記得嘉妮兔布偶裝的設計嗎？」

「咦？」

面對突如其來的問題，常察一臉不知所措地看著真上。原本，真上是看常察那麼喜歡嘉妮兔才將話題拋給她，但好像做錯了。他重新整理狀況，親自說明：

「嘉妮兔布偶裝的設計十分有彈性，能夠應付特技動作。由於表演時布偶裝的手腳脫落是件很危險的事，因此穿起來後會像絲襪或壓力襪那樣相當緊密……整套布偶裝主要由右手、左手、右腳、左腳組成，所有部位各自獨立開來。」

因為這樣，嘉妮兔的關節才能在某種程度上活動自如，甚至可以後空翻。

「而這些獨立分開的部位則是由布偶裝內部的鉤子連結，沒有鉤子的話，表演時手腳就會脫落。嘉妮兔的設計雖然保障了某種程度的行動自由，卻也有其不自由之處。」

「所以呢？因為這樣的設計很適合行凶，所以凶手才能接二連三地殺人嗎？」

賣野害怕地問。

「我不是這個意思。我說這些是想請大家注意，嘉妮兔布偶裝是由幾個部位組合而成，以及這些部位都能分別穿戴。」

「就算可以分別穿戴又能怎麼樣呢？」

「直接從結論而言，**當我們發現主道先生時，他的四肢已經被截斷了**。」

「四肢被截斷了……!?」

真上重重點頭。

「G2倉庫裡有裝飾星際海盜船的木柴和砍柴用的斧頭。那把斧頭感覺就算是圓木塊也能劈開，若只是要砍斷人類手腳的話，不用三十分鐘。」

凶手實際上大概揮了好幾次斧頭吧。那把斧頭是為了砍斷比人骨更堅硬、厚實好幾倍的木頭而打造，如果是真上的話，他有自信可以順利完成。此外，劈柴斧的優點是即便斧鋒變鈍也能發揮作用，染上一點血液也不會妨礙目的。

「那晚，凶手大概和主道先生約好了碰面。凶手告訴主道先生自己知道二十年前的事，想和主道先生單獨談談。小木屋進出方便，魔幻樂園內又沒有任何照明，最適合夜晚密會。但即使如此涉島小姐還是不放心，便讓大家喝下安眠藥，以免密會曝光。涉島小姐，安眠藥的意義就在於此吧？也許，連主道先生都不知道妳的用心良苦。」

「隨你怎麼想。」

大概是礙於自尊，涉島只回了這句話。不過，那與承認沒有什麼差別。

「意思是，涉島小姐不是針對我們嗎？那她為什麼——」

「在回答賣野太太的問題前，我先說說那一晚的事吧。就這樣，凶手和主道先生約定碰面後，帶著斧頭，穿上嘉妮兔布偶裝前去赴約，接著以繩子勒死主道先生。」

「為什麼不用斧頭呢？」

「可能有幾個理由。一是凶手不願意在主道先生身上製造太多傷口，但若鎖定頭部的話，腦漿又會弄髒斧頭。又或是黑暗中難以瞄準，凶手害怕主道先生臉部受到毀損。若斧頭砍到臉的正面，我們可能就辨識不出來那是主道先生了。」

至於凶手為什麼如此需要讓大家知道死者是主道先生，真上打算等會兒再解釋，還好暫時也沒有人提出疑問。真上心懷感激繼續道：

「接著，凶手再以斧頭砍斷主道先生的手腳，割喉應該也是在這個階段。因為若想砍斷四肢，必須先放血才行。」

「你不要說這麼恐怖的話啦……」賣野道。

真上輕輕搖頭，表示無可奈何。一連串的作業應該是在柵欄附近處理，大範圍蔓延的血跡讓主道不管刺到哪根欄杆看起來基本上都不會有問題，同時也能掩蓋截斷四肢時的血跡。

「接下來，凶手讓主道先生穿上自己身上的嘉妮兔布偶裝。大家應該能明白讓主道先生穿布偶裝時沒有四肢比較方便吧？若能讓身體套上布偶裝，再裝上手腳的話就輕鬆多了。

就這樣，凶手只是把截斷的手腳套上嘉妮兔的手腳，再掛上嘉妮兔的身體而已。」

「可是這種做法只要一脫掉布偶裝，馬上就──啊……」

或許是說到一半想了起來，常察摀住自己的嘴巴。沒錯。問題一，凶手為何一定要讓穿著布偶裝的主道貫穿柵欄？如此一來便能理解了。

「沒錯，這個伎倆只要脫掉布偶裝立刻就會被拆穿，但由於主道先生的遺體是跟著嘉妮兔一起穿過柵欄，只有起重機才能將他的屍身抬起來，我們無法脫掉那身衣服。當時，大家作夢也想不到主道先生的手腳已遭人截斷，**所以看著那具遭到貫穿的身體也不會說什麼『要不要先把手腳上的布偶裝脫掉』**……若真有人這樣提議的話，只要說那種行為不尊重死者就能阻止了。」

實際上，主道的屍體以遮雨布蓋了起來，連頭套都沒有拿下。「容易冒瀆死者」

這件事比想像中發揮了更強烈的制止效果。

真上推出這個真相時，也明白藍鄉當初為何會意味深長地說「一定要割斷喉嚨的理由」了。

為了不讓眾人過度檢查屍體，凶手必須讓大家一拿下嘉妮兔的頭套後就能看出死因。想掩蓋砍斷四肢時的血跡，就**得讓大家看見一個容易辨識的出血源——也就是割開的喉嚨**。不僅如此，割喉還能掩飾脖子上的勒痕。

當時的藍鄉有多逼近真相了呢？思及此，一股寒意便竄上真上的背脊，但現在不是在意這些事的時候。

「假設主道先生四肢是截斷的狀態後，柵欄的問題也迎刃而解了。」

「的確，要怎麼讓主道先生在穿著布偶裝的狀態下爬上階梯，再從雲霄飛車軌道上推下去，那時我們都覺得不可能……」

「賣野太太說得沒錯，實際上不需要將整個人放進車廂，**去掉沉重的四肢只有身體的話，無論是推著車廂移動或是丟下軌道都相對輕鬆吧**。至少，會更好瞄準……」

光是想像就很巨大的嘉妮兔布偶裝若只有身體的話，就不成問題了。話說回來，將主道丟下柵欄時，甚至可以不用帶上那副有著大耳朵的沉重頭套。

「可是使用雲霄飛車的話……有很大的風險會被你看到。」

「我想，凶手大概不知情吧……知道我會睡在室外的人，只有第一天聽到我發表自己言論的人。凶手大概沒有料到會有人離開小木屋，在沒有燈源的地方睡覺吧。結果，我在摩天輪裡呼呼大睡，沒有看到雲霄飛車移動的畫面。」

如果真上那天凝望摩天輪外的時間再久一點的話，或許能看到凶手利用雲霄飛車搬運主道身體的場面。思及此，他好像稍微能理解賣野將槍擊案視為自己罪過的心情了。

「那麼，記住主道先生四肢遭切斷這件事後，大家有沒有想到他的四肢會去哪裡呢？」

「該不會是神祕地帶裡……那個手臂上有舊疤的四肢？」

「沒錯。我們看到的那些四肢主人並不是編河先生，而是主道先生。不過，他們兩人體格十分相似，誤會也很正常。凶手趁機將那些手腳先行移到神祕地帶，又或者，在我們確認主道先生屍體時，柵欄另一邊的雙腳就已經不在了。因為我們就算會觸碰檢查，也只限於手部。」

「等等！如果……那些手腳的主人不是編河先生……那手錶呢？還有時間？編河先生遇害的時間跟發現四肢的時間幾乎一樣吧？如果那不是編河先生的話，死亡時間要怎麼解釋？」

常察困惑道。

「我知道了！是佐義雨小姐謊報編河先生的死亡時間吧！把發現四肢的時間假造成編河先生的死亡時間。」

「我沒有做那種事。」

佐義雨回答，似乎有些意外賣野會那樣說。大概是被指控說謊這件事傷害到了自尊，這是真上看過佐義雨最像一般人的表現。

「我認為佐義雨小姐的話可以信任，那個系統沒有錯。」

真上姑且看著佐義雨道。佐義雨面不改色。

「即使不在場也能殺人，只要製作一個能夠按照時間殺人的裝置，就能滿足這兩項需求了。」

「裝置……？怎麼做？」

「製造一個溺死的裝置。**只要將編河先生找出來攻擊他，將他關在類似水槽的地方就可以了。水槽灌水後，過一段時間編河先生便會溺死。死亡時間一致不代表那些分離的四肢就是編河先生的屍體。是凶手讓我們發現四肢的時間能配合死亡時間。**」

「這麼做或許行得通，但是……哪裡有那種水槽呢？園內的游泳池是二十五公尺四線道的大型泳池，要達到一定程度的水位非常耗時。此外，慢吞吞地蓄水不但難以溺死目標又很顯眼，再加上泳池的底部已經裂開，植物都生根了。」

「這麼說的話，凶手是偷偷在倉庫裡溺死編河先生的嗎？」

常察膽顫心驚地問。真上緩緩搖頭。

「雖然不是沒有這個可能，但還有一個更聰明的辦法。」

真上拿出了那個地點的平面圖。

「**編河先生溺死的地點在鏡屋**。那座迷宮裡有以拉門區隔的小房間對吧？房間內有小小的排煙窗。凶手就是打開排煙窗連接水管灌水，以盡頭的小房間代替水槽溺死編河先生。」

鏡屋裡的那些拉門與門軌緊密貼合，當初看到那些拉門時，真上腦海裡浮現的想法是「滴水不漏」，結果真的不會漏水。就算會慢慢滲透出來，只要蓄水速度大於滲透速度就無妨。

「由於編河先生要是太早死亡也有問題，所以凶手應該是將他綁在椅子或是什麼東西上後再放到小房間裡。這麼一來，就能大致將死亡時刻設為灌水後的二十分鐘。」

只要設置好機關，就能大約掌握編河的死亡時間。期間，只要想辦法誘導真上他們去神祕地帶即可。最壞的情況是隨便誘導誰，哪怕只有一個人也無所謂。只要能證明他們在神祕地帶裡沒有時間分屍就好。

「不過，如何才能將水灌到鏡屋裡呢……」

「泳池旁有很長的水管對吧？大約五十公尺，用來噴水的水管。而泳池和鏡屋的距離並不遠。」

「可是……灌水的過程中，水管不會脫落或是從窗口滑掉嗎？」

「為了避免這種情況發生，凶手應該有固定水管。鏡屋旁停了那臺販售攤車對吧？我想，水管大概是穿過了那臺攤車，只要讓水管像牽牛花藤蔓那樣纏繞攤車的柱子就不會脫落。

這樣也就能解釋嘉妮兔的頭套為何會放在鏡屋上了。**凶手的目的並非是將頭套放到鏡屋屋頂上，而是想將攤車擺在鏡屋旁**。一輛攤車單獨停放在那裡看起來會很不自然，但若將頭套放到屋頂上的話，大家的注意力就會在頭套上了吧？我也完全中了這個圈套。」

嘉妮兔的頭那樣擺著，怎麼樣都會想從頭套追尋理由。而因為無法解開頭套之謎，也就不會想將攤車歸回原位。結果在凶手使用前，攤車就一直被丟在那裡。

「這麼一想，利用鏡屋殺人感覺真的滿容易的。」

藍鄉佩服地說。

「不過，我是因為別的原因才想到凶手利用鏡屋殺害了編河先生。」

「……難道，是因為鵜走的關係嗎？」常察問。

真上深深點頭。

「沒錯。正確來說，應該是為什麼必須燒毀鏡屋這件事吧。凶手必須讓我們無法進入進屋，所以才會縱火。擺上一支用油紙包覆的蠟燭便能輕鬆製作出火種，接下來只要將兩、三個油桶分配在鏡屋各處就好。油桶外側融化後，便會自動追加燃料，引起爆炸。普通的建築物還不一定，但鏡屋是由大量鏡子構成的場所，貿然進入恐怕會受傷。實際上我們在發生火災後就沒有進入鏡屋。裡面大概有編河先生的屍體吧。」

也許，被水淹沒的編河屍體依然完整保留在小房間裡，四周的鏡子也沒有破損，阻擋了火勢。

不過，如今的鏡屋一片狼藉，連真上都寸步難行，想找到編河的屍體應該很困難。

「凶手大概無論如何都不希望我們進入鏡屋吧。之所以會處理掉嘉妮兔的布偶裝，也是擔心我們穿上布偶裝便能闖入鏡屋。」

所以凶手才會大費周章燒毀倉庫裡的布偶裝。

「此外，引起火災也能回收水管。凶手只需說要去拿水管滅火，便能解開攤車上的水管帶過來。但攤車實際上卻因鏡屋的火勢倒了下來，水管頭會破破爛爛也是這個緣故。由於攤車壞掉打不開，凶手無法順利拿回水管，只能硬割。」

仔細回想，藍鄉曾經跟真上說泳池的水管完好無缺。

「可是，凶手是如何殺害鵜走的呢？鵜走的屍體在鏡屋入口附近對吧？如果不是自行赴死，應該不會那樣吧？」

賣野指出問題點。

「沒錯。鵜走只是不小心去了鏡屋而已。」

接下來會是很痛苦的發展，但事到如今，真上只能繼續說下去。

「歸根結柢，凶手為何要截斷主道先生的四肢呢？」

「咦？你剛剛說是為了製造不在場證明……」

「常察，製造不在場證明時一定需要另一個元素吧？」

「另一個元素……？」

「即使製造出不在場證明，若沒有其他可以成為凶嫌的人，命案只會變成不可能的犯罪。然而，鵜走的死亡並不在凶手的預料中。那麼，凶手本來的目的是什麼呢？」

「誰知道啊？除了這個奇怪的不在場證明，沒有其他情境需要斷手斷腳了吧？」

「沒這回事。因為主道先生的手臂擁有和『Haru』類似的傷疤。我們看見那道傷疤後，在大廳裡成立了一個假設：『手臂上有傷、常察以為是籤付晴乃的那個人其實是編河』。凶手刻意在主道先生手上戴上編河先生的手錶，我們因此如他所願將那隻手誤以為編河先生。只是使用這個方法即使能安排四肢，卻缺了身體和頭。不過，我們看到天秤上擺的嘉妮兔布偶裝後，就理所當然地深信裡面有死者的頭與身體。」

真上想起自己剛來到魔幻樂園時，曾想將魔幻飛傘拉下來結果卻無可奈何。天秤也是如此。在平衡的天秤一端放上布偶裝，另一端加上自己的體重，秤盤一旦上升就不太能降下來了。想拉下秤盤，無論如何都必須費一番功夫。

「凶手本來的目的只是希望我們誤認。**透過讓編河先生的死亡時間與發現斷臂的時間一致，製造出編河先生手臂有舊傷的假象。**

凶手為了讓我們認為編河先生就是『Haru』所做的行動，是從用鏡屋溺死他到在鏡屋縱火為止。不過，凶手卻失算了。因為鵜走闖進鏡屋，被捲入火海之中。」

「等一下，真上。按照你的說法……凶手在鏡屋裡灑了煤油吧？如果進去時有聞到煤油臭味，即使是鵜走也會發現不對勁吧？」

賣野側著腦袋指出不合理之處。

「這個問題的答案恐怕跟鵜走的動機有關。鵜走當初也反對報警，代表主道先生遇害時他尚未達成目的。」

「鵜走的目的是什麼？」

「向編河先生復仇。」

真上直截了當道。

「……向編河先生復仇？鵜走跟編河先生之間有什麼淵源嗎？」

「他們之間有很深的淵源。前提是，鵜走是出生於天衝村的村民，有來到魔幻樂園的理由。」

真上想起鵜走提到編河時憤恨的模樣。符合他所說的過往回憶又與編河有所牽扯的人只有一個。

「我一直覺得不對勁，鵜走只有在某些特定場合會表現得很奇怪。大家還記得嗎？像是涉島小姐下藥時，鵜走熱可可和咖啡不分，把糖加進了熱可可裡。涉島小姐做義式蔬菜湯時也是，整個大廳明明充滿了番茄香氣，卻只有鵜走不知道那是什麼料理。就算再不熟悉做菜，應該還是能分得出義式蔬菜湯與咖哩才對。從這些事情可以得知，**鵜走有嗅覺障礙**。」

聽到這裡，常察敏銳地有了反應，應該是已經想到符合這個條件的人了。真上點點頭繼續道：

「在編河先生的報導中，出現了因天衝村人禍而遺留後遺症的小孩吧？社會上知道這件事後，天衝村因此遭到外界批判，認為他們落後，思想不正確。這個孩子就是鵜走。也就是說，鵜走是加速天衝村引進魔幻樂園的主因。最後，他早一步離開了天衝村。」

真上想起常察說的往事，曾經試圖引進化肥的夏目先生孩子遭人利用。鵜走大概不姓鵜走，而是叫夏目淳也吧。

在天衝村鬥爭前，夏目已經因為化肥一事遭到村民冷眼看待，夏目淳也在編河報導中登場看起來就像是對反對派的直接攻擊吧。

「可是，如果鵜走是天生有嗅覺障礙，與那場疫情無關的話呢？如果鵜走的父親其實也不是魔幻樂園贊成派的話呢？那麼鵜走一家就是徹底遭到編河利用，成為煽動對立的工具。」

後來發生什麼事，已無從問起。

「鵜走應該一直虎視眈眈尋找機會向編河先生報仇吧。可是，主道先生卻先行遇害，自己可能在達成目的前就必須離開魔幻樂園，所以他才會那麼強硬地反對報警，並且思索在警方介入前殺死編河先生。」
「那他為什麼會去鏡屋呢？」
始終沉默不語的涉島突然插嘴問道。
「鵜走在編河先生身上裝了竊聽器。雖然不知道是何時裝的，但鵜走應該知道編河先生遇襲，被帶去了鏡屋，所以才想去鏡屋一探究竟。」
「你怎麼知道他有裝竊聽器？是鵜走跟你說的嗎？」
「不，但也只有這個可能。**鵜走知道編河先生戴的手錶有照明功能**。他沒有機會在無光的地方與編河先生接觸，所以應該沒有親眼看過編河先生使用這項功能。不過，我們也知道這支手錶的功能。因為我們在辦公室後面聽到了。」
「辦公室後面聽到？」
涉島的表情微微扭曲，大概是想起自己當時和編河的密會吧。
「對。妳可能沒發現，辦公室的窗戶是破的。透過那扇破窗，只要在後面的倉庫就能聽見辦公室裡的談話。由於鵜走當時並不在倉庫裡，如果他沒潛入辦公室的話，就只有竊聽器了吧。
鵜走透過竊聽器知道編河先生晚上十點會外出與自己的下屬接觸，因此他擬定計畫，打算趁編河先生準備回小木屋時攻擊他。
然而，編河先生卻沒回來。不僅如此，還出現了疑似遭到攻擊的聲音。有人踩了鏡屋入口的破玻璃後傳出了水聲，接著自己裝的竊聽器就再也沒有作用了。鵜走因此想到可能有人打算在鏡屋裡淹死編河先生。

無法察覺煤油臭味的鵜走拿著小木屋裡的提燈，走進了鏡屋。這也是一個起火的原因……也許，因為鵜走的關係，鏡屋爆炸的時間比凶手預計的還要早。」

「那那封遺書呢？」

「那不是遺書，大概是第二封恐嚇信。在飲水機後面貼恐嚇信的人應該是鵜走。我們從雙面膠知道貼那張紙的人是右撇子。受邀者之中右撇子的人有涉島小姐、賣野太太、成家先生、常察和鵜走。鵜走在指控信事件中屬於有嫌疑的人。他原本應該打算繼第一封恐嚇信後，還要讓大家看到第二封吧。

但由於我對貼恐嚇信的人造成了某種微妙的壓力，他便無法再貼第二封信。只是因為房裡留下那第二封信，才會讓大家不小心產生多餘的懷疑。」

鵜走之所以在飲水機後面貼那封恐嚇信，大概是懷疑參加者中也有人對編河心懷怨恨吧。他向真上提起編河時，也若無其事地試探真上是否對編河有舊怨。鵜走察覺到所有參加來賓都懷抱著各自的目的，所以尋找與自己目標一致的共犯。

「不過，鵜走所做的一切都與凶手的意圖相背。雖然主道先生與編河先生都是凶手的目標，但凶手並沒有和鵜走合作，也沒有告訴鵜走自己的想法。不過，**當知道鵜走意外死於鏡屋後，凶手決定利用這件事**，讓鵜走先為自己頂罪以爭取時間。」

「爭取警察抵達這裡的時間嗎？」

成家靜靜問道。真上緩緩搖頭。

「爭取殺害涉島小姐的時間。」

涉島咕嚕一聲，吞了口口水，不知是因為恐懼還是讚賞推理到這一步的真上。

「凶手要報復的對象是殺害中鋪御津花的主道先生、利用報導支持御津花，讓她成為代罪羔羊的編河先生以及負責交涉，同時也是主道先生共犯的涉島小姐。這個目的尚未達成。此刻，這座廢棄遊樂園是一個封閉空間，假設凶手不打算潛逃的話，只要見機殺害涉島小姐就好。然而，在主道先生遇害時，涉島小姐已察覺那是對往事的報復，因此擬定了一個對策。藍鄉，你知道是什麼對策嗎？」

「──讓人指出自己是下安眠藥的犯人……？」

真上對藍鄉的答案用力點頭。

「如同我先前所說，涉島小姐是在飲料裡摻入安眠藥的犯人。不過，這麼做的目的是避免有人看到主道先生和凶手密會，**她自己不需要避開安眠藥，她也說過自己本來就有失眠的症狀**。涉島小姐本來就打算吃下安眠藥吧？然而，她明明不需要維持清醒，垃圾桶裡卻發現圖案不一樣的糖包袋。因為那是涉島小姐自己準備的偽證。

說起來，我應該更早發現才對。我當初明明確認過糖包袋都沒有圖案……

不過，涉島小姐因為那些證據得以讓佐義雨小姐看守，不會落單。」

涉島用這個方法保障了自己的安全。

涉島之所以感受到生命威脅卻不報警、也不告發主道夜晚密會的對象，應該是因為編河若無其事地暗示自己拿走了辦公室的傳單吧。在解決編河的問題前，她拒絕警方介入。此外，雖然那樣的可能性不高，但她也不確定編河是否有喝下安眠藥，無法排除編河殺害主道的可能。

就在涉島自我拘禁的期間，她一直擔心的編河死了。這對涉島而言應該是完美的發展。加上真上一直待在涉島身邊，不著痕跡地表示即使凶手想攻擊涉島，自己也會保護她。就這樣，來到破案階段，凶手已沒有機會殺害涉島。

「凶手只有一人這件事應該很明顯。因為，若非犯下第一起命案的人，就不需要在第二和第三起命案中動那些手腳。那麼，凶手是誰呢？

首先，是不知道我會睡在外面的人，有賣野太太、主道先生、涉島小姐和成家先生，但這樣無法鎖定對象。

所以接著第二點。神祕地帶的那隻右手明明戴了附有照明功能的手錶，一旁卻又放了手電筒。因此有嫌疑者就是不知道編河先生手錶有照明功能的人。分別是佐義雨小姐、賣野太太和成家先生。

不過佐義雨小姐知道我會睡在室外，所以撇除嫌疑。另一方面，賣野太太則是身材太過嬌小，無法穿戴嘉妮兔的布偶裝。這麼一來剩下的就是——」

真上直言不諱道：

「凶手就是你，成家先生。不如說，像這樣猜測凶手根本沒有意義。涉島小姐，第一天晚上和主道先生碰面的人是成家先生吧？妳大概是因為要是揭露這件事就必須解釋成家先生威脅你們的背景，所以一直保持沉默。但如今妳的罪行已被揭發，請回答我。」

「對，沒錯……找主道先生出去的人就是他，我沒有指出他是凶手的理由也跟你推測的一樣。我也承認，這樣的發展對我而言很有利。」

涉島的口氣彷彿像在幫真上打分數。

相反的，成家則是一臉平靜地凝視著真上。

「真上，你真的很厲害……雖然知道你的觀察力很優秀，但我沒想到你能推理到這個地步。」

「你沒有要反駁的嗎？」

「大致上沒有。我是凶手以及打算殺害涉島小姐的事全都說對了。只有一個部分不大一樣。主道的事，是我一時鬼迷心竅。勒死那個男人時……我意外發現他的手臂上有扭曲的疤痕。看到那道疤痕的瞬間，我才興起截斷四肢的念頭。我預計殺害的第二個目標編河與主道體型相當，身體年齡也剛好。我想著順利的話，就能將編河塑造成『Haru』。所以穿上嘉妮兔布偶裝走在園內是殺害主道之後的事，因為自己穿上去是搬運布偶裝最有效率的方法。」

真上就是目擊了那一幕。原來，嘉妮兔布偶行走是在殺人之後。

「編河在各方面都符合這個角色設定。他經常出入天衝村，年幼的常察也曾看過他。若要循著『誤認』這條線推論的話，沒有比他更適合的人選。之所以會在魔幻樂園牽起常察的手幫助她也是一時鬼迷心竅。這個男人也跟一般人一樣會良心不安，希望能償還用一枝筆摧毀一座村子的罪孽——大家也能理解這樣的情節。」

「……我不懂。成家先生，你為什麼要殺害主道先生和編河先生？而且也不明白你將編河先生塑造成『Haru』的理由。做這些事沒有任何意義不是嗎！」

常察強行插話進來，與其說是情緒混亂，更像是希望打斷這一連串發展的樣子。在真上開口前，成家搶先道：

「這些事，是有意義的。」

「怎麼會……」

「凜奈，無論是魔幻樂園槍擊案還是籤付晴乃，妳都太過陷入，無法自拔了。明明不需要選擇這樣的人生，卻為了調查這個案子而成為警察……只要那場槍擊案沒有結果，妳的人生就別無選擇。」

「你為什麼對我這麼——」

話說到一半，常察露出驚訝的表情，嘴唇顫抖地問：

「——……真上，**這個人，是誰？**」

常察之所以把這個問題丟給真上，大概是害怕靠近答案，尋求和真相之間的距離吧。然而，真上沒有給出常察想聽的答案而是看著成家。不久，成家開口：

「凜奈，妳還對蛋糕師傅有興趣嗎？」

「——我從來沒做過蛋糕。」

「所以啊。」

成家笑道。這就是一切的動機。

「常察，他就是妳在尋找的『Haru』。我想這也能夠回答妳先前的疑問。因為他是Haru，這次來魔幻樂園的目的就是為中鋪御津花遭受的不合理對待復仇吧。」

「可是，等一下……如果成家先生是手臂上有傷的Haru……他明明不是籤付晴乃大家卻叫他Haru嗎？他在庭院說過『妳就說是晴乃說可以進來的，我會負責』——」

「我說的每個字，妳都記得清清楚楚呢。」

成家懷念地說。

「……因為常察把你說的每個字都記下來，我才明白。『妳就說是晴乃說可以進來的，我會負責』會讓人以為說話的人是籤付晴乃。但是，這句話真正的意思是這樣吧？『**如果有人怪罪下來，妳可以騙他們說是晴乃說可以進來的，如果謊話被晴乃本人揭穿的話，我會負責**。』」

這就是語言神奇的地方。別說是年幼的孩子了，就算是大人也會誤解吧。真上繼續道：

「我在想，假設Haru和晴乃是兩個不同的人，用這種方式分別稱呼的意義在哪裡？得到的推論是他們兩人不是同名，就是其中一人的本名就叫Haru。無論如何，都有讓人誤會的空間。而成家先生的名字大概是……」

「……雖然父母離婚後我已改姓母姓，但我從前跟著父親姓榛野（註3）。」

成家喃喃道。

「因為天衝村裡已經有個有名的晴乃了，所以大家就叫我Haru。雖然開始陪凜奈玩那時我已經和晴乃疏遠，但小時候我們常玩在一塊。」

「怎麼會……就算這樣，就算這樣我還是不能理解。因為，如果你就是Haru的話，為什麼要那樣做！你……只要跟我說不就好了嗎？是因為怕我會知道你是凶手？就算這樣，怎麼可以讓我以為Haru被人殺死了！」

「凜奈……那是因為……」

真上不明白成家那個表情的意義，明明自己是為了等一下要揭露的真相才做這種事，卻不知道接下來該說什麼才好。

此時，藍鄉突然插嘴：

「嗯，我明白凶手就是成家先生，也理解成家先生就是常察在找的Haru了。但有些問題還是沒解決吧？因為截斷四肢最重要的目的就是『讓我們看見手臂上的疤痕，認為編河就是籤付晴乃』。」

「沒錯，那麼做是為了讓常察認為編河就是她心中的籤付晴乃。」

「可是啊，我不能理解。只要警察過來，檢驗神祕地帶裡的斷臂或是布偶裝裡

註3　日文發音為haruno，與晴乃發音相同。

主道先生的屍體的話，也會知道那條手臂的主人不是編河吧？這種偽裝遲早都會被揭穿，有意義嗎？」

藍鄉說得沒錯。一連串的偽裝只有在魔幻樂園裡才能發揮作用。只是一場夢，一旦這座廢棄的遊樂園對外開放便會醒來。如此拚命也沒有任何意義。

當真上想到這裡時，反過來說也就解開了全部的謎團。

因為成家並不打算讓這座魔幻樂園再度對外開放。

「我之所以會像這樣擺出偵探的樣子辦案是想說服你。成家先生，**能不能請你打消引爆魔幻樂園的念頭呢**？」

2

見真上一臉認真地這麼說後，成家露出鬆了一口氣的笑容道：

「我還以為你要說什麼……」

「只要炸毀整座魔幻樂園，警方便無法驗屍，整起事件將只會留在記憶中，不再有機會解開誤會，能夠讓常察一輩子都這麼誤解下去。」

「你說的是倉庫裡留下來的黃色炸藥嗎？但那是為了遇到坍方時而準備的炸藥，數量不足以炸毀魔幻樂園喔。」

「確實如此。不過，魔幻樂園裡存放著能夠代替黃色炸藥的炸藥，就在大舞臺正下方，以現在的魔幻樂園而言，便是在小木屋底下。」

「怎、怎麼可能有這種事！你的意思是我們先前都睡在炸彈上面嗎？不，不會的……遊樂園會蓋在這麼危險的炸彈上面嗎？」

賣野渾身發抖，剛才一連串的對話應該就足以令她大受打擊。她摀著臉，拒絕再接受更多訊息。

「難道說，那些炸藥是天衡村反對派為了破壞魔幻樂園準備的？他們覺得若是魔幻樂園發生重大爆炸意外就一定會廢園？」

常察戰戰兢兢地問。不過，正確來說並非如此。

「天衡村的居民並非是為了破壞魔幻樂園才準備那些東西。不過，從結論來看，這塊土地下埋著會引發那種事態的東西，而這也正是魔幻樂園槍擊案的起因。」

「起因？不是因為籤付晴乃希望魔幻樂園廢園嗎？」

「他的確希望魔幻樂園廢園，但並不只是因為對魔幻樂園的厭惡吧？」

真上特地看著成家道。然而，成家沒有回答，只是靜靜回望著真上。成家不肯輕易回答，真上輕輕嘆了口氣繼續：

「為了讓魔幻樂園廢園而犯下槍擊案是個驚天動地的大計畫。就算心懷怨憤好了，籤付晴乃也親手殺害了三個人。之後，天衡村民隱藏自己的出身，村子沒留下一點痕跡，引發槍案的本人也命喪黃泉。明明要承受這麼多風險，籤付晴乃為何還是要一意孤行呢？」

「感覺可以用『因為他就是這麼恨魔幻樂園』作結耶。籤付家自古就是天衝村裡的名門大戶吧？比旁人對村子更執著也不奇怪。」

藍鄉反駁。真上搖搖頭。

「小時候的常察也能作證，籤付晴乃和中鋪御津花感情很好。不論家族方針如何，籤付晴乃在某種程度上還是認同中鋪御津花的吧。不，正是因為明白中鋪御津花在引進魔幻度假村這件事上的心意，籤付晴乃才不得不這麼做。」

「什麼意思？」

「鵜走家……應該說夏目家在天衝村遭受白眼的其中一項事業，是推動村裡大規模改革農業。據說，夏目淳也的父親雖然想引進新式化學肥料，卻遭到製作草木灰肥料的槇田家反對，化學肥料只能收進地下室。天衝村裡有大量這些想引進最後卻封藏起來的東西。」

「沒錯……能夠好好引進村裡的東西並不多。這怎麼了嗎？」

常察不安地問。

「夏目家大量封藏、放棄的東西就是問題所在。夏目先生試圖引進的是混合硝酸銨與硫酸銨的硝硫酸銨混合肥料。那雖然是很優秀的肥料，但若保存或運用不當，便會引起嚴重的爆炸意外。」

「怎麼會！從來沒聽說過肥料會爆炸！」

賣野驚叫。真上冷靜地繼續說明：

「雖然賣野太太沒聽過，但類似的意外卻層出不窮。像是德國奧爾珀大爆炸，瞬間就將鄰近一帶化為廢墟，又或是法國土魯斯的肥料廠爆炸意外，全都是硝酸銨和硝酸銨肥料所引起。那些大量存放硝酸銨的地方有的是受到爆炸的衝擊，有的是火災釀成爆炸，顯然都是因為管理不當所致。」

「所有廢墟都有其成為廢墟的理由。」

藍鄉喃喃低語。這句話與真上剛踏進魔幻樂園時說的話很類似。不用說，廢墟並非天生就是廢墟。將來有一天，真上也想看看那些與其說是廢墟，其實更像是天坑大洞的地方。

「我不知道。若那些東西有能力瞬間炸毀附近一帶的話，魔幻樂園的確轉眼間就會灰飛煙滅吧。」成家靜靜道。

賣野的喉口恐懼地滾動著。

「是啊。假設成家先生……你在小木屋房間裡設置了少量炸藥的話，或許就會引發連環爆炸。牽連的範圍就算我們現在想逃也無人能倖免。」

「聽起來真危險，一點也不適合遊樂園。」

「沒錯，很危險。籤付晴乃也知道埋在魔幻樂園地底下的東西有多危險，因為聽從槙田先生要求，在最後關頭讓人把肥料封存起來的就是籤付家。」

「我不覺得籤付晴乃知道肥料會變成炸藥。就算知道，這個動機怎麼會強烈到犯下槍擊案？」

「我想是時間點的問題。剛才提到的土魯斯意外發生時間是二〇〇一年九月二十一日，魔幻樂園的試營運日是二〇〇一年十月九日。土魯斯的爆炸意外造成上千人輕重傷，編河先生編輯的那本可恨的《週刊文夏》也有報導這則新聞，籤付晴乃有機會看到。這則新聞帶給他很大的衝擊，因為那是一直收在夏目家地下的東西。」

然而，那個時間點一切都已經來不及了。天衝村地面上的建築物已全數拆除，鋪上薄薄的水泥，座落著眾多遊樂設施。麥奇卡度假村急著讓魔幻樂園正式開幕，緊鑼密鼓地做著所有準備。籤付晴乃無力阻止已經開始運轉的度假村計畫。

「之後，籤付晴乃大概盡可能地調查了硝酸銨吧。當然，只要小心保管，硝酸銨是既方便又重要的一種肥料，但由於經常發生爆炸意外，日本如今也已階段性地停用。即便小心翼翼保管都那麼危險了，遑論是埋在地底下這種顯然不妥的保存方式，不知會發生什麼問題。

以防萬一，或許只要魔幻樂園暫停開幕，挖開地面就好。但是這樣一來又會如何呢？涉島小姐，妳說呢？**如此強勢推進的度假村計畫如果在試營運前夕發現必須暫停的事實會怎麼樣**？」

「……會很傷腦筋呢。所有計畫的步調全都會被打亂。不過，如果繼續營業的話，萬一哪天發生爆炸意外就難以挽回了。」

涉島回答時的表情，彷彿自己如今仍是魔幻樂園的經營者一樣。

「是啊，這是件大事，必須有人負起責任。從麥奇卡度假村的角度，應該覺得那是天衝村的疏失吧。畢竟他們任由危險物品存放在地下卻沒有轉達。屆時，村裡負責對外交涉的中鋪御津花便會成為眾矢之的——這就是籤付晴乃的想法。」

中鋪御津花的立場十分微妙，既不屬於天衝村也不屬於魔幻度假村，所以才適合當代罪羔羊。未來可能發生重大意外時，中鋪御津花將因為疏忽了不該疏忽的風險而成為千古罪人吧。村裡的人應該會主張先前已把該傳達的事項都告訴她了。光是推測這項強勢推行的計畫會有多少責任推到她頭上就令人氣結。

魔幻樂園必須廢園。真正的理由也必須隱瞞，永遠封印。

「當然，籤付晴乃對奪走天衝村的魔幻樂園也有怨憤。犯下槍擊案既是報復，也是拯救中鋪御津花的手段。魔幻樂園無論如何都得廢園。」

然後，這個計畫成功了。

以籤付晴乃和眾多犧牲者的性命為糧食。沒有人知道背後真正的內情。畢竟光是摩天輪、獵槍以及籤付晴乃實現一切的槍法就夠戲劇化了！倘若有個故事只與真相距離一步，大家便不再需要其他東西，籤付晴乃與「Haru」想隱藏的事物也將埋藏在薄薄的水泥下。

如此，也就能理解成家為何會對這樁惡行視而不見了。沒什麼特別的，只因為**他是籤付晴乃的共犯**。他憎恨一切，無論是逼迫中鋪御津花的魔幻樂園、造成分裂的魔幻度假村，抑或是不對外開放、擾亂許多人人生的封閉天衝村。只有中鋪御津花，是他唯一想拯救的對象。

而代價就是，失去了他心中唯一所願的那個人。

「二十年後，你再度回到這裡。天底下沒人會想對儲藏的硝酸銨點火。要不是面臨這個狀況，我根本想不到會有人故意引發重大意外。可是，只要達成這個目標就能埋葬魔幻樂園，那些斷肢也不會受到檢驗。」

真上凝視著成家說。

「這都是你的想像。」

「是我的想像，也只是想像。可是，既然你安排的偽裝只要外面的人一進入魔幻樂園就會失效，手中沒有阻止其他人進入的方法就太奇怪了。如果覺得硝酸銨太愚蠢的話，別的機關也行。像是你知道今年會有隕石墜落在天繼山，這附近一帶都會夷為平地什麼的。」

「引爆的話，我也會死吧。不僅如此，連我想以那場空前絕後的鬧劇欺騙的凜奈也無法倖免。」

「為了避免這種情況，你才會想讓常察和我先離開魔幻樂園不是嗎？『早一點和當地警察會合比較好』是吧？常察也一度接受這個說法卻被我留了下來，這或許是我的失誤。」

成家當時雖然表現得雲淡風輕，實際上應該心急如焚吧。因為他為常察做到這個地步，常察必須活著離開魔幻樂園才行。

「你本來就覺得自己死了也無所謂吧？所以才沒有說自己就是『Haru』。因為若是常察知道為了幫中鋪御津花報仇，殺害主道、編河、鵜走的人就是『Haru』的話，可能又會變成她人生中的重擔。你只要當一個被捲進魔幻樂園爆炸意外的無辜受害者就好。」

「等一下……你的意思是我也差點就要死了嗎!?我不敢相信！我明明……明明什麼都沒做！」

理解狀況後的賣野再度發出慘叫。

「不是『差點就要死了』，是現在也有可能死掉。我剛才也說過，在難以殺害涉島小姐的情況下，成家先生想得償所願只能同歸於盡。成家先生或許對常察有很深的感情，但常察現在已經知道他就是『Haru』，那麼，他或許會選擇乾脆在這裡結束一切。」

「成、成家先生……」

常察表情僵硬地看著成家。然而，成家依舊面不改色，也無法得知真上的一番說服是否有用。

「我原本並不想玩這種偵探遊戲，但如果你有辦法隔空引爆的話，事情的嚴重性將難以想像。我擔心照那樣下去，在常察一離開魔幻樂園的瞬間，這裡就會灰飛煙滅，連累他人。所以，我只能在這裡揭穿一切。」

可是，即使像這樣揭發案情真相，也不能保證成家不會自暴自棄，轉而引爆炸藥。真上的背脊流下一滴冷汗。也許自己做了多餘的事，即使只有常察得救也好，他卻眼睜睜毀掉了常察獲救的可能。

「那麼，要不要和我交換條件呢？」

「交換條件？」

「如果你願意讓涉島惠留在園裡的話，我就放了其他人。我跟她在這裡同歸於盡，怎麼樣？」

一股不該出現的沉默籠罩著眾人。不只涉島本人不發一語，連常察都沒有異議。原以為賣野會說些什麼，卻連她都靜悄悄的。只有真上擁有決定權，而那也是最理想的形式。

不久，真上回答：

「我不要。」

「為什麼？因為無論涉島惠做過什麼事，生命一樣尊貴嗎？」

「因為我喜歡這座廢棄遊樂園。」

真上斬釘截鐵地回答。

「我喜歡這座經歷二十年歲月的廢棄遊樂園，要是這裡消失的話會很難過。因為我喜歡廢墟，討厭一個地方連痕跡都沒有。」

也許，什麼人命都是附加的東西，真上只是不願眼睜睜看著魔幻樂園遭到破壞才會這麼拚命。

成家的回答很簡短。

「是嗎？那就沒辦法了。」

「沒辦法……嗎？那是什麼意思？很抱歉，我這個人不懂得察言觀色。」

「我本來就沒有隔空引爆的方法，只有親自過去才可以。不過，已經無所謂了。這個地方消失的話，的確很可惜。」

成家抬頭望著摩天輪靜靜說道。

「一開始，我只是希望能夠成功復仇，結果卻輸給了或許能改寫過去的誘惑，選了個相當迂迴的手段。我現在也還是想殺了妳，卻已經無計可施。」

講到「妳」時，成家的視線移到了涉島身上。

「我在房間設定了一個引爆裝置，密碼是０５８７。我已經不會回小木屋了。這不是陷阱，我希望你們能拆除那個裝置。說裝置其實也不是那麼了不起的東西，只是擺在那裡而已，或許放著不管也沒關係，但還是希望你們確認一下。」

「那我們去看看吧，真上。」

說話的人是藍鄉。

「等等！我也要去小木屋那邊！雖然……雖然我知道成家先生的動機，但我……」

賣野慌張道。大概是不想待在成家身邊，希望盡量和真上他們一起行動吧。

「既然如此，乾脆連佐義雨小姐和涉島小姐都一起過去吧。至於成家先生，就請常察負責幫我們看著。」

「——我會的。」

儘管常察的聲音正義凜然，聽起來卻像個小女孩。

「我會負責看著他。所以，請大家都過去吧。」

常察和成家接下來應該會說說話吧，真上不知道兩人最後私底下談話的內容，也無法想像在廢棄遊樂園中他們彼此該說些什麼。

打開成家的房間後，只見裡面擺著黃色炸藥和煤油提燈。真上摸了摸地板，卻完全看不出來底下應該存在的東西。

＊

離開天衝村搬進的大樓裡，總是聞得到別人的臭味。如今的日子與我從前想像離開天衝村在外生活時的樣子有著天壤之別。我現在沒有什麼機會能和御津花見面，但每次看到她都一臉憔悴，令人擔心。

麥奇卡度假村提供撤離天衝村的居民兩種選擇，一是搬進公司準備的大樓，二是收下一次性的搬遷費後搬離這裡。後者以大家在天衝村擁有的房子為標準，支付同等級房屋的兩年份租金。

然而，麥奇卡度假村實際上頂多只給了半年份的錢，程序上應該另外支付的補償金也還停留在審查階段。大家必須證明自己真的是天衝村居民以及實際居住過的舉證。雖然明白他們這麼要求的道理，但我不禁懷疑，什麼東西能證明我們曾經在那裡生活的每一天呢？

天衝村已經連影子都不留了，即使是我，也只能在腦海中回想曾經住在那裡的日子，彷彿一切都是場夢。

御津花很不滿意這樣的狀況，要求麥奇卡度假村立刻支付應有的賠償與補助，但談判似乎不太順利。他們好像為了魔幻樂園下個月的開幕忙得不可開交。如果度假村繼續這樣拖欠下去，御津花應該會帶領大家提起訴訟吧。光是想像她到時候的負擔就覺得可怕。

我成天無所事事，一直呆在房裡動也不動。既沒有在新天地展開新生活的念頭，也提不起勁找新工作。

就在這樣的某一天，晴乃拿著《週刊文夏》來見我。

我好久沒見到晴乃了，他似乎仍住在天衝村附近，租了房子和家人一起生活。沒想到身為反對派代表持續抗爭的他會來我這裡。

「怎麼突然過來了？」

「你看過這篇報導了嗎？」

起初，我以為他想讓我看的是魔幻度假村持續建設的新聞。那是篇特別報導，焦點擺在計畫中的度假村將會成為多麼棒的觀光據點，幾乎沒有提到天衝村。那些在村子裡引起軒然大波的事件已沉沒在一篇又一篇的新聞中，成為過去。

不過，晴乃指的不是那篇報導。

「……法國爆炸意外？好像很嚴重的樣子。」

晴乃要我看的那篇新聞內容，好像只是隨便將國外新聞翻譯出來而已，只著重放大宣傳事故中聳動的部分，粗製濫造，不是什麼認真的報導。不過，我對報導中出現的肥料名字有印象。

天衝村擁有許多地下空間，度假村公司拆除地面上的建築物後便直接掩埋。晴乃之前擔心而沒使用的肥料——硝酸銨應該就埋在魔幻樂園的地底下。那東西將來有一天可能會爆炸嗎？不會吧？

「這是，你和夏目叔那時……在爭的東西？」

「夏目家在地圖上的這裡，也就是大舞臺底下吧？那東西可能會造成相同的意外。」

我不知道那種意外的威脅有多大，也不知道晴乃說的「可能」機率有多高。我後來才了解，硝酸銨意外的起因五花八門，很難歸咎一個特定的原因。所以現在應該要立刻聯絡度假村，讓他們處理才對。至少，埋在地下的那些硝酸銨並沒有受到妥善保存。

「這樣的話，得趕緊跟魔幻樂園……跟麥奇卡度假村他們說——」

「說了會怎麼樣？試營運會延宕喔。」

現在不是說這種話的時候吧？我把原本要反駁的話重新嚥回肚子裡。晴乃為什麼故意要說這種不合時宜的不當言論呢？我尋思這種偏激價值觀本來的主人是誰後，背後留下一滴冷汗。

「那些傢伙應該會大發雷霆吧。平常只要進度稍有拖延他們就囉嗦成那樣，何況是想安全挖出並處理那些硝酸銨更是耗時費力。不知道從什麼時候開始，這裡發生的一切全都被換算成了金錢。光是現在他們就快踩扁我們了，這個疏失又會算在誰的頭上呢？」

御津花。腦海裡自然而然浮現出她的名字。

「那群傢伙視御津花為麻煩，這件事會成為御津花的責任。一個對危險物品掩埋不察的人，再也無法若無其事地要求他們什麼了吧？」

「這不是御津花的錯。」

「度假村成功也不是御津花的功勞，一旦失敗卻會變成御津花的責任。」

我和晴乃一動也不動，度過一段彷彿連呼吸次數都數得出來的痛苦沉默。

「你不覺得要是魔幻樂園廢園的話就好了嗎？」

過了一陣子，晴乃這樣說。

「試營運那天，應該也會有很多麥奇卡度假村的人過來。要是那種場合出了什麼大事的話，遊樂園就不會有人來了，魔幻度假村的計畫也會泡湯。」

晴乃的眼神深不見底。

「或許，我是想要一個理由，一個可以讓魔幻樂園廢園也無所謂的理由。」

晴乃的獵槍技巧毋庸置疑，不曾像我那樣發生過爆炸意外，總是能立刻射穿遠方的獵物。一想到那樣的槍法若是用在人類身上，我不由得渾身發寒。

當時，能阻止晴乃的人只有我，我卻什麼都沒做。試營運那天，魔幻樂園邀請了過去的天衢村民，我則以鏡屋工作人員的身分默默潛入，雖然看到了還沒搭上摩天輪的晴乃，卻沒有和他交談。他帶著一只細長的黑色袋子，與夢想王國十分不相稱，然而卻沒有一個人注意到他，甚至想不到接下來會發生的事。

那時，頭上戴著兔子髮箍的凜奈從我面前走了過去，她看起來似乎迷路了，一臉不安地左顧右盼。

我相信晴乃的技術，卻不想將凜奈丟進接下來會發生的事情裡。唯有這個孩子，我想讓她待在整座園區裡最安全的地方。

所以我朝她出聲：

「怎麼戴髮箍了？」

那孩子回頭，擔憂的眼神中透出微微的安心。

終章

1

常察跟著成家在魔幻大門前等待警察。或許是擔心自身安危吧，其他人也在大門附近等候。

因此，在星際海盜船旁的人只有佐義雨和真上。佐義雨望著早已熄滅的火把與失去船帆的海盜船。這艘具有相當規模的星際海盜船非微風所能撼動，靜靜停留在原地，只有生鏽的骷髏頭左右搖晃。

將佐義雨帶來此處的人是真上。

「我沒想到認真尋寶到最後一刻的人會是你，畢竟剛開始時你一副興致缺缺的模樣。」

「打從一開始就沒有人要認真尋寶吧？甚至可以說我才是相對認真的那一個。」

所以，真上最後才會來確認答案。現在的他不是端著偵探的姿態解謎，而是一名受邀至魔幻樂園的賓客。

「那麼，你找到寶藏了嗎？所謂的寶藏到底是什麼呢？」

「我認為提示說的『找回過去正確的魔幻樂園』，是要我們將樂園恢復成試營運時的模樣。大概就是跟那天一樣……移動魔幻飛傘，騰出擺放觀星帳篷的位置。」

「原來如此，你是這樣解釋的呀。」

「不過，我也覺得那句話不是單純要我們移動遊樂設施的位置。我猜，十嶋庵為何希望來賓重現魔幻樂園試營運時配置的理由，或許就是理解他意圖的關鍵。」

佐義雨默默聆聽真上的推論。

「十嶋庵所期待的，大概是希望藉由遊樂設施恢復到當天的位置，以揭露那日槍案的真相吧？只要恢復試營運時的配置，就一定會察覺那起槍案的矛盾。」

如此一來，察覺到的人便會掌握同為參加者的主道和涉島的弱點，也或許會像編河那樣試圖威脅兩人。

「那麼你想說的是，自己同時破解了二十年前和這次的案件，你才是尋寶的贏家吧？」

「我想說的是，十嶋庵是個將知道這件真相稱為寶藏的人……就像妳在星際飛車前說的一樣，知道真相就占有優勢。」

聽見真上這麼說後，佐義雨首次露出不可思議的表情。

「星際飛車？……我不記得有跟你在那裡說過話。」

「我們這段對話藍鄉也在聽吧？妳和藍鄉共享情報。藍鄉就是十嶋庵本人嗎？還是說，佐義雨小姐是十嶋庵，藍鄉是妳的信鴿呢？」

「你為什麼會有這樣的懷疑呢？」

「首先是第一天。摘枇杷的事我只跟藍鄉一個人說過，但妳卻看出我沒有過敏。雖然這之間沒有直接的關係，卻還是一個說不通的地方。」

「有沒有可能是藍鄉先生跟我提起的呢？」

「妳不是奉行不與他人閒聊主義嗎？」

「或許是破戒了吧？」

佐義雨笑道。真上搖搖頭。

「不只這件事。藍鄉本來就很可疑。例如，在大家表決是否要報警時，他的反應也很不自然。大家是因為擔心尋寶會作廢——這個表面的理由而猶豫報警。然而，只有後來才加入的藍鄉說話時是以『**因為坍方而無法報警**』為前提，妳當時根本還沒講這件事。」

「藍鄉先生有說過那樣的話嗎？」

「他沒有直說。但是，我記得他的發言有哪裡不太對勁，他是在對話途中察覺是『**參加者自己決定不報警**』後才轉了話鋒。『妳事前已經告訴他坍方消息』這個藉口應該不成立吧？因為當時藍鄉試圖用另一個角度配合我們說話。」

真上猜測，本來應該是大家決定報警後，佐義雨再提出坍方的事。魔幻樂園不得不因此成為一個沒有警察介入的封閉空間。

然而藍鄉始料未及的是，亟欲達成自身目的的賓客主動提出不希望警方介入，即使眼前發生命案，卻希望魔幻樂園成為海上孤島，所以對話才會產生一些落差。

「這麼說來，那場坍方怎麼想都是人為引起的吧？只要使用開路炸藥便能堵住道路，或許妳就是不惜做到這個地步。妳到底想在這座廢棄遊樂園裡做什麼？」

「不要太欺負佐義雨小姐啦。」

真上回頭，看見了藍鄉。藍鄉在星際海盜船的大底座前倚著生鏽的欄杆，嘴角勾起可疑的笑容。欄杆發出咿呀咿呀的聲音，感覺隨時都會斷掉落下。真上抬頭望著藍鄉。

「真上，你真厲害，就像真正的名偵探一樣。」

「……順帶一提，我懷疑你還有其他理由。我在辦公室弄髒手的時候，你連試都沒試，就直接叫我用旁邊的水龍頭。佐義雨小姐雖然說過小木屋可以用水，卻從未提及其他場所。」

「你觀察得真仔細。」

「而且，你大概也不是時任古美吧？但要是時任古美同時身兼十嶋財團的主人和小說家的話就另當別論了。」

「我原本覺得這是個很好的設定。從未露面的作家又是廢墟偵探的，很有那種感覺吧？」

「這對時任古美本人太失禮了。」

真上半認真地說。別看他這樣，真上也是廢墟偵探系列的讀者。

「所以，你果然才是十嶋庵嗎？」

「沒有誰才是十嶋庵的問題。」

說話的人不是藍鄉，而是佐義雨。

「一路看過這麼多廢墟的你應該明白，重要的不是地面上的建築物如何，而是那個地方是否還有生命。偏偏我不認為這次的魔幻樂園是廢墟。有這麼多人的想法交織在一起，稱這裡為廢墟太無情了。」

一番話帶著藍鄉的口音和語氣，卻是由佐義雨的口中說出。

「意思是，兩位是不同人這件事一點都不重要，你們都是十嶋庵？」

「你這麼敏銳實在令人感激，十嶋庵本來也就是四十幾歲的人嘛。」藍鄉道。

「不過，自稱是時任古美這件事其實也很令人後悔，我們一直到來這裡的前一刻才知道這位作家是關西人。」佐義雨說。

看著發出相同笑聲的兩人，真上有些暈眩。不過，在進一步詢問他們的身分內情之前，真上還有話想說。

「所以，我問題的答案呢？你們應該知道開放魔幻樂園，聚集這些成員後會發生什麼事吧？」

「世間萬物都會老化腐朽，廢墟有其成為廢墟的理由。」

藍鄉突然換了口吻道。

「真上，你也說過類似的話吧？我也這麼認為。世間萬物都會老化腐朽，在沒有東西是永恆不變的道理中，這個社會基本上是以人類的感情恆久不變為前提在運作。」

「……是嗎？」

「是啊。若非以『身旁的人明天也不會傷害自己』為前提，相信彼此會一直遵守社會秩序，這個社會便無法維持下去。」

藍鄉舉的例子相當極端，真上實在無法同意。

不過，魔幻度假村計畫卻也因單單一個人犯下的凶行而瓦解，不堪一擊。

「如果說在這之中有所謂不變的心意，那會是什麼呢？成家先生雖然單身，卻過著樸實幸福的生活，更別說涉島小姐和主道先生了。另一方面，常察小姐卻至今依然想了解案情真相，並為此奉獻自己的人生。」

「你們是想觀察這些被困在過去的人，聚在一起會發生什麼事嗎？」

真上想起了常察提過的小說，那個舉辦宴會召集殺人犯的富翁。

「也就是說，你們對過去發生的事瞭如指掌吧？」

「二十年用來追蹤調查綽綽有餘了。」

佐義雨輕聲道。

「原本我以為這些參訪魔幻樂園的來賓都是經過嚴格公正的審查後，從報名人選中挑選出的合適對象，但其實不是吧？至少，成家先生應該是你們主動邀請的。十嶋庵是不是對每個人都說會幫助他們達成目的？」

「賣野太太有遞報名表喔。至於主道先生和涉島小姐則是不用我們說那些話，就表達了參加意願。」

真上想像起其他人是懷著什麼樣的心情來到這裡。十嶋庵是用什麼話在鵜走和成家的心裡分別灑下對編河與那三人復仇的種子呢？至於編河，則一定是以可以東山再起的精采獨家頭條為誘餌吧。就這樣，一切都順利發揮作用後，便發生了這次的命案。

「我對你也有好奇的事。」

「……什麼事？」

「你為什麼會突然主動承擔起偵探的角色呢？當然，我明白因為有硝酸銨，你必須盡快說服成家先生，加上常察小姐也有拜託你吧。但就算這樣，你決定扮演偵探的時間點還是很突兀。你為什麼會變得那麼積極想解開謎團呢？」

答案很簡單，真上說。

「因為我發現自己也曾經住在天衝村裡。」

2

「我之所以能推理出籤付晴乃與天衢村的過去，的確是因為蒐集全了種種旁證的關係，另一方面卻也是因為我擁有能夠參考的知識。」

藍鄉和佐義雨沒有明顯的反應，靜靜等待真上的說明。

「小時候我離開居住的地方後便和父親相依為命，過著流浪的生活，再也沒有回過故鄉。我當時年紀太小，對自己曾經住過的地方記得不是很清楚，儘管如此卻也還是有些頭緒。」

「為什麼記得不是很清楚，還可以說有頭緒呢？」

「首先，我記得自己是在山上生活。枇杷樹不耐寒，只能生長在溫暖的區域，但我卻有小時候摘枇杷吃的印象。而天繼山雖然是山脈卻不太積雪的氣候，便可以孕育枇杷。」

「只有枇杷樹的話，其他還有很多地方符合這個條件吧。」

「我和常察年紀相當，離開村子的時期也是。據說，夏目的父親原本想與其他人聯手推動村裡的農業改革，但那位夥伴卻早早離開了天衢村，再也沒有回來，之後就發生引進硝酸銨的那件事了。我大概是三歲左右開始跟父親流浪，二十四年前的話，時間對得上。」

真上記得自己家裡有座地下室。雖然地下室又陰暗又可怕，但外頭天氣惡劣時只要待在那裡就不會有問題，令人感到安心。

「還有就是編河先生的報導。那個人的報導雖然隨意扭曲、誇大了事實，卻也不是毫無根據的無稽之談。」

「這一點我也同意，但他的報導中沒有提到類似你的人吧？」

「有喔，我有出現在裡面。編河先生在報導天衝村人禍時，提到有些小孩的嗅覺或味覺出現異常對吧？」

「那不是在說鵜走嗎？」

「鵜走的味覺並無異常，他失去的是嗅覺。編河先生在報導中寫的是**『嗅覺或味覺出現異常』**而非**『嗅覺和味覺出現異常』**。」

「這麼說來，難道……」

佐義雨蹙眉詫異道。真上輕輕點頭。

「**我沒有味覺**，吃任何東西都感受不到味道。天衝村裡有障礙的小孩不只一個人，還要加上我。雖然我想編河先生應該只是來天衝村時聽人家提起過我罷了。」

由於真上當時已非天衝村的居民，寫在報導中可能並不公平，但編河的確不是會在乎這種事的人。

「我後來才想到，我若與天衝村毫無瓜葛，十嶋庵就不會邀我過來了，因為其他人多少都和天衝村有些淵源。若你是因為觀察和興趣才邀請這些成員的話，其中摻雜一個局外人果然很奇怪。」

真上原以為自己是例外，但去除掉先入為主的觀念後，會發現自己也能符合這條法則。受邀來此的人應該都與天衝村有淵源，只要這麼想，便能看到一些關聯。

「加上我很熟悉地下室……推導出的村子樣貌也符合實際情況。所以，或許我其實不是在推理，只是在確認一切罷了。」

在尋寶的過程中，真上開始浮現一個念頭，心想自己的根源也許就是在這個地方。所以他才決定為破案而奔走。因為這裡發生的一切或許與真上的出身相關，二十年前的案件可能也與自己的存在有所牽連。

「但其他人好像沒聽過真上這個人耶。」

「真上是收養我的保護司真上虎嗣給予的姓氏，他擔心我用本名生活會不方便。」

「我知道。燕石丘空中花園案——你和父親最後相處的地方。你就是在那裡等待消失無蹤的父親對吧？然而，你最終等到的不是歸來的父親，而是警察，你逃了開來。當得知父親把你扔到一旁在那座廢棄庭園裡殺人時，你有什麼想法？」

「你們也知道那件事呢。」

真上諷刺地說。那起案件只是難以和真上聯想到一塊，但本身的知名度並不亞於魔幻樂園槍擊案——不，應該是更廣為人知。

「父子在各種廢墟間輾轉流浪，父親卻突然犯下殺人案。我們邀請你不是因為你是天衢村人，而是對那個案子有興趣。」

「我什麼都不記得，想聽故事的話，你恐怕要失望了。」

「在這個時代裡，案情概要網路上隨手可得，但本人是怎樣的人，唯有實際碰了面才知道。」

「而我們也大概了解了。」

佐義雨和藍鄉你一言我一語。雙方對視了一會兒後，佐義雨突然說：

「那麼，尋寶的事你想怎麼辦？」

「怎麼辦的意思是？」

「尋寶這件事本來是我們的一番心意，想讓來賓更容易達到自己的目的，也期待有人能揭露真相。」

藍鄉語帶懷念地說。

「為了讓現在的魔幻樂園與昔日的魔幻樂園『一致』而要移動魔幻飛傘時，一定需要這道手續。我們也期待倘若真有人能憑藉有限的尋寶線索走到這一步的話，那個人能享受這件事。」

語畢，佐義雨開始操作手機。

瞬間，四周發出轟隆巨響與震動。

廢棄遊樂園這具龐大的屍體吸了一大口氣，發出如雷般的低吟。大概是長年遭到棄置後強行啟動的關係，所有機器同時發出了嘎吱嘎吱的聲響。然而，真上卻覺得那些聲音彷彿魔幻樂園臨死前的呻吟。

藍鄉背後的大船動了起來。睽違二十年的出航並不流暢。船身上苟延殘喘的塗漆化為粉末，隨風飄散。

不只是海盜船，頭頂上的摩天輪也開始悠悠轉動。即使經過二十年，摩天輪的車廂依舊牢固，沒有搖搖欲墜的跡象。最醒目的大概是園裡一一亮起的燈飾吧。殘存下來的燈飾並不多，如繁星般點綴夜色的燈泡只有三成發亮，但那些綻放微弱光芒後立即迸散出火花熄滅的燈泡，就某種意義而言也跟真正的星星一樣。

真上突然覺得，或許，十嶋只是想讓大家看看這幅畫面吧。

為了解開這個案件的謎團，一定得指出魔幻樂園設施遭到移動的可能。這麼一來，在驗證的名義下，對話就會導向通電。不是毫無理由的單純通電，而是**經過推理後有意義的通電**。

簡單來說，十嶋想要的是一個藉口，一個迎向這種大結局的理想藉口。

真上忍不住往魔幻旋轉馬車的方向走去。常察過去最喜歡的遊樂設施也動了起來，緩緩飛翔的天馬儘管已經生鏽卻不減神氣。從音箱中流瀉出的音樂破碎不堪，聽起來只像是單純的雜音。

雖然通電，廢墟還是廢墟。

魔幻樂園依然沒有復活。

真上感受到身後佐義雨和藍鄉——十嶋庵的氣息。他沒有回頭開口道：
「我是這座魔幻樂園的主人對吧？」
「是啊。」
「那麼，請讓魔幻樂園繼續這樣放著十年、二十年……直到將來某一天，即使有人想通電也無能為力。」
請就這樣死去吧，但願再也無人會想起你——真上在心裡默默許願。
灰濛濛的天空彷彿就要下雨。
若雨水落下來的話，魔幻樂園的色彩又將會被沖得更淡吧。
而那一定也能再次稍微治癒真上的內心。

3

一切就這樣結束，真上返回日常，也就是回歸日夜在便利超商打工的生活。
「真上，你還沒搞清楚起司、極致起司和激濃起司的差別嗎？」
「對不起……應該說，變成三種後我已經放棄了。可以的話，請店長炸好後放到不同的瀝油盤上……」

「我有從上到下分成三區吧？起司、極致起司、激濃起司。」
「您說反了。從上而下是激濃起司、極致起司、起司。」
店長不悅地皺起眉頭說：「我分得出來就好。」這位店長之前也搞錯了，而且還是實際嘗過以後搞錯，所以這款商品的差異或許根本不重要。話說回來，都已經是「極致」了，為什麼還會推出更上一層的品項呢？
「你這樣下去一輩子都無法出人頭地。是男人的話，就該有點像樣的財產，擁有一間自己的超商吧。」
「啊……這部分應該不用擔心。」
「啊？」
「我擁有幾十億的資產喔。」
「啊？」
「前一陣子有人贈與給我的。」
見真上一本正經說話的樣子，店長臭著臉回他：
「既然這樣，你幹麼在這種便利商店工作？太奇怪了吧？還是說這是你的興趣？」
「也不是興趣……」
真上明白否認。如果是因為興趣工作的話，還有很多更有趣的便利商店吧。連店長自己都說「這種便利商店」，真上突然為在這種地方工作的自己感到可悲。

不過，真上既不打算賣掉魔幻樂園這筆資產也沒有售出的對象，所以不可能辭掉便利商店的工作。真上決定讓魔幻樂園就繼續那樣擺著，永遠維持廢棄遊樂園的狀態。

後來，十嶋財團調查魔幻樂園的地底，於舞臺地下十二公尺深處發現了將近一公噸的硝酸銨。

雖然他們無法確定那些硝酸銨受到黃色炸藥刺激是否會爆炸，但也沒人能保證那些埋藏在地底下的東西能永遠平安無事。唯一可以斷定的是，若發生爆炸，其規模程度一定不亞於其他意外。

那麼，籤付晴乃與榛野友哉所擔心的悲劇或許也並非杞人憂天，魔幻樂園當年應該暫時停止運作。

十嶋財團揭除了魔幻樂園的水泥，挖開地面後，真上請他們只要把坑洞填起來就好。魔幻樂園裡的雜草強韌茁壯，土壤翻出來後，想必會在那裡蓬勃生長，無盡蔓延吧。

真上下一次造訪魔幻樂園一定是十年後的事了。現在只要他一閉上眼睛，仍會想起廢墟點燃生命，遊樂設施臨死呻吟的畫面。令人不甘心的是，真上大概一輩子都忘不了那幅光景。

「你在發什麼呆？有客人來囉。」

「啊，是。歡迎光臨——」

每次只要有客人來，店長就會把自己關進休息室，只能由真上接應。雖然真上懷疑休息室哪有那麼多工作要處理，卻也不想節外生枝，保持沉默。職場不是那麼簡單的。

走進店裡的是一名穿著優雅的老婦人。她毫不猶疑地在店裡繞了一圈後，將三明治與一本《週刊文夏》放到收銀臺上。這期的《週刊文夏》做了十嶋庵特輯，內容相當誇張離譜。報導說他只是一個靈魂體，藉由靈質附身。也就是說，十嶋庵的肉體不過是種容器，無法囊括這個存在的本質。話說回來，廢墟為何會以那麼快的速度衰退，是因為建築的靈魂已經脫離，而十嶋庵之所以會迷戀廢墟，則是因為想藉由欣賞那些徒具空殼的地方，展示自己擁有靈魂的優越感——

真上當時讀到這裡便闔上雜誌。看來，《週刊文夏》在不知不覺間已變成難以捉摸的靈異雜誌。

「總共是七百八十九圓。」

就在真上準備接著問是否需要塑膠袋時，老婦人瞬間抓住了他的手腕。真上下意識退開。

「竟然是這種反應，好傷人喔。」

眼前的客人明明是名老婦，真上卻很確定自己認得那個聲音。老婦人看起來既像佐義雨也像是藍鄉，她將一只銀箔信封遞給真上。

「不用塑膠袋，我用拿的就可以了。」

老婦人將七百八十九圓分毫不差地放在收銀盤上後便離開了。真上目不轉睛瞪著銀箔信封，走向休息室。店長似乎在用電腦玩俄羅斯方塊。

「店長，我可以休息嗎？」

「啊啊？在這麼忙的時候嗎？」

「可是我再兩小時就要下班了，今天卻都還沒有休息。您之前才被勞檢處罵，請好好改善啦……」

聽見真上這麼說後，店長心不甘情不願地點點頭，關掉螢幕，搖搖晃晃地走回前臺店裡。

真上拉出一旁的椅子坐下，打開信封，只見裡面是封字跡端整的信件。

『真上永太郎先生惠鑒

前幾日感謝你蒞臨魔幻樂園，

託你的福，我才能度過一段愉快的時間。

你以天衝村代表的身分，精采地完成了名偵探的任務。

正因如此，我才想解開你的一個誤會以表敬意。

你不是天衝村出身的小孩。

至少，你兒時生活過的故鄉並非天衝村。

當然，這不是經過追蹤調查出的事實，所以你可以把這個說法當成是我單純的誤會，聽過……看過就算了。不過可以的話，我還是希望你能將這封信看下去。

我會這麼說的第一個原因是天衡村的枇杷樹。

天衡村有生長枇杷，這與你印象中摘枇杷吃的記憶並無矛盾。然而，天衡村的果樹全都種在籖付家內。所以榛野友哉才會假裝籖付晴乃，將常察從籖付家帶出來。

你大概會這樣反駁吧，說自己肯定是利用那不錯的運動能力，偷偷潛進了籖付家。然而常察有說過吧？**說她親手摘了枇杷吃**。**也就是說，把生長在枇杷樹下方果實吃了的人是她**。由於籖付家的枇杷樹大概只有一、兩棵，同一時期裡，你們無法製造出相同的回憶。

那麼，也許是時間不同。但就算你們摘枇杷的時間不一樣，你是天衡村民這件事還是有可疑之處。

第二個原因就是你記得自己看過的那些星星。天衡村的星星相當出名，令尊應該也真的有帶你去觀星吧。然而，半人馬座下方的那組十字星雖然確實存在，卻無法在天衡村裡看到。**那是能為船隻導航的星星，只有靠近南半球的地方才看得到**，日本山間的村莊是看不到的喔。

綜合以上兩點，你應該不是天衡村的居民吧。

即使調查也找不到你的根源，我也感到很難過。但正因如此，你接下來也才會繼續廢墟巡禮的旅程，並繼續對廢墟產生思鄉的情懷吧。

我之所以會邀請你前往魔幻樂園，是因為你著魔般地四處探訪廢墟。在經歷那樣慘絕人寰的事情後，你開始四處探訪父親犯案的背景舞臺──廢墟。你在那段經驗中獲得的，是無止盡的廢墟巡禮，我對這件事很感興趣，抱歉之前沒有好好向你說明清楚。

雖然這次沒有找到你的故鄉，但我認為這也是件值得高興的事。因為至少你的故鄉不是已經消失的地方，你還有機會回去。

話說回來，像你這樣失去家鄉的人（法文叫 déraciné），為何會深信那萬分之一的可能也想追尋故鄉呢？而你又是為何只會在荒廢的地方看見故鄉的影子呢？或許，你其實希望那個自己必須回去的地方已經毀滅了吧。

一不小心就說了這麼多，那麼，就期待再次見面的那天。

謹啟』

看完信後，真上深深嘆了一口氣。這個人，扮偵探扮得很得心應手嘛，精采的推理令人看得著迷。使用書信轉達真上便沒有反駁的餘地，不過真上根本也不想反駁。原來，自己不是天衝村的居民。

在魔幻樂園公開推理時，真上強烈覺得自己過去也存在那個村落群體中，但原來一切都是錯覺。

是真上「想回家」的心情讓自己看到的幻影。

雖然感傷，卻也能夠理解。

如十嶋所說，真上今後一定也還會不停在廢墟中徘徊，從消失的場所身上感受共鳴，繼續探尋自己的根源。

真上會在那些地方再次遇見十嶋庵嗎？

思及此，一種神奇的感慨襲向真上。

期待再次見面的那天——十嶋庵以不屬於任何人的聲音道。真上一個人默默點了點頭。

◎參考資料

《廢墟シリーズ・幻想遊園地（レジャーランド・テーマパーク・遊技場編）》D.HIRO，二〇〇八年七月號，MEDIABOY。
《遊園地の文化史》，中藤保則，一九八四年十月號，自由現代社。
〈フランス　トゥールーズ市における肥料工場の爆発について〉，國際安全衛生中心（https://www.jniosh.johas.go.jp/icpro/jicosh-old/japanese/topics/disaster/information/accident/toulouse.htm），參考二〇二一年六月一日。
〈硝酸アンモニウムの爆発事故〉，中村順，《ＳＥ》四四巻（三）一八八號，二〇一七年九月一日發行，公益財團法人綜合安全工程研究所。
《災害都市江戶と地下室》，小沢詠美子，一九九八年一月號，吉川弘文館。

本書為全新創作。

本作品純屬虛構，與實際個人、團體、地名無關。

國家圖書館出版品預行編目資料

廢棄遊樂園的殺人事件 / 斜線堂有紀著 ; 洪于琇譯. -- 一版. -- 臺北市 : 城邦文化事業股份有限公司尖端出版 : 英屬蓋曼群島商家庭傳媒股份有限公司城邦分公司尖端出版發行, 2024.05
面 ; 公分
譯自 : 廃遊園地の殺人
ISBN 978-626-377-659-3 (平裝)

861.57 113000509

逆思流
廢棄遊樂園的殺人事件
（原名：廃遊園地の殺人）

著　　者／斜線堂有紀
執 行 長／陳君平
榮譽發行人／黃鎮隆
協　　理／洪琇菁
總 編 輯／陳昭燕
譯　　者／洪于琇
執行編輯／石書豪
美術總監／沙雲佩
美術編輯／陳聖義
國際版權／黃令歡、高子甯、賴瑜妗
文字校對／施亞蒨
內文排版／謝青秀

出　　版／城邦文化事業股份有限公司 尖端出版
臺北市南港區昆陽街十六號八樓
電話：（〇二）二五〇〇—七六〇〇
傳真：（〇二）二五〇〇—二六八三
E-mail：7novels@mail2.spp.com.tw
發　　行／英屬蓋曼群島商家庭傳媒股份有限公司城邦分公司 尖端出版
臺北市南港區昆陽街十六號八樓
電話：（〇二）二五〇〇—七六〇〇（代表號）
傳真：（〇二）二五〇〇—一九七九
中彰投以北經銷／楨彥有限公司（含宜花東）
電話：（〇二）八九一九—三三六九
傳真：（〇二）八九一四—五五二四
雲嘉以南／智豐圖書有限公司
（嘉義公司）電話：（〇五）二三三—三八五二
傳真：（〇五）二三三—三八六三
（高雄公司）電話：（〇七）三七三—〇〇七九
傳真：（〇七）三七三—〇〇八七
香港經銷／城邦（香港）出版集團有限公司
香港灣仔駱克道一九三號東超商業中心一樓
電話：（八五二）二五〇八—六二三一
傳真：（八五二）二五七八—九三三七
E-mail：hkcite@biznetvigator.com
新馬經銷／城邦（馬新）出版集團 Cite（M）Sdn. Bhd.
E-mail：cite@cite.com.my
法律顧問／王子文律師　元禾法律事務所
臺北市羅斯福路三段三十七號十五樓

二〇二四年五月一版一刷

■中文版■

郵購注意事項：
1.填妥劃撥單資料：帳號：50003021戶名：英屬蓋曼群島商家庭傳媒(股)公司城邦分公司。2.通信欄內註明訂購書名與冊數。3.劃撥金額低於500元，請加附掛號郵資50元。如劃撥日起 10～14日，仍未收到書時，請洽劃撥組。劃撥專線TEL：(03)312-4212 ・ FAX：(03)322-4621。E-mail：marketing@spp.com.tw